THE MIRACLE OF TEDDY BEAR by Prapt

Originally published in the Thai language under the title คุณหมีปาฏิหาริย์.
Japanese print rights under license granted by Satapornbooks Co., Ltd.

装画　八千代ハル
装丁　コガモデザイン

The Miracle of Teddy Bear 上

contents

人物紹介

タオフー
ナットくんのテディベア。突然、人間の肉体を持ってしまった。

ナットくん（ピーラナット）
タオフーの持ち主。脚本家。こだわりが強い性格で警戒心は強め。

マタナーさん
ナットくんの母。なぜかそこにいない夫に話しかける癖がある。元歴史教師。

ケーンくん
ナットくんの友人。明るく陽気な性格。ナットくんよりもやや小柄。

●1階の住人

ソファーさん
英単語混じりでしゃべるテンションの高い女の子。

右のスリッパさん
マタナーさんのスリッパ。社会派の男性でニュース番組が好き。

左のスリッパさん
右のスリッパさんとは恋人同士。気弱な一面がある女の子。

マタナーさんの携帯電話さん
一定のトーンで特徴的な話し方をする。

掃除機さん
階段下に収納されている。日本メーカーのものだがタイ生まれ。

●2階の住人

ノートおじさん
ナットくんの日記が書かれているノート。物知り。

抱き枕さん
ナットくんのベッドの上が定位置。あけすけなしゃべり方をする。

掛け布団おばさん
優しい性格で、ナットくんの寝室にある「物」たちの干渉役になってくれる。

デスクさん／チェアさん
東北タイ訛りでしゃべる。チェアさんは標準語でしゃべろうと奮闘中。

01　タイ人はアルタイからやってきた

むかしむかしの、つい最近。

ふつうの日の朝遅く、なんの変哲もないムー・バーン――広い敷地に一軒家が集まった、住宅集合地――のうちの一軒の前。摂氏三十二度の気温に、ほどよい風が吹いている。そこに下階の庭から熱帯の花がほんのりと香っていて、これ以上ないくらいにふつうの光景だ。

でもこれが、みんなの奇跡のはじまり。


今朝、ピーラナット――ナットくん――は急いで出ていったみたいだ。繊維板でできた寝室のドアが、きっちり閉まっていなくて、そんなふうに推測できる。

そして十時ごろ、ドアのすきまが少しずつ開かれていく。侵入者は、ハアハアいう呼吸を隠そうとしていたみたいだが、抱き枕さんが先に気づいた。

「おいクマ公気をつけろ！　クンチャーイのやつがまた来たぞ」

タオフーにとって洗濯機よりも怖くて嫌いなものがあるとしたら、それはこの家で飼われているクンチャーイという犬だ。

タオフーが初めてこいつに会ったのは、空が濃い青色の夜だった。あの晩部屋に戻ったナットくんは、タオフーの腕をつかんでベッドに上げてくれた。いつもはやさしいのだけど、あのときは痛いくらいの力でつかまれた。背中からマットレスに押しつけられたタオフーは、そのまま強く抱きしめられた。ナットくんが、タオフーの裸のお腹に顔をうずめる。

タオフーはベッドサイドやベッドの上よりも、ナットくんの腕の中にいるのが一番好きだ。ただ、あの夜はちっとも落ち着かなかった。普段のナットくんの呼吸は、穏やかであたたかくて、リズムも一定だ。それが短く熱くなっているのは、なにか悪いことが起こったということだ。体調が悪いのかなと心配していたところでドアが開いて、おばさん——ナットくんの母、マタナーさん——が入ってきた。

ほのかないい香りが漂う。いつもマタナーさんから香るふんわりした甘い匂いとは違って、あたたかい気持ちになる、柔《やわ》らかな匂いだ。「ミルクをあったためてあげたから、飲んだらシャワーを浴びちゃいなさい——」とそれだけ言ったところで、マタナーさんがきゃあ！　と叫んだ。

クンチャーイのやつがマタナーさんの目の前を横切って、ベッドの端にしがみつく。相手の興味を引こうとするみたいに、ハアハア息をしながら。ナットくんもそれに気がついて、そちらを向いた。

これが、タオフーとやつが初めて目を合わせた瞬間だった。

タオフーは、あんなに醜《みにく》くて恐ろしいものは見たことがなかった。外に飛び出しそうに大きな目。パンパンに太った体はクリーム色だけど、顔と耳は真っ黒だ。額にはしわが波打っている。口を開くと、巻かれていた舌が、べっとりしたよだれと一緒に伸びてくる。

ナットくんの腕にタオフーが抱かれているのを見るやいなや、クンチャーイのギョロ目は嫉妬《しっと》で燃え上がらんばかりになった。やつは狂ったように吠えていたが、やがてマタナーさんに抱えられて部屋を出ていき、それからドアが閉められた。クンチャーイは、下の階まで降ろされてようやく静かになった。

タオフーは震《ふる》えてしまうくらい驚いていたが、ナットくんが抱きしめていてくれて助かった。ナットくんさえいれば、いつでも安心安全なのだ。

どうやらこの一件のせいでクンチャーイは、ナットくんがいない機会を狙って、マタナーさんに隠れて部屋まで上がってくるようになった。

一度、寝室の「物」のみんなが油断しているときに、やつが中に入ってきたことがあった。タオフーも油断していて、ベッドの足側の端に座っていた。それを見たクンチャーイはベッドによじ登り、タオフーのつま先に牙を突き立てた。ひえっと驚いたタオフーは、声も出せなかった。

タオフーはそのまま部屋から引きずり出されて、階段に打ちつけられながら下の階に連れていかれた。太ももがやつのよだれでぐっしょりと濡れる。

一階に到着したクンチャーイが、タオフーの足を引きちぎりそうなくらいに振り回したせいで、中に詰まっていたわたがそこらじゅうに散らばった。リビングにいた「物」たちはこの悲劇を目にして、次から次に金切り声を上げた。

タオフーに聞こえたのは、

〝クンチャーイがまたやった！〟

〝だれかおばさんを呼んできて、わたしはこのクマの中身なんか食べたくないよ！〟

というみんなの叫び声だった。

クンチャーイのやつにも聞こえたのだろう。やつはタオフーを引きちぎるのをやめると、彼をくわえたまま走って家から出て、門扉《もんぴ》の外、大きくて臭いゴミ箱の脇に捨てた。

もしマタナーさんが見つけてくれなかったら、タオフーは一日中そこに座り込むはめになっただろう。

マタナーさんがタオフーを縫っているときにソファーさんが「もしあれ以上あそこにいたら、ユーはゴミとして回収されてたわよ。アイはそうシュアね」と言ってくれた。ただタオフーにとっては、ゴミとして回収されるよりも、ナットくんにギュッとしてもらえないことのほうが怖い。

このできごとは、そういう怖さとともにタオフーの心に刻まれている。

マタナーさんは縫い終えたタオフーを、洗濯機で水浴びさせた。タオフーはこの機械を「地獄の洞窟」と呼んでいる。暗くて湿っているだけじゃなくて、あっちこっちに投げ飛ばされて頭がくらくらするからだ。おまけに日干ししてもらっても、今度はナットくんが、なんか前のタオフーと違う、抱っこしたくないとおばさんに愚痴ったりもする。

クンチャーイのやつはそれから何度も、タオフーをくわえて捨てに行く機会をうかがっていたみたいだ。だけど最近ではほとんどうまくいかなくなった。というのも、寝室のみんながタオフーの目となり耳となってくれていたからだ。

今回だって、あのウザい抱き枕さんが警告を発してくれた。その声を聞いて、ベッドサイドの椅子に座って足をぶらぶらさせていたタオフーは、すばやく足を引き上げた。

だが、驚くはめになったのはどうもクンチャーイのほうだった。いつもみたいにベッドに登ってタオフーに牙を突き立てようともしなかった。ベッドの端のところを曲がってベランダ側に出てきたパンパンな体が、ビクッと動きを止める。そして、生死がかかったような勢いで吠え出した。

「うわっ！」

びっくりして叫びながら、タオフーは椅子の上に立ち上がってしまった。でもその瞬間、今度は自分の目線の奇妙さに驚いて、足がすくんでしまう。

もともとタオフーは一メートルちょっとの身長だった。ナットくんも、タオフーをベッドサイドより高いところに置いたことはない。ところが今、立ち上がったと思ったら、視線がもとの位置よりも高く浮き上がり、天井にくっつきそうなくらいになっていたのだ。

タオフーは驚いた。いつのまにか、高いところが怖くない！

「おいクマ公、どうなってるんだ！」

普段はあまり驚かない抱き枕さんが、驚いて声をかけてきた。それから掛け布団おばさんやほかのみんなの声が続く。

「なんてこった。一体どうしたの！」

「どうしてタオフーがこんなことに！」

タオフーはだれにも答えてあげられなかった。自分自身だって疑問だらけだ。

クンチャーイはますます狂ったように吠えている。しかも凶暴そうに牙を剝《む》いていて、まるでやつのほうがここの主で、タオフーのほうが侵入者であるかのようだ。

呆然《ぼうぜん》とした空気の中、ナットくんのデスクに置いてあった茶色のノートおじさんが叫ぶ。

「あいつは本気だぞ！」

普段、おじさんはのんびりと言葉を伸ばして話す。だけど今、その声が焦《あせ》っている。

「ベランダのサッシ！　急いで動け！」

どうしてクンチャーイのやつが急に凶暴になったのか、タオフーにはわからなかった。もともとタオフーを傷つけるのが好きだったとはいえ、今回はいつもよりも恐ろしく見える。

とにかく、ノートおじさんの機転に感銘を受けつつうなずくと、ナットくんが以前やっていたみたいにベランダのサッシの鍵を開けて、サッシを引いた。

サッシが開いたのを見ただけで、クンチャーイは飛びかからんばかりのうなり声を上げた。タオフーは急いで外に飛び出て、先にサッシを閉めることができた。

けれども目の前で閉まったサッシの透明なガラスに映った姿を見て、タオフーはさっきよりももっと驚いてしまう。

だれかが自分を見つめている。

タオフーの知らないひとだ。顔すら見たことない！

驚いて後ずさる。それと同時に、その人物も後ろに下がった。一瞬の間があって、答えを教えるささやきが聞こえる。

（そうか、これはぼくだ！）

これまでの暮らしで、こんなに驚いたことはない。今まで鏡を見るたびに映っていたのは、真っ白なクマのぬいぐるみの、ふわふわと太った体だった。

タオフーはその姿に慣れていた。けれども今は違う。別のものになっている。ナットくんみたいな姿だ！

タオフーは下を向いて、自分の手を見てみる。本当に変わってしまっていることがわかって、目を見開く。肌色の柔らかい皮膚がついている。なにより両手に五本ずつ指がある！

ほかの部分を確認するよりも先に、ガタガタという音が聞こえてきた。

ベランダのサッシは外から鍵をかけられない。クンチャーイもそれがわかっているみたいで、タオフーがサッシをただ押さえているのを、前足で引っかいて開けようとしている。やつはすきまに団子鼻を突っ込んで、口を開ける。反《そ》った牙とねばっこいよだれが見えて、タオフーは後ろに飛びのいてしまった。そのタイミングを狙って、やつはサッシを顔で押し開けると、ベランダにその全身を出す。

「グルルル！」

タオフーは面食らったが、クンチャーイを止めようと両手を上げる。

「クンチャーイ、ぼくだよ。ダメだよ、クンチャーイ！」

不利な状況を見たノートおじさんが叫んだ。

「ベランダをつたって逃げるんだ！」

タオフーは顔を上げておじさんを探したが、見当たらない。ナットくんのベッドサイドにある時計が、３／23　10：12という日付と時刻を赤い文字で示している。

タオフーがベランダの手すりまで下がったところで、やつはガブリと来ようとする。タオフーは急いで、ふわふわの毛の生えていない、白くてまっさらな足を上げて、ベランダの手すりの外に出た。クンチャーイが飛びかかってくるのが見えて、身体をかがめてベランダにぶら下がる。

このすべてを、タオフーは感覚的にやってのけていた。

タオフーみたいなクマのぬいぐるみに、こんな経験があるはずはない。せいぜい寝室にナットくんがいないときに、デスクや、ベッドや、椅子に登ったことがあるくらいだ。それだって、ナットくんやマタナーさんが部屋に入ってくる前に降りて、もともといた場所に戻っていなきゃならない。

だからタオフーは、自分がクマのぬいぐるみじゃなくなっているということをうっかり忘れていた。ナットくんと同じような身体になったのだから、ナットくんと同じくらい重くなっているのは当然だ。ちょっと力を抜いただけで、新しい身体の重みであっという間に下に落ちてしまった。

そんな奇跡が起こるふつうの朝、ひとりの淑女《しゅくじょ》――マタナーさん――は自分の日々の務めをこなそうとしていた。とはいえ世の人からすれば、マタナーさんはそんなにふつうのひとにも見えないわけだけど。

十年前に出会っていたら、この女性の美しさに感銘を受けたはずだ。彼女はきれいな容姿で目を引くというタイプではない。だけど、身体が小さくて、かわいげがあって愛らしくて、声は甘く美しく響く。近くにいるだけであたたかい気持ちになれる。気づかいの細やかな歴史の先生に守られた子どもになったみたいに。

でも十年が経って、マタナーさんの容姿はそれとは逆の方向に進んでいた。

とはいえ、大きく太った五十七歳の女性は、近くにいるひとに、今でもあたたかくて甘い気持ちを与えてくれる。こう言うと、オールドローズとかパステルカラーのような柔らかい色を想像するかもしれないが、実際のマタナーさんは、濃い色のシフォン生地で作ったフリフリの派手な服をまとって現れることが多い。

男の子みたいに短くした髪は、全体が白くなっている。茶色いべっ甲柄の丸眼鏡をかけていて、てかてかしたピンク色の口紅が、唇より少しはみ出して塗ってある。

欠かすことができないのは、腕でぶつかってカチャカチャと音を立てる、細い、たくさんの金属のブレスレットだ。それと、ウズラの卵くらいのサイズのオパールがついた指輪をはめている。

マタナーさんの睡眠時間はどんどん短くなっていた。

最近は、家に遅く帰ってくる息子と同じ時間に寝ているが、朝の四時や五時にもならないうちに目を覚ましている。身体を包むシルクのブランケットの中で何度か寝返りをうつうちに彼女はイライラしてきて、起き上がって部屋を出る。そのあとは夫と会話しながら、協力して掃除機でほこりや犬の毛を吸って、あちらこちらを掃《は》いたり拭《ふ》いたり。

マタナーさんには、死ぬまでに、息子がおいしいと絶賛するような料理を作ってみたいという夢があったが、今のところそんな日は来なそうだ。

その理由のひとつとしては、息子がいつも仕事に遅刻しそうなくらいに寝坊をするというのがある。そのせいで、息子は母がすねたりやる気を損ねたりしない程度に、スプーンで一口か二口だけしか料理を口に入れないのだ。

息子が焦って落ち着かない様子で家を出ると、ふつうの淑女は、お気に入りの飼い犬の食事を準備する。普段、飼い犬はケージから逃げ出してソファーでのんびりと眠るので、家中に毛が舞うはめになっている。

マタナーさんが以前計算してみたところ、彼女より犬のほうが、毎日の睡眠時間が長かったらしい。そうして彼女と夫は最後に朝食を食べる。朝食中は互いに、文字の世界にのんびりと入り込むことにしていて、そんな時間を愛しているのだ。

彼女の夫は海外の古典を好む。マタナーさんのほうはラックサナワディーの言葉の庭園でしゃくって泣いたり、チュターラットの幻想の世界で翼を広げて夢を見たり、ケーオ・カオの文体と一緒に想像の旅に出たりする。

マタナーさんはいつも、長い時間をかけて本を読む。一文字ずつためつすがめつして視線を動かす。洗濯機が洗濯物を干すよう呼びかける音を響かせるころには、外の陽光が暑くなり始めている。

今日も同じだ。自分と息子の洗濯物を家の脇の物干しに引っ掛けると、マタナーさんは口紅の色と合ったピンクの造花がついた、つばの広い麦わら帽子をかぶった。そしてプラスチックのじょうろを手に取って、塀の横にある水道で水を入れる。

ここのムー・バーンの塀は基本的にセメントを塗ってあるのだが、広く見せるためにところどころが鉄柵になっている。家のまわりのスペースは広くないが、マタナーさんはこの小さな空間に植物を植えて青々とさせていた。花が咲き誇り美しい実がいっぱいになるので、ムー・バーンのだれもが彼女を褒めている。

狭い場所なので、彼女のひとり息子はよく〝ホースを使えばいいじゃん。水を入れてわざわざ重くしたのを持ち上げなくたって〟とぼやいている。

そんなときマタナーさんは、やさしい歴史教師らしいほほ笑みを息子に向けて、小さな子どもに教えるようなしぐさとイントネーションで答えるのだった。

〝じょうろを使ったほうが、お水がしとやかになるでしょ。それに、木の一本一本に、花の一輪一輪に、歩いて挨拶《あいさつ》に行けるじゃない。花や実をつけて、わたしたちを喜ばせてくれてありがとうって。わかるかしら？〟

彼女のタイ語の発音は、いつでも一語一語がはっきりしている。

今日、ピンクのサンタンカのしおれた葉をハサミで間引きながら、マタナーさんはチャートリーの《心の契《ちぎ》り》を口ずさんでいた。彼女がまだ二十代の女性教師だったころからお気に入りの曲。すると突然、そんなふつうの日の、最初の奇妙なできごとが起こったのだ。

なにかが目の前を上から下に通り過ぎて、サンタンカの茂みの中にガサッと落ちた。

「ウワッ！」

そのなにかが、大きな声で叫ぶ。

正体は、彼女の息子よりも若い青年だった。身体にはなにひとつ身に着けていなくて、豆乳みたいに少し黄色がかった白い肌のぜんぶが見えている。

マタナーさんは驚くより先に、空を仰《あお》ぎ見た。ベランダの向こうに鮮やかな藍色《あいいろ》の空が広がっている。おまけに今日は雲もほとんどない。

顔を下げてもう一度、謎の青年を見る。マタナーさんはそれから目を見開いて、口を大きく開けた——大きな笑みを示す口の形だ。

「そうよね、お父さんもわたしと同じ考えよね」

振り返って目を合わせることもなく、彼女は夫の言葉にうなずいて、それから叫んだ。

「星の王子さま！」

青年のほうが身体を動かして、口で「スゥゥゥッ！」と音を立てると、マタナーさんはようやく我に返った。あわてて青年に近づくと「星の王子さま、痛くない？」と聞いた。

まだ顔を歪《ゆが》めてはいたが、〝星の王子さま〟はそのキラキラと光る瞳を彼女に向けた。

不思議なもので、驚いた目つきの中にもどこかで見たようななつかしさがある。だがマタナーさんにそんなことを考える間はなかった。突如、飼い犬の大きな吠え声が聞こえて、そちらを見上げなければいけなかったからだ。

「クンチャーイ！　お父さんがよく話してくれてた星の王子さまよ。驚かなくて大丈夫」

二階のベランダにいる犬は混乱した様子で、グウとうなった。

彼女は視線を下げて、星の王子さまに話を続けた。

「怖がらなくて大丈夫よ。クンチャーイはたぶん、空からひとが降ってきて驚いたの」

見知らぬ青年がなにかを言う前に、マタナーさんは彼を抱えて、少ししゃくれたサンタンカの茂みから立たせてあげた。

「痛くてなにも話せない？　よしよし」

彼は、彼女の息子よりもすらりと背が高い。痩《や》せて見えるが、筋肉はついている。体重もそれなりにあるようで、彼女が助けてやるのも一筋縄ではいかなかった。

「なにも着ないで出てきちゃって。木で肌に傷がついちゃうわよ」

相手のほうはなにも話さず、いろんなことがよくわかっていない様子でうなずくだけだ。とはいえ彼も、自分の足にきちんと体重を乗せようとしていた。身体のあちこちがまだ痛むようなのだが、彼女が自分の体重を支えられないのではないかと恐れて、申し訳なく感じているみたいだ。

「立てそう？　大丈夫かしら」

マタナーさんは彼がしっかり動けるようになるのを待って、手を放した。

星の王子さまは彼女をおそるおそる見つめて、「あ……ありがとう、おばさん」と言った。

「大丈夫よ」

不思議なことに、彼女の答えで、相手はぽかんとしてしまったようだ。マタナーさんは、星の王子さまが人間の世界に唖然《あぜん》としているのだと思って、おかしくて笑った。

「とりあえず家に入りましょう。おばさんとおじさんが傷を見てあげるから」と勧める。

青年はまだ怖がっていて、その誘いにも躊躇《ちゅうちょ》しているみたいだ。

どうしてあげたものかとマタナーさんが困っていたところに、家の透明なガラスドアの奥からガリッガリッという音が聞こえてきた。クンチャーイが息子の寝室から降りてきて、前足でドアを引き開けようとしているのだろう。さらに、知らない人間に関わるなと止めようとするみたいに吠えている。

「じゃましないの、クンチャーイ」

彼女は人差し指を上げた。太った犬がやめないのを見ると「じゃあ今日は、サバの蒸《プラー・トゥー》したやつはなしね」と言った。

その一言だけでクンチャーイはうなだれる。ギョロリとした目が、悲しく沈んでいくように見える。マタナーさんは夫のほうを向いてほほ笑んだ。そして、そうだよね、というお互いの理解があるかのように首を振る。

彼女の手料理を愛している食いしん坊の犬だからこそ、こんなふうにおとなしくなる。

「クンチャーイはあれがすごく好きなの――」

家のドアに向かって一緒に歩きながら、マタナーさんは星の王子さまに話した。

幸運なことに、こんな午前中には近所を歩いている人はほとんどいない。

マタナーさんが住むムー・バーンも、都市部のほかのところと変わらない。仕事のある平日なら、若者たちは会社に行き、子どもたちは学校に行く。残された年寄りは太陽にさらされる気力もなく、家の中で座ったり寝たりしている。

今日みたいな土曜日となると、多くのひとは朝からデパートに買いものに行ったり、そうでなければ子どもを塾に連れていったりする。するとムー・バーンはひとけがなくなって静かになることが多いわけだ。

「——サバを蒸したのと茹《ゆ》でた野菜を合わせて、さいの目に切るの。ニンジンとか、ジャガイモとか、ブロッコリーとか。この犬種は、食べ物に気をつけないと太って病気になっちゃうのよ。人間とおんなじね。星の王子さまにはあんまりわからないかもしれないけど」

マタナーさんは気分よく笑いながら、玄関のドアを引き開けた。

その瞬間に漂ってきたほのかな香りは、マタナーさん自身のやさしくて甘い香りを思い出させるものだ。

マタナーさんが先に家に入る。星の王子さまは、クンチャーイがしょげた顔をしながらも、まだ挑むような目を向けていることに気がついたようだ。足を踏み出していいものか、おっかなびっくりうかがっている。

そんな彼の背中をやさしく押すように、マタナーさんは「星の王子さまは、なんて名前なの？」と聞いた。

「タ……タオフーです、ぼく」

そう答えながら、星の王子さまは慎重に歩みを進めていく。しかし、犬がいつ飛びかかってくるだろうかと目は離さない。

「タオフー。聞いたことのある名前ね」

「その……」

「お父さんもねえ」

マタナーさんは振り返って夫に声をかける。

「星の王子さまとお友だちになったのなら、言ってくれないと」

「おばさん」

「すごくかわいい名前で、わたし好きよ」

今度はタオフーのほうを向いて、マタナーさんが言う。

「タオフー、そこのソファーに座ってて。服と、傷薬とかを取ってくるから。クンチャーイは大丈夫。あの子は食べることばっかりで、ひとに吠えたり噛みついたりはあんまりしないの」

後ろをゆっくりついてきていたパッパッの犬は、バカにされたように感じたのか、不満げにフンフンと鼻を鳴らした。

タオフー王子はびくっと肩を上げてしまう。

「ほ……ほら！」

「いたずら好きなのよ――」

そう言い終わるまえに、「キャン！」という声がした。客人のほうばかり見ていた犬が、正方形のスツールに激突していた。

マタナーさんがさっき洗濯物を運ぶのに使ってそのまま置いておいた編みかごが落ちてきて、犬の全身を覆ってしまう。クンチャーイは、一時的な檻《おり》の中でもがくことになった。

マタナーさんはおもしろそうに笑ってそこから離れていき、タオフーはやっとソファーに腰を下ろすことができた。その視線は、あちらこちらにぶつかりに行くかごのほうを見ている。

マタナーさんの後ろ姿を見送ると、タオフーはかごの犬が追いつけない位置まで急いで移動した。ホッとして、傷の痛みも引いてきたので、今度は自分の身に起こった奇妙なできごとを真剣に考え出す。タオフーというクマのぬいぐるみだった自分が、突然、人間になってしまった。しかも、なぜかマタナーさんにとっては星の王子さまらしい！

どうすればいいかわからないけれど、ひとつだけ思いついた解決策があった。

（ナットくんに助けてもらおう、ナットくんなら絶対に助けてくれる！）

自分の中で答えが出ると、電話のことを思い出した。ナットくんの寝室にしかいなくて知らないことが多いとはいえ、これはよく知っている。いつもナットくんが家に帰ってくると、ベッドに寝転がって電話をいじっているからだ。

ナットくんはときどき、それで友だちとおしゃべりをしている。もしほかに電話があれば、ナットくんに助けを求められるはずだ。

さっきマタナーさんの質問に答えたとき、彼女にはタオフーの声が聞こえていた。ほかのひとにもきっと聞こえるはずだ。

きょろきょろと視線をさまよわせていると、大きなテレビの脇に携帯電話が置かれているのに気がついた。ただ、あのあたりはスペースが広くなっていて、自由になったクンチャーイが飛びかかってくるかもしれないのが怖い。

しかしタオフーは決意した。

(これは、今このときの恐怖よりも大切なことだね)

首を伸ばして、クンチャーイがなにをしているかを確認する。

かごを編んでいた籐《とう》の一本がほどけて、棚の角に引っかかっていた。やつはそれを外そうと一生懸命になっている。

今がチャンスだと思って、忍び足で携帯電話に近づき手を伸ばす。目では、まだ犬のほうをちょくちょくうかがいながら。

電話を手に取ったその瞬間、太ったワン公のほうは、棚からかごを引き剝《は》がした。そしてかごを被ったまま、こちらに突撃してくる。

タオフーは縮み上がったが、足がナットくんと同じくらい長くなっていたのはラッキーだった。二歩跳んだだけで、ソファーの上に逃げることができる。飛びつく目標を失ったクンチャーイは、その勢いのままテレビ台にドンとぶつかって、放心していた。

タオフーは一安心して、改めて携帯電話に視線をやる。ナットくんがいろいろと押しているのを見たことはあるが、正しい使い方はわからない。

そのときだった。手の中の薄い携帯電話が明るく光り、女性の声が聞こえてくる。

「こんにちは/クマのぬいぐるみさん」

タオフーは驚いて目を見開く。

「ぼくがだれだかわかるの?」

「私はマタナーさんの電話だもの/なんでも/お見通しよ」

その言葉はおそらく、当然のことだと胸を張っているようなニュアンスなのだろう。けれども彼女の声には抑揚がなく、ほとんどなんの感情も読み取れないくらいに落ち着いていた。おまけに言葉が細切《こまぎ》れで、リズムが不自然だ。

「オッオー」

突然、別の声が横から聞こえた。

「ユーにグーグルのアプリが入っているのはさ、ヒーも知ってるよ。だけどさダーリン、それはべつにユーがなんでもお見通しだって意味じゃないのよ」

「ソファーさん！」

タオフーは叫んだ。そして、自分がその声の主を踏みつけていることに気がついて「ごめんなさい」と言いながら座り直す。

「イッツ・オーケー、ハンサム！」

ソファーさんはイケイケの女の子らしく、澄んだ声を上げた。

「ユーが気になるなら、ソファーのアイがシックにやってあげるわよ。アイはボケばあさんと一緒にテレビを見て勉強してるからね」

「マタナーさんのことを／ボケばあさんと／呼ばないで」

電話さんの単調な声がそれに反論する。仰々《ぎょうぎょう》しいことこのうえないソファーさんの話し方と競っているみたいだ。たしかに物静かなしゃべり方の電話さんからしたら、ソファーさんの調子にはイライラするだろう。

「マタナーさんはただ――」

「ただワット？　ハズバンドが死んでたって、宙に向かって話すことはできるもんね。ラブ・イズ・イン・ジ・エア？」

「うーん……」

電話さんは咳払《せきばら》いをした。

「グーグル／マタナーさんに／なにがあったの」

「ちょ……ちょっと待って」

これ以上話が広がる前に、あわてて争いをやめさせる。

「ぼくはただ、電話さんに電話をかけてほしくて――」

「マタナーさんの／電話」

彼女はもとと同じ平板な声でそう強調した。ソファーさんが横から大きな声を上げる。

「ゴッシュ！」

だけどタオフーはそれを気に留《と》めず、電話さんにだけ返答した。

「はい、はい、マタナーさんの電話さん。ナットくんに電話をかけてほしいんです。見てよ、クマのぬいぐるみだったのがいきなりこんなになっちゃって」

タオフーは腕を上げて肩を指し、それから裸の下半身に向けて手を下げていった。

動いていった指先がその〝下〟を指すようなかっこうになって、ソファーさんはさっきと同じ言葉を、もっと低い声で、まるで目を見開くように言った。

「ゴ……ッシュ」

「クマのぬいぐるみが人間に？」

「そう――」

その言葉に答えてからタオフーは我に返って、声の主のほうを振り返る。

「おばさん！」

服と救急グッズを持ったマタナーさんがちょうど戻ってきたところだった。ソファーさんが「ボケばあさんが来たよ」と不満そうに言う。

「こら！」

マタナーさんの電話さんが、低めの声でソファーさんを窘《たしな》めた。

彼らの声が聞こえていないマタナーさんは、そのままタオフーに話し続ける。

「そういうことなの。どうりでこんなにかわいいわけだわ。どのぬいぐるみかしら、星の王子さま？」

「タ……タオフーだよ」

「ああ」

マタナーさんは、思い出した、というふうに人差し指を上に向けた。

「そうね、タオフーって名前だったわね。でもねえ、星の王子さまって呼ぶのに慣れちゃったのよね」

「ち……違うんだよ、おばさん。つまりぼくは、タオフーなの。ナットくんの部屋にいる白いタオフー」

「そうね、そうね。こんなにイケメンに育っちゃって。いらっしゃい。お尻に薬を塗ってあげるわ。それからお洋服を着ましょうね」

マタナーさんが、子どもの機嫌をとるのと同じように適当にうんうん言っているというのが伝わってきた。

太ってはいるが、その表面はしわしわのマタナーさんの手が、消毒液を垂らした脱脂綿をつかんでお尻に近づいていく。すると急に「きゃあ！」という若い女性の叫び声が聞こえて、タオフーはビクッと少し跳ねてしまう。

今度の声の主は、マタナーさんの履《は》いている左のスリッパだった。

「ど……どうしたの？」

タオフーが尋ねる。

手当てをしようとしていたマタナーさんが不思議そうに尋ねてくる。

「それを聞くのはわたしよ。どうしたの、ビクッとして」

足下のほうでは、先ほど叫んだ若い女性の声に、若い男性の声が答えていた。

「かわいこちゃん、なにを怯《おび》えているのかな、うん？」

視線を下ろしていくと、そう聞いていたのはマタナーさんの右のスリッパだ。

恋人が答える。

「あなた、おばさんってね、死んじゃいそうなくらい重いのよ。一歩踏み込まれるたびにね、わたしったらつぶれちゃって息ができないくらい。そんなに手に力が入っていたら、クマさんの足もつぶされちゃうと思って」

「オーバー・アクト！」

ソファーさんは相手がだれでもからかえるらしい。

左のスリッパさんの言葉をうけて、タオフーはぎこちなく笑う。

「ぼ……ぼくは大丈夫です。おばさん、やさしくお願いしますね。痛いのは嫌で」

「たまには痛い目を見てもいいんじゃないかな！」

右のスリッパさんは喉の奥でささめくような声を出した。

「あのぬいぐるみは、支配階級の幻想の産物だよ。抱きしめられ、高く掲げられて、ぼくたちのようにだれかに踏まれたことなどない。ぼくたちは踏まれていることも忘れられて、洗濯すらしてもらったことはない。これで、権威主義というのが一体どんなものか少しはわかるだろう！」

足下でそんな会話が繰り広げられているとはまったく知らないマタナーさんの手は、脱脂綿を持ち、真っ白でなめらかな肌の赤い擦り傷を包むべく近づいていく。しかしそこで、タオフーが言葉を発した。

「おばさん」

脱脂綿の動きがまた止まることになって、マタナーさんは眉をひそめる。

「ナットくんに電話をしてもらえないかな。先にナットくんに伝えておかないと、きっと驚いちゃうよ」

「大丈夫よ」

どうもマタナーさんは別の方向に理解したようだ。

「ナットはわかってくれる。あの子はいい子だもの。それに、おばさんがあなたをここに住ませるって言えば、ナットは逆らえないわよ。そうでしょ？」

マタナーさんの手は、左のスリッパさんが脅《おど》したほどは重くなかったので、足がつぶれるようなことはなかった。

正午までには傷の手当てが済んで、それからマタナーさんはクンチャーイを捕まえて、ケージに入れてくれた。そして、ナットくんの服を選んできて着させてくれた。

以前、ナットくんが週末によくこのシャツとハーフパンツを着て、お出かけしていた覚えがある。ナットくんのサイズなので、タオフーの身体を軽く締めつけるくらいには小さい。ハーフパンツに至っては太ももが見えるくらいに短かった。

だけど、クマさんはとてもうれしく思っていた。

「イケメンじゃない、ねえお父さん」

鏡の前にタオフーと並んで立ったマタナーさんが、振り返って空気に話しかける。

そのときに初めて、タオフーは人間になった自分の姿をしっかりと目にした。

鏡の中の男は、ちっとも抱き甲斐《がい》がなさそうな見た目をしている。

背は高く痩せていて、身体の中身のほとんどにカチカチの筋肉が詰まっている。あらゆる部分が硬くてパンパンだ。毛はうっすらとしか生えていない。

なめらかに張った肌はピンクがかった白色になっている。とても薄い肌で、下を通る青い筋が見える部分もあるくらいだ。

それに、腕と手の甲にも、盛り上がった木の根みたいな太い筋が走っている。おかげで余計に抱き心地が悪そうだ。

今日にしている男は、ナットくんと同じように、くしゃくしゃの髪を切らずにそのままにしている。濃い茶色の繊細な髪の毛が、おでこを覆うくらいまで伸びている。そのすぐ近くに真っ黒な濃い眉毛があって、ひどく薄い肌の色と対照的だ。

顔は丸というより先細った楕円形《だえんけい》だ。ほっぺたがかなり柔らかそうで、ピンクがかっていて、丸みがあったのはまだ良かった。

目もうボタンじゃなくなってしまって、本物の人間の、濃い茶色の丸い瞳になっている。目はかなり細長くて、まつげは長くて、まぶたはほんのりと二重に折り込まれている。

もちろん、鼻も小さくなってしまった。前よりも高く鋭く見えるし、先っぽはもう黒い丸じゃない。糸でほほ笑みを作ってあった唇は、ナットくんの唇と同じ薄いピンクのひだになってしまった。

そう、タオフーは不満だった。だけどおばさんが言ってくれた〝イケメン〟というのが、見た目のいい男性を意味することは知っていたので、これもいいのかもしれないと思うことにした。

ナットくんが携帯電話で友だちにメッセージを打っているときに、イケメンが好きと書いていたのを見たこともある。

そのあと、マタナーさんがしつこく勧めてきたお手製の昼食を食べたタオフーは、まだ電話の近くをうろうろしていた。

しかしマタナーさんの電話さんは持ち主の指示に従っているわけで、どれだけタオフーが待っても助けてくれようとはしない。

「物」の多くは、持ち主の言うことを聞くようにできている。

この日はしょうがなく、残りの時間をずっと、ナットくんが自分を助けてくれるのかどうか考え込んで、そう期待して過ごすしかできなかった。

このままだとページの無駄になるし、物語の時間の流れというのは現実よりも遅すぎたり、早すぎたりする。ということで、みなさんもお待ちかねのところまで飛ばしてしまおう。


そろそろ夜の十時になろうかというころ。

普段、マタナーさんはソファーでテレビを見ながら息子の帰りを待つ。彼女は遅く寝て、早く起きる。けれども今日ははやばやと眠り込んでしまった。いつもより身体を動かして、疲れたからだろう。

ほかの家と同じように、その主が眠ると、家の「物」が眠りから目覚めて、ストレッチをはじめる。

このことを知っている人間はほとんどいない。

そんなわけで、人間がふとどこかを向いたり暗闇を見つめたりしたときに、生き物なんかいないはずのところでなにかが動くのを目にすると、この世界は幽霊だらけだと思い込んでしまう。

だけど本当は、幽霊の数は大したことがない。落ち着きのない「物」たちが、体の動きを止めるのが間に合わなかっただけのことだ。

ソファーさんが愚痴る。

「眠ったボケばあさんに乗っかられたら、アイがアローンで体を硬くしてなきゃいけないじゃん。ノットト・フェア！」

「公正さなんてものは、単なる言説にすぎない」

右のスリッパさんが反論した。そう言いながらゆっくりと這《は》って、ガラスの応接テーブルにそっと登っていく。

「かわいこちゃん、助けてくれないか」

右のスリッパさんはテーブルよりもだいぶ背が低い。テーブルの端まで登り切るころには、落ちるのじゃないかとヒヤヒヤするくらいに、ブラブラ揺れていた。

「かわいこちゃん」

声をかけられた左のスリッパさんがまだ眠りの中にいるのに気がついたタオフーは、急いで手を伸ばして彼を支える。驚いた右のスリッパさんは、一瞬、体を硬くした。

そのあと無事にテーブルの上に置かれると、自信なさげにタオフーのほうを振り返った。だがその直後、その手を振り払うように体を反らし「ふん！」ともったいぶって鼻を鳴らした。そしてテーブルの上を這っていって、テレビのリモコンの数字を押す。

「愚昧《ぐまい》な中産階級は、愚昧な番組ばかりを見る」

彼が言う。お笑いじみた歌のコンテスト番組が、真剣そうなニュースの討論番組に変わる。

「マタナーさんは／寝て／ばかり」

電話さんが単調な声でそう言った。

「いったい／ナットはどこにいるのか／普段は／こんなに／遅くならないのに」

「ハロー、シーがユーを使って子どもに電話をかけるのはさ、べつに子どもがユーのものでもあるって意味じゃないのよ、シス」

「あなたみたいなのに／なにが／わかるの／子どもは／目に入れても／痛くない／子どもがいなければ／わたしは死ぬ」

「もし子どもを持てたら、いいわね」

目を覚ました左のスリッパさんがひとりごちる。

その恋人が気の毒そうな視線を向ける。

「子どもを養う余裕がなければ子どもは持てないよ、かわいこちゃん。今の社会は子どもを育てるのには――」

「イカれてるでしょ！」

ソファーさんがはっきりとタイ語で罵《ののし》った。

「体からポロッと出てくるって言ってもね、子どもはバッテリーじゃないの。大体どこのスリッパが挿したり抜いたりして、しかも妊娠するっていうのよ！」

電話さんはソファーさんの声が聞こえないふりをして、勝手にメッセージアプリを開く。そして、〝ナット、どこにいるの〟と打ち始めた。

そのメッセージが送られる前に、家の塀のほうから車の音が聞こえた。それに続いて、ドアベルが鳴る。

02　残忍なる国王オークルアン・ソーラサック

「ひとが来た！」

「ひとが来た！」

「物」たちがどよめく。右のスリッパさんは、体をすべらせて応接テーブルの下に入った。タオフーはいつもの癖でソファーの背もたれに寄りかかって、元クマのぬいぐるみらしく身体を硬くする。

「ボーイ！　ユー・アー・ノット・ア・ドール・エニモア！」

ソファーさんの警告で我に返るのと同時に、ドアベルがもう一度鳴らされた。

「おまえが出ないとならないな、クマ公」

右のスリッパさんが、さっきよりも少しキツさを抑えた声で言った。

それはそれとして、テーブルの下のだれからも見えない床では、左のスリッパさんが恋人にすり寄って震《ふる》える声でささやいていた。

「でももし、これがナットじゃなくて――」

「そのとおりだね、かわいこちゃん。景気が悪くなれば犯罪者だらけさ！　心配いらないよ。なにか起これば、ぼくがかわいこちゃんを守るよ！」

「底辺のやつらは、ソー・妄想ばっかだね！」

タオフーはおそるおそる立ち上がる。

これまでナットくんの寝室からほとんど出たことはない。下の階がどうなっているかなんて、まったくわからない。上の階に広がるあたたかな空間以外に知っているのは、この世界には悪い部分といい部分があるってことだけだ。

それは、ナットくんの携帯電話の画面を通して知った。

ナットくんがベッドで携帯電話をいじっているときに気になってこっそりのぞき見したり、部屋を仕切るオープンシェルフの高いところに突っ込まれたノートとかいろいろな本を、こっそり読んだりしていたのだ。

タオフーが一番気に入っていたのは絵本だった。表紙には日本語の文字が散らばっていて読めなかった。それなのになぜ興味を持ったかといえば、ナットくんがそれを読みながら涙を拭《ふ》いていたからだ。こっそりのぞき込むと、主人公の女の子が保護者会で両親とはぐれてしまう場面だった。

タオフーはそのときに初めて、本を読むときには、本を読むひとの心を読むこともできるということを知った。

「タオフー、気をつけてね」

左のスリッパさんが釘を刺す。

歩いていったタオフーが、ガラスドアを少しだけ開ける。門扉《もんぴ》の前に赤い車が停まっている。柱についた外灯の光の下にだれかが立っているのが、はっきりと見えた。

「ケーンくんじゃないか」

タオフーが目を見開いてつぶやく。

左のスリッパさんが応答する。

「ナットのお友だち？」

ケーンくんにもタオフーが見えたようで、彼はこちらに向かって「ナットを送ってきました」と叫んだ。

「どうして／ケーンがわざわざ／ナットを／送るの」

マタナーさんの電話さんは、単調な声色で困惑《こんわく》を口にした。彼女が「グーグル――」と尋ねようとするのをソファーさんがさえぎる。

「ドアを開ければわかるでしょ！」

タオフーはドアを広く開けて、すぐに門扉のところに向かった。

本物のケーンくんは、ナットくんとのビデオ通話で見たのよりも小さい。彼の顔はよく見るし、声もよく聞いているしで、すっかりよく知ったひとのような気分だ。

ビデオ通話にしたままで電話をクマのぬいぐるみの前に置いたナットくんが、身だしなみを整えたり、あれやこれやを取りに行ったりすることもある。そういうときはまるで、ケーンくんが自分と話しているような気持ちになったものだ。

ケーンくんは身体も小さいが、目も小さくて細長い。肌は新鮮なミルクみたいに白くて、黄色や茶色っぽいシンプルなクルーネックのシャツと、スキニーパンツをよく着ていた。陽気なひとだ。

抱き枕さんがたまにナットくんの電話の画面をのぞき見ては、ケーンくんの陽気さは、自分をつまらない人間に見せないための手練手管《てれんてくだ》だと言っていた。手練手管というのがどういう意味かタオフーにはわからないが、ケーンくんの笑い声は好きだ。世界を明るく、楽しくしてくれる。

笑うとき、ケーンくんは眉を高い位置まで上げてから、首を前に突き出す。それで、目尻とおでこに長いしわができる。表情があまり変わらないナットくんよりも長いしわが。

もちろん、タオフーがケーンくんを知っているのとは違い、彼はこの身体のタオフーを知らない。その姿がはっきり見えた瞬間、ケーンくんは少し戸惑《とまど》っていた。しかしきちんと閉まっていなかった車の窓から漏れ聞こえた鼻歌で我に返った彼は、振り返って後部座席のドアを開けると、言った。

「ナットのやつが酔っ払って――」

半分くらいはそう話すケーンくんの陰になっていたが、車内のライトのおかげで、後部座席で伸び切ったナットくんの身体が垣間見えた。

「――門を開けてくれるか。中に連れていくから」

おばさんが門扉を開けてナットくんを迎え入れる様子を、寝室の窓にしがみついてこっそり見たことがある。多少ぎこちなかったが、タオフーにも門扉を開けることができた。ナットくんを引っぱり出すのに精いっぱいで、ケーンくんがこちらを見ていなかったのは幸運だった。

ナットくんは、ケーンくんより頭半分くらい背が高い。ケーンくんがナットくんを支えて歩く姿勢にはかなり無理があり、タオフーもう片方を支えないといけなかった。

ナットくんからはいつものベビーパウダーみたいな香りがせず、鼻にしわを寄せるくらいにツンとした臭いがする。この臭いは嗅いだことがある。こういう体臭がするとき、ナットくんは自分を抱きしめてくれない。タオフーはそれが嫌だった。

ツンとする臭いだけではない。ナットくんの顔は赤くて、てらてらと脂《あぶら》ぎっている。目はトロンとしていて、長いまつげがところどころ下を向いている。唇はモゴモゴと動いて、よく聞き取れないなにかを歌っている。ナットくんをもたもたと家のドアまで連れていくうちに、少しずつ口の動きを追えるようになった。

ナットくんに合わせて鼻歌を歌っているのが聞こえたみたいで、ケーンくんが不思議そうにこちらを見る。照れ隠しに笑うタオフーが言葉を発する前に、別の声が家の中から大きく聞こえた。

「ナット、帰ってきたの？」

「おばさんが起きた！」

タオフーは叫んでしまう。

外の大きな音で、マタナーさんは目が覚めてしまったのだろう。彼女はソファーさんから起き上がって、こちらにやってきていた。綿のパジャマを着ていて、下は膝を覆うくらいのスカートだ。まだぼんやりしていたが、べっ甲柄の眼鏡をかけている。白髪におかしな寝癖がついていた。

「おばさん、こんばんは」

ケーンくんはそう挨拶《あいさつ》しながら、かがんで靴を脱ぎ、ナットくんの靴も脱がせた。おかげで、タオフーがひとりでナットくんを支えなければいけなくなる。

ナットくんの顔が肩に触れて、あたたかな吐息を首筋に感じた。まだツンとする臭いもしているけれど。

だけどナットくんのものであれば、なんだっていい気分になれる。

ナットくんのほっぺたが、服の襟元からはみ出したタオフーの鎖骨に触れる。今朝はたぶんひげを剃《そ》らなかったのだろう。残ったひげが肌をこすって、くすぐったい。だけど、動いたらナットくんがすべり落ちてしまうかもしれなくて、我慢した。

ナットくんの唇はまだモゴモゴと動いていて、まるでタオフーだけにささやきかけるみたいに、歌を口ずさんでいる。

ナットくんは任せて、という言葉の代わりに、クマさんはその身体を強く抱き寄せた。うなずいたケーンくんは、ソファーさんのほうへ先導してくれながら、マタナーさんに言う。

「今日、中学の友だちと会ってて、そこにナットも混ざったんですよ。それでベロベロに」

マタナーさんはまるで若い女の子みたいに、恥ずかしそうにほほ笑む。

「ナットはお父さんにはぜんぜん勝てないわね。お父さんがこれくらいのときは、何杯飲んでもちっとも倒れなかったのに」

彼女は自分のすぐそばの空中に向かってそう言った。

代わりに答えたのは、マタナーさんが履《は》いている左のスリッパさんだった。

「待ち損ね。今日はナットに助けてもらえなさそうだわ」

「まだホープ・フォー・ヘルプなの？」

ソファーさんは目を白黒させながら、呆《あき》れたような声を出した。

「本当にイノセントね。言ったでしょ。知らないやつが家の中を歩き回っているのを見たら、ナットに追い出されるって」

彼女は、タオフーが抱えたまま近づいてきたナットくんの身体をあごで指した。

タオフーは不安になってくる。

「どうしたらいいかな」

タオフーが自分に話しかけているのだと思って、ケーンくんが答えてくれた。

「とりあえずここに置いて、あとで上に運ぼう」

しかし、まだマタナーさんに履かれていない右のスリッパさんがそれに逆らう。

「すぐに上に連れていって寝かせるんだ。それ以外はあとで話そう」

「ケーン、大変だったでしょ。お水を持ってきてあげるから。スリッパ、もう片方はどこかしら」

「大丈夫です、すぐ帰りますよ」

そう言いながら、ケーンくんはタオフーのほうをあごで指していた。

「おばさんの親戚ですか」

「ああ」

マタナーさんは今思い出したといった様子で、ケーンくんにほほ笑みを向ける。

「こちらは星の王子さま。空から降ってきたの」

マタナーさんの人差し指の指す方向をケーンくんが見上げているあいだに、ソファーさんが口元を歪《ゆが》めた。

「ラーンナー文字の8みたいに、ロール・マイ・アイズしちゃいそう」

右のスリッパさんがザッザッという音を立てて、ふたりの人間には見つからないようにマタナーさんのつま先からこっそり離れていく。そしてタオフーに「こいつを連れ出して、それで、自分は親戚だって言っておけ」と言った。

命令する声こそ厳しいが、右のスリッパさんはそれなりに信頼のおける相手だ。タオフーはそれに賛同して、ケーンくんに言った。

「ナットくんを送ってくれてありがとうございます。タオフーです。みなさんの親戚です」

右のスリッパさんの言うことを簡単に聞いたのがソファーさんは気に食わなかったらしい。口を挟んで、補足させようとする。

「遠い親戚」

「遠い親戚です」

タオフーはみんなに満足してほしい。

「おお」

ケーンくんはうなずきながらも、まだ混乱している。

「十年の付き合いになるけど、こんなにイケメンの親戚がいるなんて、ナットに聞いたことなかったな。進学で引っ越してきたのか?」

「進学?」

「そうだ」

右のスリッパさんがガイドを続けてくれる。

「そうです。進学で引っ越してきて」

「ならよかった」

ケーンくんは安心した様子だ。

「おばさんを頼むよ。ナットは忙しくてあんまり時間がないし。心配なんだよ。で、おまえ、ナットを上まで運べるよな」

タオフーはナットくんを運んだことがない。ナットくんに運ばれるばっかりだった。うっかり上に座られたり寝転ばれたりして、つぶされたこともある。だから、ナットくんを運べるかどうかなんてわかりっこなかった。

ケーンくんはあくびを嚙み殺そうとする。目を大きく開いて眠気を抑えようとしているが、目はずっと細いままだ。だが突然こちらに踏み出して、タオフーの肩を叩いて言った。

「いけるって。ナットよりでかいんだからさ。おれは急いで帰らなきゃだから。明日は日曜日だってのに、朝から仕事が入りやがってよ」

「は……はい」

ケーンくんは、ドアのほうを向いた。ところが足を止めて、またこちらを向く。

「そうだ。おれの名前はケーンだ。ケーンシット」

「はい、ケーンくん」

そう呼ばれたほうは口の端をスッと高く上げた。瞳はキラキラと光っている。

「かわいいやつだな、おまえ」

「みんなそう言ってくれます」

ケーンくんはタオフーのあまりに平凡な回答に笑ってくれた。

「いいことだ。じゃあまたな」

タオフーがついていって門扉を閉める。家に戻ると、ソファーさんが言った。

「ボケばあさんは霊の声を聞いたみたいで、息子の酔いざましにホット・ウォーターを用意しに行ったよ。だけどアイが思うに、この子はすぐベッドルームに連れていったほうがいいよ、ハンサム。ヒーを眠らせてあげないと」

「つまりね、ナットちゃんはこんなに酔っ払ってるから、吐くかもしれないでしょ。わたしはね、彼の吐いたのをお腹にかけられたくないのよ」

家のどこかから、別の若い女性の声が聞こえた。タオフーは不思議に思って振り返る。

「ええ?」

「掃除機だよ」

ソファーさんが答えを教えてくれる。それに続くひそひそ声の陰口。

「プル・マイ・ヘア・ソー・オーフン!」

「見えっこ/ないわ/クマさん/掃除機は/階段下の/収納に/しまってあるから/だけど彼女は/よくこっそり/わたしたちの話を聞いている」

マタナーさんの電話さんも説明してくれた。わかりやすく話さないソファーさんにイラついたのだろう。彼女は掃除機さん本人に聞こえないように小さな声で話そうとしたが、音量が固定されていて、できなかった。彼女の単調な声では、これ以上小さく抑えて話すのは難しいのだろう。

「ナットくんが床に吐かないように気をつけるよ」

タオフーは階段のほうに首を伸ばして、掃除機さんに答えた。その上で、もし吐いてしまっても自分が受け止めるつもりだった。たとえ肌と中の綿が汚れてしまい、また洗濯機に入らないといけなくなったとしても。

「ナットくんを部屋に連れていくね。みんな、おばさんをよろしく」

家具たちが答えてくれたので、タオフーはナットくんを支えて、少しずつ立ち上がらせる。そして頭をなでて、もう一度首元に傾かせた。

「ナットくん、上に連れていくからね。寝てね」

本人は目も口も開けないまま、声だけが返ってくる。

「うんー」

ナットくんは重いし、鼻をつく臭いもある。それでもナットくんとくっつくことができて、タオフーはいい気分だった。おかげで、一歩もよろめくことなく階段まで連れていけた。

ただ、酔っぱらいに階段を上がらせる難しさは桁違いだ。下唇を嚙み締めて、力いっぱい、一段ずつナットくんを引き上げていくほかないだろう。

人間は疲れると、すべすべだった肌から水が出てきて、余計にすべるようになるというのを忘れていた。クマのぬいぐるみのときは、どんなに走ろうが遊ぼうが体はずっと乾いていたからだ。

タオフーは自分の知らない生理的反応に驚いた。腕がつるつるとして、ナットくんがすべり落ちてしまいそうになる。かといって、彼の身体を引き寄せて体勢を整える余裕もない。

(水よ出てくるな、出てくるな！)

と祈るばかりだった。

そして、そんなふうに祈れば祈るほど緊張したり、興奮したりして、そのぶんもっと汗が流れる。汗が流れるのを見ると、ますます焦《あせ》ってしまう。

「ナットくん、ナットくん！」

タオフーは目を見開いて、ナットくんの身体を揺すった。目を覚まして、この危険を察知してくればと思ってのことだ。

「ナットくんってば！」

「うん……」

呪文をかけられたみたいに、ナットくんのまぶたが少しずつ開いていく。添えられていた頭がゆっくりともたげられていく。そして、今どこにいるのかを理解したナットくんは、足を踏み出そうとした――。

さっき家に入る前に、ケーンくんがナットくんの靴を脱がせてくれていたけれど、ナットくんはさらに厚くて柔《やわ》らかな靴下を履いていたのだ。

ナットくんは、そんな足で、ワックスで磨かれた木の階段に危険な一歩を踏み出した。床に体重をかけたその瞬間、ナットくんの身体がツルッとすべって、段鼻に顔面から突っ込んでいくような方向に転んだ。

湿ってすべる腕で押さえるのが間に合わなかったら、ぶつかった衝撃でナットくんのシュッと高い鼻が折れて、きれいに並んだ白い歯も抜け落ちていたかもしれない。

しかしそのタイミングで、ナットくんの体重がすぐにタオフーにもかかって、一緒に転んで尻もちをつく。お尻が痛い。片手で手すりをつかむのが間に合ってラッキーだった。

それと同時にナットくんの身体がずり落ちてタオフーに重なり、ふたりのおでこが激しくぶつかる。

それでもなお、ナットくんを抱いていたほうの手は、彼をしっかりと抱いたままだった。

タオフーはナットくんが一番心配なのだ。

ドン！　という大きな音で、階段下の収納にいた掃除機さんが、怖がって叫ぶ。

「キャア！　気をつけてよ！　あ、あのね、もしナットちゃんがどこかに強くぶつかったりしたら、吐いちゃうかもしれないでしょ！」

ナットくんの鼻と唇がほっぺたに押しつけられたまま横を向いて、タオフーは叫び返す。

「ご、ごめんなさい」

「うう……いってえ……」

身体に乗っているナットくんのうめきが聞こえて、そちらを向く。頭をなんとか離すと、ナットくんのしかめっ面と、少しずつ開いていくまぶたがはっきり見えた。

「ナットくん、もうちょっとがんばってね。今から部屋に連れていってあげるから」

「あー……だれの部屋かな、今日はだれの部屋がいいかなあ」

間延びした声は、まるでナットくんじゃないみたいだ。目つきもぼんやりとしている。

「ナットくんの部屋だよ」

「ああいいね、新しいところだ。行ったことないよ」

そう言い終わったナットくんは、立ち上がるのではなく、唇を突き出してタオフーのほっぺたにキスをした。その唇が、少しずつ肌をなぞるようにあごの横に降りて、首元に向かっていく。

「ナットくん、ふざけないでよ、くすぐったいよ。ゆっくり立ってね」

タオフーは手すりをつかんでいないほうの手でナットくんを押して、引き剝《は》がそうとした。

だがそうすると、相手は余計に体重をかけてくる。ナットくんがタオフーの耳たぶを甘噛みしながら言う。

「そーう。ゆっくり立ち上がらないとな。ふへ、いいにおいだあ」

今度は舌を出して首筋を舐《な》める。舌先のざらざらした感触と、熱い息がくすぐったい。

「いいにおい、だし、甘いな……」

「ナットくん、今ふざけないでって。ぼく、うまく立てないんだよ。部屋に行かないとさ」

「あー……」

ナットくんは口から重苦しい息を吐く。

「オーケー。部屋に……行かないとね……」

タオフーはなんとか、少しずつ立ち上がる。今度はナットくんも聞き分けがよくなった。身体を引いて、タオフーが立ち上がるのを助けてくれる。

しかし、しっかり身体を伸ばして立ち上がったと思ったら、またすぐタオフーの首のほうに顔を傾けてちょっかいを出してくる。だんだんと頭を下ろしていき、服の下に隠れた鎖骨のほうへ。

そんなわけで、決して遠くはなかったはずのここから先の道のりは、とても険しかった。タオフーはナットくんを引きずるようにふらふらと進み、ようやく、寝室に連れていくことができた。

二十平方メートルの寝室は暗闇に沈んでいる。部屋の中の「物」たちには、足音が聞こえていたか、振動が伝わっていたかしているはずだ。みんな、急いで持ち場に戻ったのだろう。

ドアを開けたその瞬間、部屋の中は、今朝ナットくんが出ていったときとまったく同じ配置のまま、静寂《せいじゃく》に包まれていた。

ただし、タオフーがナットくんをベッドに連れていくあいだ、一歩進むたびにぼそぼそとしたぼやきが聞こえる。

「うーん？　なんか臭くないか？」

「こんなに臭うってことは、確実に酔ってるね」

「どこでそんなに酔っ払ったんだ、ナットは」

最後の声は、デスクの上に寝転んでいたノートおじさんのものだ。タオフーはうっかりそれに答えてしまう。

「今日はケーンくんの中学の友だちと会ったんだって」

「こいつらが、大きくなって飲んべえになるとは思いもしなかったよ」

ナットくんはタオフーが自分に話しかけていると思ったのだろう。タオフーの胸に顔をうずめて、指でタオフーのシャツのボタンを外そうとしながらもごもごと答えた。

「うん……ほとんど全員と会ったかな……」

「右だよナットくん、右側」

タオフーは彼が大きなベッドのほうに進めるように、方向を伝える。

「そうだな……右から……」

それと同時に、上からふたつ目のボタンが外れた。ナットくんの指が右胸のところに差し込まれてくる。

「おお、女神さまあ！　このバージョンのナットが一番好きだな」

ベッドの上に転がったままの抱き枕さんが、はしゃいで跳び上がるみたいに叫んだ。

「クマ公」

少し離れた後ろのデスクから、ノートおじさんの渋い声が聞こえる。おじさんは咳払《せきばら》いをしてから、落ち着いた声で続けた。

「気をつけろよ」

「なにに気をつけるの――」

「なにグダグダ言ってんだよ、こっちに来いって」

ナットくんはタオフーにしゃべらせない。両手でその顔を下げると、自分の唇とタオフーの唇を合わせた。タオフーは驚いて息ができない。

タオフーはナットくんを押し剝がそうとするが、相手はそのタイミングを利用して、こちらをベッドに押し倒す。ベッドのスプリングの力で跳ね上がる間もなく、ナットくんの身体が覆いかぶさり、その口が首筋に強く噛みつく。

　ノートおじさんが心配するんじゃないかと思って、タオフーはなんとか首を伸ばして言う。

「大丈夫だよ、おじさん。問題ないと思う。ぼくがこういう姿になっても、ナットくんはいつもみたいに遊ぼうとしてるんだ」

「アホかクマ公！　これは〈生映画《ナン・ソット》〉――衆人環視プレイ――だ！」

　すぐ隣に転がった抱き枕さんはバカにするみたいに笑いながら、目をそらさずこちらを見ている。

「なんで人間になったのがおれじゃねえんだ！」

　タオフーは〝生映画〟という言葉について考え込む。ナットくんがケーンくんにこの言葉を使っているのを聞いたことがある。ナットくんが携帯電話で開いているアプリにこの言葉が出てくることもある。ただそれがなんなのかは、あまりよくわかっていなかった。

　ちょっとおかしなスラングらしく、それでひとがよく笑うというのは知っているのだけど。それとも――。

　それ以上考えを進める前に、ナットくんの激しいキスが右胸から上がっていく。彼の唇が、タオフーの唇を覆う。舌が差し込まれてきて、こちらの舌に絡む。

　タオフーはびっくりしたし、怖くなってしまった――ナットくんが舌を入れてきて自分の舌で遊ぼうとしているのが怖かったし、息ができなくなりそうなのも怖かった――ぬいぐるみだったときは、息なんかしなくてよかったのだもの！

自分が怖がっているということを伝えようとナットくんに声をかけてみたが、向こうはまったく気に留《と》めない。彼の手が、人間になったタオフーの身体のあちこちをなでている。

くすぐったいタオフーは、身体をねじって、硬くして、避けようとする。けれども、避ければ避けるほどナットくんは調子が出てくるみたいで、激しく攻撃してくる。

ナットくんは、タオフーが振り払えないように、下半身をこちらの下半身に押しつけてきた。さながらタオフーを逃がさないためのつっぱり棒みたいだ。

タオフーは、ドクドクという心臓の動きを感じた。まるでベッドをドンドンと叩きまわるみたいに飛び跳ねている。ナットくんを押し戻そうとしたが、逆に向こうの手につかまれて、こちらの手が開かれてしまう。ナットくんが身体をぴったりと合わせてきて、タオフーはほとんど動けなくなった。

「うう……うう！」

うめきながら、ナットくんの身体の下でぎこちなくもがくことしかできない。

暗闇と、タオフーに負けないくらいに驚いて怖がっている「物」たちがぎゃあぎゃあと大騒ぎする声の中、いよいよ、息が詰まって死ぬかもしれないと感じる瞬間。

するとナットくんが、唇を離して、上半身を起こす。

このチャンスにナットくんを押しやって、彼の横をすり抜けて逃げていくべきだった。けれどもタオフーは、ナットくんらしさを失っていくその表情に釘づけになってしまう。

タオフーを押さえ込む体重以上に、ナットくんのその表情から目が離せなくて、手足を縛りつけられたみたいになってしまった。

「ナットくん！」

タオフーは叫んだ。自分の上に乗ったひとは、黒のポロシャツを少しずつ頭のほうから脱いでいく。

そして、タオフーを押さえている下半身に手を伸ばすと、自分のジーンズのホックを外し、ジッパーを下ろして……。

03　アユッタヤーの才媛ノッパマート女史

普段のなにも用事のない日曜日なら、ナットくんは昼近くに起きる。顔を洗って歯を磨き、髪の毛はくしゃくしゃのまま下の階に降りて、マタナーさんの用意した朝ごはんを食べる。

タオフーはナットくんと一緒に下に降りたことがなかったので、日中になにをしているか知らなかった。たまにナットくんが持っていくノートおじさんが言うには、家のいろいろなところで映画を見たり本を読んだりしているのがほとんどだそうだ。おじさんの説明によれば、これもナットくんの仕事の一部らしい。

本人が愛している仕事で幸運だった。おかげでずっとそれに集中していられる。そんなことを考えていたタオフーは、好きでもない仕事をずっとさせられているとぼやく掃除機さんを思い出した。

とはいえ今朝はふつうじゃない朝だったようで、ナットくんは八時二十八分に目をぱちくりさせた。ナットくんの下になって寝ていたタオフーには見えなかったのだけど、彼の左のほっぺたが、こちらの右のほっぺたにすりつけられていた。柔《やわ》らかなまつげが自分のほっぺたをやさしくつつくのを感じて、ナットくんが目覚めたことに気がついた。

ナットくんのあたたかい息が、一定のリズムでタオフーのほっぺたに注がれている。心臓のリズムも一定で、それが肋骨《ろっこつ》と、筋肉と、なめらかな肌を通って、続いてこちらのなめらかな肌、筋肉、そして肋骨を通って伝わってくる。ナットくんに乗られているから、実際は苦しかった。でも、いい気分だったことも間違いない。

そしてナットくんは、少しずつ身体を起こしていった。

ナットくんの丸くて大きな黒い目は、タオフーにピントを合わせようとしている。タオフーのほうは、ナットくんに見つめられた興奮で脈が速くなるのがわかった。

ナットくんのほうは、驚いて、不思議そうだ。眉頭が歪《ゆが》んでいって、それからかすれた声でつぶやいた。

「その顔は……」

言葉はそこで止まる。それからバカげた考えを振り払うみたいに頭を強く振って、言葉を続けた。

「まだ帰らないのか?」

ナットくんが、いつもぬいぐるみの自分が置かれていたベッドサイドのテーブルに帰らないのかと聞いているのだと思って、タオフーは答える。

「あそこには上がれないんだよ、ナットくん。今、ぼくはぬいぐるみじゃないんだ」

ナットくんの眉は、ますます険しい形になっていく。

混乱しているだけでなく、なにか思い当たることがあったようで、顔を上げて周囲に視線をやる。自分が今どこにいるのかに気がついて、タオフーの上に座ったままでビクッと動いた。

「うわ、ここ、家か!」

「そうだよ」

ナットくんはガリガリに痩《や》せている、というほどではない。部分的にたるんできているが、ところによっては筋肉の線がうっすらと見えている。とはいえ、筋肉の詰まったタオフーの新しい身体に比べれば、かなり細く見える。

なめらかだがパツンと張ったナットくんの皮膚はクリーム色をしている。ところどころ、圧迫されてピンク色の痕《あと》がついているが、本人は気に留《と》めず、タオフーの上から起き上がった。ジーンズのジッパーは昨日の夜から開いたままだ。だけど身体にフィットしているせいで、ナットくんの身体から脱げることはなかった。

彼は飛びのいてあわててジッパーを閉めながら、口ではぶつくさと言っていた。

「家に連れ込むなんて、なに考えてたんだ！」

タオフーはベッドの上に座って待っていた。

ナットくんに脱がされた上半身は、子どもみたいに澄んだ白い肌が見えている。こちらにも同じようにピンクの痕がついているが、これはどれもナットくんの手技と口技でできたものだ。タオフーもナットくんと同じように自問自答してみたが、考えても考えても「たぶんきっと、ナットくんがぼくを抱っこするのが好きだから」という答えしか出なかった。

「よし、よし」

ナットくんはもっと体《てい》のいい理由を見つけたのだろう。しかし髪をかき上げるときの表情は、まだかなりイライラして見えた。

ナットくんの髪の毛は太くて、分厚い。横と後ろは短く刈り込んでいるが、前だけを長く伸ばしていて、目に刺さりそうだ。鞭《むち》みたいな髪の先が上を向いていてまだよかった。

「ナットくん、大丈夫?」

イライラしているナットくんの様子は、タオフーを不安にさせた。

昨晩のナットくんの様子に胸騒ぎを覚えて、一晩中起きて様子を見ていたわけだけれど、タオフーはさらに不安になってしまった。

昨晩、タオフーが驚いて大声を出したあとのことだ。服を脱いだナットくんは、ジーンズのジッパーを下ろすと、こちらのズボンに手を差し込んできた。タオフーは逃げようとしたが、這《は》うように動くその手が、慣れた様子でこちらの服を剝《は》ぎ取っていく。

ナットくんがタオフーの胸に指先を這わせる。くすぐったかったタオフーは、じたばたと動いて、やめてくれるようにナットくんにお願いした。

ナットくんはやめてくれた。けれども代わりに頭を下げてそこに口づけをしてから、乳首を軽く噛んだ。ナットくんの頭を押しやろうとしたそのとき、ノートおじさんの声が響いた。

〝頼りにならんな、抱き枕!〟

その声の大きさからわかる。おじさんはいつもみたいにデスクに寝転がっているのではなく、すごく近くにいる!

〝ちっともムードってのがないやつらだな!〟

タオフーとナットくんがくんずほぐれつしているベッドの横から、抱き枕さんがそうぼやく。

ノートおじさんはそれに興味を示さずに言った。

〝掛け布団、行け〟

ベッドに押しつけられて、寝転がらされてこそいるが、今度ははっきりと見えた。目いっぱいの高さまで立ち上がった掛け布団おばさんが、手足を広げて、ノートおじさんの命令どおり、後ろにあるなにかに絡みついた。あの形はなんだろうと思ったが、普段ナットくんが作業をするときに座る木のチェアさんの恐々とした声が聞こえて、わかった。

〝その……ほんとにやるの、おじさん〟

〝もちろんだ。さもないとタオフーがやられちまうぞ！〟

〝ちょ……ちょっと待ってよ。なにするの――！〟

だれからも答えは得られなかった。ナットくんですら、タオフーの言うことを気に留めない。ナットくんのすぐ横のさらに高いところで、なにかの大きな影が動いているのを見て、タオフーは目を見開いた。

あれは、掛け布団おばさんが巻きついてそれなりに柔らかくなった、チェアさんだ。おじさんが言う。

〝今だ！〟

それに続いて目にしたのは、天井高くまで跳び上がったチェアさんが、ナットくんの頭にゴツッ！と落ちてくるところだった。それからナットくんはタオフーに身体を預けたままぐったりとして、朝になったんだ！

とにかく、心配していた相手は、思っていたほどには大事に至らなかったようだ。むしろこちらを心配するように見つめ返してくる。

「母さんに会ったか？」

「お……おばさん――」

「ここにいろよ、どこにも行くなよ！」

「うん、ナットくん」

相手はその答えを気にも留めず、風に吹かれたみたいにさっと部屋から出ていった。

部屋のドアがぴったりと閉められてようやく、ノートおじさんが木のデスクの上で立ち上がり、こちらを向いて聞いた。

「結局、ナットはなんともないんだな？」

「そうね。わたし……わたしちょっと力を入れすぎちゃったかもしれなくて」

チェアさんが、自信なさげな様子でうなった。

「大丈夫だって」

抱き枕さんが、ベッドの上、タオフーの隣で面倒くさそうに言った。

「あんなに走ってるんだぞ。母親に知られるのが怖いんだろ」

タオフーは困惑《こんわく》してそちらを向く。

「おばさんがなにを知ったら、どう怖いの？」

そのとき、ドアの一番近くにいるデスクさんが訛《なま》りの強い口調で叫んだ。

「ナットがはすって戻ってきたど！」

それぞれの「物」は、いつものように物言わぬ状態に戻った。とはいえそれもおかしな話で、そもそも実際は、足音を抑えて走るこのひとは、家具の会話する声を聞くことができないわけだけど。

ドアが開いて、ナットくんが入ってくる。首と胸のところに汗が吹き出して、湿って光っているのが見える。タオフーが座ったままでぼんやりとしているのを見て、大声で言う。

「おい、なんで服着てないんだよ」

こちらが手に取りやすいように、掛け布団おばさんが、ひそやかに、少しずつ、シャツを持ち上げてくれた。

「ありがとう」

つま先立ちで歩いていたナットくんも、自分の黒いポロシャツを手に取っていた。タオフーの言葉を聞いて、指先の動きがわずかに止まり、顔色が沈む。声も小さくなった。

「ごめん」

そう言った本人はタオフーのほうをまっすぐ見て、息を長く吐いた。

「だけど、ここにずっといてもらうわけにはいかない」

そこにあった感情を急いで断ち切るみたいに、ナットくんはすばやくポロシャツを着た。続く言葉は、さっきよりもはっきりと聞こえる。

「静かについてこい。タクシー呼んでやるから。昨日の夜は酔ってて、自分の車で帰ってこなかったんだ」

「そんな必要は——」

「しぃぃ」

ナットくんは指先を自分の口にあてた。タオフーの近くに座って、服を着てボタンを留めるのを手伝ってくれながら言う。

「母さんはまだ下で寝てる」

「ああ——」

ナットくんは言葉には出さず、表情だけで、静かにするよう伝えた。三つ目のボタンまで留め終わったところで、彼は身体を高く伸ばして、ついてこい、というように首を動かした。

タオフーはそれに従って立ち上がり、ナットくんと同じように静かな足取りで部屋を出た。ドアのすきまに身体を差し入れていくときに、抱き枕さんの声が聞こえた。

「ほら、思ったとおりだ——」

ナットくんが、足音がしたり床木が鳴ったりしないように気をつけながら階段を降りて先導していく。

下の階に着いたタオフーが首を伸ばして様子をうかがうと、ソファーさんの上で身体を伸ばして静かに寝ているマタナーさんが見えた。どうやらここで一晩眠っていたみたいだ。起きるのがいつもよりだいぶ遅い。

すべてが滞りなく進みそうだった。ナットくんが先にソファーさんの脇を通り過ぎて、まもなく目の前のドアにたどり着く。しかしそこで突然、クンチャーイの咆哮《ほうこう》が静寂《せいじゃく》を打ち壊す！

「クソッ！」

ナットくんは顔を青くしたが声には出さず、言葉に合わせて口だけを動かした。

しわくちゃ顔の太った犬は、タオフーに向かって吠えかかるだけでなく、狂ったみたいにケージを揺らしている。大騒ぎになる前にナットくんがそちらを向いて、口に指をあてた。

クンチャーイのやつが静かになったところで、ナットくんとタオフーに別の声が聞こえる。

「うーん……」

マタナーさんがうめいて、動き出している！

ナットくんがあわてて手を振って、先にドアのほうへ行くよう伝える。タオフーはうなずく。静かな足取りでドアにたどり着き、手すりに手をかけたそのとき、背後から声が聞こえてきた。

「ナット、どこか行くの？」

マタナーさんが起きた！

こちらをずっと見つめていたナットくんが、驚いて振り向く。タオフーも、そこから動けなくなる呪いをかけられたみたいに身体を硬くする。

「ああ……その、友だちが来てて……」

マタナーさんは明らかに息子の言葉を聞く気がなかった。ナットくんが言い終わるまでもなく、別の言葉をかぶせる。

「星の王子さま！　今日は早起きね」

しかたなく、タオフーはモジモジと振り返った。

ナットくんは怪訝《けげん》そうに眉をひそめる。どうして自分の母親と知り合いなのか、困惑しているのだろう。

ソファーから立ち上がったマタナーさんのほうが説明をはじめた。

「こちら、星の王子さま。お父さんがわたしたちに遣わせてくれたのよ。タオフーっていう名前の王子さまなの」

「タオフー？」

「星の王子さまは、ここでわたしたちと一緒に住むからね。そうだ――」

彼女はなにかを思いついた様子で指を上に向けた。

「昨日はうっかり寝ちゃったの。わたしが用意した部屋で寝られたのよね？」

「その――」

タオフーがためらっているのを見て、ナットくんが答えを引き取る。

「う……うん、母さん」

そう言いながら、マタナーさんとタオフーのあいだをさえぎるみたいなかっこうで、急いで彼女に近づいた。それから、母を追いやるように腕を振る。

「母さん、起きたんだから、顔洗って、歯磨いたら？」

「そうだよ、ナットくんも歯磨きを忘れてるよ！」

タオフーが叫んだ。

ナットくんは痛がるみたいに目を細めた。それから、マタナーさんがまたタオフーに近づいたので、彼も足を止める。

「あら、そうなの？　王子さまは？」

「ぼくは歯を磨いたこと、ないんです」

「なんてこと。そんなんじゃ、歯が虫にぜんぶ食べられちゃうわよ。おいで、洗面所に連れていってあげるから。ナットも歯を磨いたらご飯食べに来なさいね」

そう言って息子に軽く触れたマタナーさんは、この家の新しいメンバーのほうに近づきながら、口ではぼやいている。

「困ったわお父さん、今何時かしら。寝坊しちゃって、子どもたちに食べさせるものがなにもないわ」

「大丈夫だよ母さん。今日は日曜だから、ぼくもどこへも行かない」

「あら！　よかった」

ナットくんは腕でマタナーさんを囲むようにして、タオフーから引き離していく。

「母さん、歯を磨いてきなよ。こっちの相手はぼくがするから」


〝こっち〟は腕を引っぱられてナットくんの寝室に戻ってきた。部屋の主は、感情を押し殺すように静かにドアを閉める。

部屋にいるみんなが、興味津々《きょうみしんしん》でこっそり様子をうかがっている気配がする。気になってひそひそと話している「物」もいる。抱き枕さんだけは大声で笑っていた。

「おいおい、まだ足りねえのか。一緒にベッドに戻ってきちゃってよ！」

普段のタオフーは、心やさしくて穏やかなクマのぬいぐるみだ。けれどもどんなに穏やかな性格でも、嫌になったりウザったく思ったりすることはある。タオフーにとっては、抱き枕さんがそういう相手だ。

そんなわけで、タオフーは耳が聞こえなくなったふりをした。それからナットくんに「ぼくの歯ブラシはたぶん隣の部屋にあるよ。昨日おばさんが用意してくれてたから」と言った。

これぞ昨日の午後ずっとマタナーさんがかかずらっていたことで、おかげで疲れ切って、今年初めての長い眠りの夜を迎えることになったわけだ。

タオフーはマタナーさんに申し訳なくて、わざわざ部屋を用意しなくていいと言いたかった。なんにしたって自分はナットくんと寝るのだから。あげく、何年もいなかった来客を迎えるための部屋の準備を幸せそうにしている彼女を見て、申し訳なさに重ねてさらに申し訳なくなった。

それで、あっちの部屋では寝ないでナットくんと一緒に寝ると、ナットくんに言うほうがいいと考えていた。

とはいえ今朝からのナットくんは、今まで自分とおしゃべりしたり、抱きしめてくれたりしていたひととは別人のようだった。それでなんとなく、その話をする勇気が出せずにいた。

ナットくんのほうもこちらの言ったことには関心がないみたいだ。

部屋のドアがきっちり閉まっているのを確認したナットくんは、タオフーの横を通って部屋の中のほうに進んでいく。その肩が二度か三度上下して、それから振り返った彼は、こちらをまっすぐ見つめてきた。その目は怒りに燃えている。

「それで、おまえはだれなんだ」

そう聞いてきたナットくんの目つきと声色はとても厳しくて、距離を感じた。唇のまわりとあごの先にところどころうっすらと見えるひげのせいで、ナットくんはいかめしく見える。そういうすべてのせいで、タオフーは心が空《から》っぽになったみたいに感じて、この場所から動けなくなっていた。

「ぼ……ぼくは――」

その言葉が舌先で止まる。突然、抱き枕さんの声にさえぎられたからだ。

「自分がクマのぬいぐるみだって言うんじゃないぞ！」

それだけで、部屋の中は困惑の大騒ぎになった。

タオフーにも抱き枕さんの考えていることはわからない。抱き枕さんは、普段から、この狭い部屋のメンバーには理解できないおかしなことをよく言う。ただひとりを除いて――。

「覚えていないと言うんだ」

（ノートおじさん！）

ノートおじさんの言葉でタオフーは、ますますどうすればいいかわからなくなってしまった。

タオフーはいつも、抱き枕さんは自分に悪意を向けていると思っていた。だからこそタオフーは、ナットくんにすぐはっきりと本当のことを伝えて、抱き枕さんの言葉とは逆の行動をとりたかったのだ（実際は、抱き枕さんを勝手に悪者にしているのは自分のほうだったわけだが）。

けれども、そこに重ねられたノートおじさんの言葉は、まるで抱き枕さんの発言に賛成しているみたいだ。そして重要なのは、タオフーはノートおじさんを敬愛しているということだ。

結局、理由はまったくわからないまま、われらがクマさんは抱き枕さんとノートおじさんの言葉に従うことにした。

「覚えてないんだよ、ナットくん」

「覚えてない？」

ナットくんの声は大きくこそなかったが、厳しさを増した。気に食わないという様子で、表情もますます険しくなる。

「どういうことだよ」

「ぼくは……」

そう言って顔を下げて、目線をこっそりとノートおじさんのほうに送る。向こうは促すようにウィンクをした。

「ぼくは……本当に覚えてないんだ」

「なんなんだよ、おまえは」

押し黙った相手を見て怒りが噴き上がったナットくんが、タオフーの肩を押してきた。ナットくんのほうが、タオフーよりだいぶ背が低いのだけど。

「今すぐに答えろ。おまえを警察に突き出す前にな！」

「ダメだ！」

ノートおじさんが叫ぶ。

タオフーはその声に驚いてしまったが、あわせて「ダ……ダメだよ！」と言った。

「なにがダメなんだよ！」

ナットくんは声を荒らげた。それからタオフーの様子を見て、推し量るように目を細めた。声は小さく、しかし冷たくなる。

「だれなんだよおまえは。いきなり現れて、おれの家の……」

ナットくんがすぐには言葉を継げなかったのを見て、タオフーは長年一緒にいたよきぬいぐるみとして手助けしてあげることにした。

「ベッドの上だね」

「そうじゃない！」

どうしてナットくんが顔を赤くしたのかわからない。なにかをごまかすみたいに口調も速くなる。

「どこでもダメなんだ。こっちが言ってるのは、おまえがどうやってここに来たのかってことだ。それからな、昨日の夜のことを母さんに言おうなんて考えるんじゃないぞ」

そう言ったナットくんはタオフーに近づいて、顔を指差した。おかげでタオフーはズルズルと後ろに下がって、クローゼットにぶつかった。

「ぼ……ぼくは言わないよ」

追い詰められたタオフーはしどろもどろになってしまう。あたたかな液体が目からあふれ出しそうだ。

ナットくんの視線と表情から、彼の気持ちが少し落ち着いたのがわかる。

タオフーは、突きつけられているナットくんの指に顔を傾けてほっぺたで触れて、懇願するような視線を送った。

「なにやってんだこの野郎！」

ナットくんは指を戻した。奇妙なできごとに驚いているようで、耳まで真っ赤になっている。しかしそれでも、厳しい声を保とうとしているみたいだ。

「この家から出ていけ！」

「だけど――」

「出ていけ！」

ナットくんはタオフーの腕を横から強く叩いて、ドアのほうを向かせようとした。しかし相手のほうが大きいので、身体はほとんど動かない。

動いてしまったのはタオフーの心のほうだ。

「ナットくん、ぼくは――」

涙がポタポタと落ちる。けれどもナットくんの決意は固い。さっきよりも強い力を込めて背中を押されたタオフーは、フラフラと動いてついに部屋から出た。それから廊下を通って階段へ。階段を降りて玄関ホールへ。

顔を洗って歯を磨き終えて、キッチンで食事の準備をしていたマタナーさんは、騒がしい音に顔を上げる。なにが起こっているのか認識した瞬間、彼女の眼鏡の奥の目が大きく開かれた。

「ナット！　なにをしてるの！」

そう鋭い声を上げたマタナーさんが、ナットくんとタオフーの前に急いですべり込む。履《は》いたスリッパが床のタイルにあたる音がパタパタと響く。

ナットくんは歯を食いしばった。感情を抑えるために、息を深く吸おうとしているのがはっきりわかる。強く乱雑に、すばやく髪をかき上げる。

振り返って母に答えようとするナットくんは、感情を抑え切れずに大きな声を出した。

「こいつをここに置いておくわけにはいかないだろ、母さん。だれなのかもわからない。急に仲間を連れてきて、家のものを盗るかもしれない！」

「星の王子さまがどうしてうちのものを盗るのよ――」

ナットくんは母の声を聞かず、タオフーの二の腕をつかんでソファーさんのあたりまで引きずった。

その瞬間、クンチャーイの吠える声と、ザッザッとこちらに走ってくる音が同時に聞こえる。

「クンチャーイ！」

マタナーさんは驚きの声を上げた。この家の新メンバーが二階から降りてくるのには危険が伴うということを忘れて、うっかりケージから出してしまったのだろう。

「おい、クンチャーイ！」

ナットくんも続けて叫んだ。それからほとんど自然にタオフーの腕を引っぱって、自分の後ろに隠れさせてくれた。おかげで、太ったワン公の牙が太ももに突き立てられるのを回避することができた。

けれども、タイル張りの床はすべる。しかもクンチャーイの体積が大きいせいで、ブレーキが利かない。やつのまるまるとした体がすべって、すごいスピードでマタナーさんのほうに向かっていった！

マタナーさんの右足がわずかにふらりと動く。ぽっちゃりした身体がバランスを失い、後ろに倒れていく。どこかをつかもうと中空に伸ばされた腕のブレスレットが、ぶつかって音を立てる。

「きゃあ！」

「母さん！」

「おばさん！」

「ノー……！」

近くにいたソファーさんすら、金切り声を上げる。

タオフーは、細長い身体でマタナーさんを受け止めようと、ナットくんの手を振りほどいた。身体をすばやくひねっておばさんとソファーさんとのあいだになんとか回り込み、彼女が硬いひじ掛けとぶつからないための緩衝材になった。

「王子さま！」

緩衝材になったタオフーの身体がピクピクと動いたあと、ジクジクした痛みに耐えるみたいに動かなくなって、マタナーさんは驚いて叫んだ。


よく言われることだが、奇跡がひとつ起こると、次の奇跡が続く。

ここで言う奇跡とは、このふつうのひとたちのふつうの家で繰り返し起こったできごとと、そのデジャヴのことを指すのかもしれない。

タオフーはふたたび服を脱いで、マタナーさんに薬を塗ってもらうことになった。ただ違うのは、昨日は傷薬で、今日は打ち身の薬だということだ。

「なんてかわいそうなの。見てごらんなさいよ。昨日の傷もまだ治ってないのに、赤いあざだらけになっちゃって」

タオフーは向こうを見ているので、後ろの椅子に座っているナットくんは見えない。タオフーと同じように、赤いものが顔に浮かんでいるのかもしれない。

手当てされているあいだ、タオフーとマタナーさんの身体を支えるソファーさんが悲しそうな声を出した。

「完璧にボケばあさんのせいだ。アイはメイク・ユー・ハートしようなんてぜんぜん思ってなかったんだよ」

マタナーさんが奇妙に思わないように、タオフーは当たり障りのない答えを返すことにした。

「大丈夫だよ」

「ほんとにありがとうね。王子さまじゃなくてわたしだったら、もっとひどいことになってたかもしれない。年寄りだもの」

そう言い終わると、べっ甲柄の眼鏡の奥の視線が、座っているナットくんのほうに向けられた。マタナーさんが手の力をゆるめたので、タオフーも同じ方向を向く。

ナットくんの顔色はいつもどおりに戻っていた。けれどもマタナーさんの言葉のせいで、不満そうな顔をしている。最終的に、首をひねって、声をぶつけてきた。

「わかった、わかった！　おまえはおれの母さんを助けた。とりあえずここで暮らしてもいい」

そう言ったナットくんの厳しい視線が、膝の上で静かになっている太った犬に注がれる。首を伸ばし、体をふくらませて、こちらを傷つけんばかりの不遜《ふそん》な態度だったクンチャーイだが、飼い主のそんな視線を浴びて首をすくめた。

「おまえのせいだからな。このバカ犬！」

ナットくんはそうぼやくと、太ったワン公を抱いて家の裏に歩いていった。

それを目で追っていたマタナーさんは、息子が十分遠くに行ったのを確認すると、タオフーのほうを向いてキャッキャッと笑った。

「よかったわね、わたしの演技が上手で」

「おばさん……？」

マタナーさんはほほ笑んでウィンクをした。

ソファーさんは思わず高い声を出す。

「ウェイト！　リアリー？」

タオフーはまだ少し背中が痛かったが、おばさんにほほ笑んでから言った。

「ありがとうございます」

マタナーさんはうなずきながら、タオフーの肩を軽くなでた。それから服を取って着せてくれると
「薬を片付けてくるわね」と言った。

彼女はスリッパを履こうと動き出したが、こちらがじっと見ているのに気がつくと、おかしそうに笑みを浮かべた。結局スリッパは履かないことにして、常備薬の棚がある、パントリーの奥まで裸足で歩いていく。

タオフーはため息をついた。

また、スリッパのせいで彼女がすべって転ばないか、タオフーが不安がっている。マタナーさんはたぶんそう勘違いしている。けれども、結果的にはそれでよかった……。

背中はまだじくじくと痛むが、この人間の身体を、少しずつ、ソファーさんから床に下ろしていく。そして、眠ったふりをしているふたりのスリッパさんたちにほほ笑みかける。

「右のスリッパさん、本当にありがとう。助けてくれて」

その様子を見ていたソファーさんの目玉が飛び出しそうになる。彼女はさっきよりも高い声で言った。

「ウェイト！　リアリー？」

それで、今度は左のスリッパさんも目を見開いた。その恋人のほうは、聞こえていないみたいにしっかりと目を閉じている。

タオフーは部屋の「物」に説明する。

「うん。さっきクンチャーイが走ってぼくに嚙みつこうとしたとき、いくらあいつがおばさんに衝突したって、おばさんが倒れるほどじゃなかった。右のスリッパさんはたぶん、ぼくがおばさんを支えられる位置にいるということがわかってて、力いっぱい動いておばさんのバランスを崩したんだ。ぼくがおばさんを助けられるようにね。そして、ナットくんが、ぼくがここに住み続けることを認めてくれるように。おばさんのほうが何倍も重いのに、右のスリッパさん、あんなふうにおばさんを動かすなんて、すごく大変だったでしょ」

「まったく、うるさいな」

ついに右のスリッパさんが片方だけ目を開けて、怒った視線を向けてくる。

「ぼくはただあのイカれた犬が怖くて逃げただけだ。おまえたちみたいな階級のやつを助けるなんて――」

言い終わる前に、チュッという音がした。

隙をついた恋人がほっぺたにキスをして、右のスリッパさんは目を丸くする。

「なんてステキなの、あなた」

「ゴッシュ！」

ソファーさんは、事実だとまだ認めたくないみたいだ。

「ワット・ハプン・トゥー・ディス・マン？」

突然〝ディス・マン〟が両目を開けて叫ぶ。

「気をつけろ、クマ公！」

右のスリッパさんの様子を見て、タオフーは後ろを振り向いた。いつからいたのか、ナットくんが戻ってきていた。

「ここそだれと話してる！」

短い言葉だったが、声は小さかった。マタナーさんに聞こえるのを恐れているのだろう。

タオフーは青ざめて言った。

「ぼ……ぼくはべつに――」

「話してただろ。なんだ！　盗聴器か？」

ナットくんは身体をかがめて、すぐ隣で膝をついた。応接テーブルの下に不審なものを探そうとしながら、片方の肘でタオフーの胸をついてどかそうとする。それで後ずさりしたタオフーが、ソファーさんの座面のふちにぶつかった。

思わず背中を反《そ》らして、叫ぶ。

「いたぁ！」

「星の王子さま？」

マタナーさんが薬棚の後ろから顔を突き出した。

タオフーを心配した彼女がパタパタとこちらに向かってくるあいだ、ナットくんは、やっちまった、という顔をしていた。さっき肘打ちしていたほうの腕をこちらの背中に回して、その場をごまかそうとする。

マタナーさんは、息子が家の新メンバーと一緒にいるのを見て、聞いた。

「王子さま、どうかした？」

「まだ少し痛いみたいだよ、母さん」

身体に触れたナットくんの手にギュッと力が入って、余計なことをしゃべるなというサインを送ってくる。

「今日、病院に連れていくよ」

「まずいぞ！」

右のスリッパさんがすぐに叫んだ。

「あなた、どうまずいの？」

右のスリッパさんが恋人に答える。

「クマ公はぬいぐるみだろう。今は人間の身体になっているけれども、それは、本当は幻覚なのかもしれない。もし医者が診察して、クマ公の身体の中身が人間じゃないと知れたら……」

そう説明する声が、考え込むみたいにだんだんと小さくなっていく。それから、イライラした様子でタオフーに尋ねる。

「おまえ、自分のことは自分でなんとかできるか？」

「ぼくは――」

「できないよな」

相手は即座に断言した。

ソファーさんは頭を抱えている。

「ソー、だれかベアリーを手伝ってあげられないかしら！」

もともと、ナットくんの寝室の隣は客室として使われていた。けれどもこの家には、もう十年くらい、ほとんど来客がない。一番多いのがナットくんの親友であるケーンくんで、たまに酔っ払ったときに泊めてもらいに来る。でもだいたいはナットくんの部屋で寝てしまう。

それで昨日、マタナーさんは客室をタオフーのために整えてくれた。部屋の前にTの文字のオブジェを吊るしておくのも忘れなかった。

現在、その文字はナットくんの視線をずいぶんと煩《わずら》わせているみたいだ。タオフーを家の上階まで引き連れてきた彼がそれを目にした瞬間、厄介《やっかい》そうな顔をした。

しかし、なにか言ったりする前に、ナットくんの部屋の中から携帯電話の着信音が漏れ聞こえてきた。

ナットくんは、目標を自分の部屋のドアノブに変えた。しかし、Tの部屋のドアノブを回そうと手を伸ばしたタオフーを見て命令を出してくる。

「おれについてこい！」

ナットくんはグシャグシャになったベッドの上に落ちている携帯電話のところに急いで向かったが、たどり着く前に電話は切れてしまった。

電話を取り上げて画面を見たナットくんは、眉間にしわを寄せる。後ろにいるタオフーはナットくんより背が高いので、だれの名前が表示されているか肩越しに簡単に見ることができた。「母さん」と表示されている。

「母さんがまた間違えたかな」

ナットくんが面倒くさそうなため息をついているあいだに、タオフーは後ろを向いて、入口近くのデスクさんとチェアさんにウィンクを送った。

（準備万端だ！）

さっき、あのあと、ソファーさんとふたりのスリッパさんが、タオフーのアシスタントについて考えてくれた。そして、もしタオフーが家から出ることになるとすれば、一番頼りになるのはノートおじさんだろうという結論で一致した。彼は聡明だし、外によく連れ出されるから、世間のこともわかっている。

それで最後は、座面の隅に落ちていたマタナーさんの電話さんをソファーさんが起こして、上の階にいるナットくんの電話さん宛に、すぐに電話をかけさせた。

今ごろ、指示を受けたノートおじさんのほうは、ナットくんお気に入りのリュックの中に潜《もぐ》り込んでいて、一緒に外に出る準備ができているはずだ。

なにが起こっているか知らないナットくんはふらふらと歩いて、歯ブラシと、歯磨き粉とコップをシャワールームから持って出てきた。そしてタオフーに「歯を磨きに行くぞ」と言った。

タオフーはうれしかったが、申し訳ないとも思わずにはいられない。

「ナットくん、一緒に行ってくれなくてもだいじょうぶだよ。昨日おばさんと部屋を片付けたから、歯ブラシと歯磨き粉がどこにあるかはわかるよ」

「わかってる！」

相手は声を荒らげた。

「だけどおれはおまえを信用してない。行くぞ！」

言葉のとおり、ナットくんはタオフーの手首を引っぱって、自分の部屋から隣の部屋に向かった。客室にも小さいシャワールームがあって、洗面台のところに水色の歯ブラシと歯磨き粉を挿したプラスチックのコップが置いてある。

タオフーは以前、歯磨きとはなんなのだろうと考えたことがあった。どうしてナットくんは、毎朝わざわざ歯を磨きに行くのか。

そんな疑問から、ナットくんがすっかり眠ったある夜にナットくんの携帯電話さんにお願いして、歯磨きのしかたを教えるビデオを見せてもらったことがある。そのころのタオフーには指がなかったので、歯ブラシを持って真似することはできなかった。けれど、これはおかしな習慣だと思ったのはよく覚えている。

タオフーは新品の歯ブラシに歯磨き粉をしぼった。うがいをしてから、歯ブラシを口に差し込む。この歯磨き粉は、ほんのりと甘くて、スッと冷たい味がする。それが自分のつばと混じり、ゴシゴシ磨く動作と合わさると、清潔そうな白い泡が立つ。

タオフーは自分の口の歯磨き粉の泡とナットくんの口の泡を見比べて、幸せな笑みを浮かべた。ナットくんのほっぺたは自分のものより丸っこい。歯ブラシが口に入るとそのほっぺたが余計に突き出る。こちらを見つめている顔もクリクリとしている。そこに唇のまわりの泡が重なると、お母さんにむりやり歯を磨かされているいたずらっ子みたいに見える。

（なんてかわいいんだ！）

そう考えると、タオフーはぜいたくな気持ちになった。自分みたいなクマのぬいぐるみが、ある日こんなふうにナットくんの隣で歯を磨く機会にあずかるなんて、だれが思っただろう。

この先もきっとクマのぬいぐるみのままでは体験できないいろいろなことが起こるはずだ。自分にはそれができる。そういうことを、ナットくんと一緒にやってみたい。

こちらの満足げなほほ笑みを見て、隣で歯を磨くナットくんは不満そうな顔つきになり、口が泡でいっぱいのまま言った。

「なに見てんだよ！」

そう言うとナットくんは口をゆすいだ。それで、答えやすいようにタオフーも口をゆすぐ。

「そんなにあっさり磨いたらきれいにならないよ、ナットくん。普通は、二分くらいは磨いたほうがいいんだって。ブラシを四十五度の角度で歯にあてて、こうやって手を回転させて、歯ぐきから歯のほうにブラシを動かすんだ」

「ああ、知ってるよ。母さんみたいなこと言うやつだな」

そう言いながら、彼は水でササッと顔を流した。

「おまえはむしろもっと急げよ」

「まだ背中が痛いんだよ。あんまり上手に磨けないんだ」

そう言いながらタオフーは、さっきナットくんがマタナーさんに嘘をついたときに、腕を伸ばして自分の背中に回してくれたのを思い出していた。もしまたナットくんが背中に手を回して歯磨きを手伝ってくれたらなんてすばらしいだろう。

しかし妄想の中のその人物は、現実では臭いものを嗅ぐみたいな顔をした。

「わざとらしいやつだな。磨いてやらねえからな」

「ひどい」

「早く磨けって。おれはシャワーを浴びる」

言い終わったナットくんは、すっきりした顔でドアを開けて出ていった。髪の毛の一部に水滴がついて、細くなって見える。

タオフーはひとりでほほ笑んで、その言葉を受け取った。

それから少しずつ、丁寧に、歯を一本ずつ磨く。実際のところ、昨日はほとんどなにも食べていないから、歯もそんなに汚れていないはずだ。ただ、少なくとも一日に二回は歯を磨いたほうがいいと聞いたこともある。朝起きたときと、夜寝る前。できるなら食事のあとも磨いたほうがいいらしい。

昨日の夜はナットくんに引っぱられてベッドの上で遊ぶことになったし、そのあとも上に乗っかられたままで動けなかったので、寝る前に歯を磨けていない。ナットくんも同じだ。しかも起きてからも丁寧に磨いていない。

タオフーは、念のためにきれいに歯を磨いておくほうがきっといいはずだと考えた。またナットくんが口に口を重ねる遊びをしたり、舌を口に入れてきたりするかもしれない。そういうときでも、きれいな歯で準備万端だ。

またドアが開いた。タオフーはまだ歯を磨き終えていない。ナットくんが長いタオル一枚だけを下半身に巻いて入ってくる。彼は太ってはいない。だけどあまり運動をしていないせいで、肉が締まっていない。

たとえばお腹と、先っぽがほんのり浅黒くなっている胸は、少し垂れてきている。とはいえ腕や胸のまわりにはまだしっかりと筋肉がついてもいる。

お肌はすべすべで、均等に淡いクリーム色だ。今朝のタオフーみたいな赤いあざもないし、ほくろもしみもまったくない。体毛も薄い。脇の下も、タオルの下のところも。

「おれはシャワーを浴びる」

手すりにタオルをかけながら、ナットくんが言った。

「おれが終わるまで出ていくなよ」

「うん、ナットくん」

タオフーはそう答えながら、洗面台の上の鏡越しに動くナットくんの姿を追う。濡れるところとそうでないところを強化ガラスの扉で区切っているだけのシャワーブースなので、中のナットくんがはっきりと見える。

こちらを監視するようなそぶりをしているものの、実際、ナットくんはあまりこちらをしっかりと見てくれない（タオフーはそうしてほしいのに）。

温水器を調節したナットくんは、シャワーの栓を開いて、水がバシャアッと流れるのにまかせた。ふわふわした髪がしぼんで頭に貼りつき、きれいな楕円形《だえんけい》になる。温水のおかげでピンク色になった肌を、ナットくんが強く、適当にこするほど、その部分がどんどんと赤くなっていく。

出ていくなとは言ったものの、ナットくんも監視されているように感じたのだろう。シャワークリームを手のひらにしぼっているときに、タオフーのほうを向かずに聞く。

「なにずっと見てんだよ。昨日の夜見たんじゃ足りないのか」

昨日だけじゃない。ずっと前から、服を脱いでプラプラと歩くナットくんがバスルームに出たり入ったりするのを、タオフーは見ていた。だけどそれはそれだ。口をゆすいだコップを置いて、はっきりと答える。

「どれだけずっと見てても足りないんだよ」

湯気が、仕切りの強化ガラスやタオフーの前の鏡を曇らせている。ナットくんの口元に浮かんだ笑みが、本物なのか、反射と湯気の作り出したまやかしなのか、はっきりとはわからない。

そのあとはお互いになにも話さなかった。狭いバスルームに、水が流れてぶつかる音、身体をこする音、そして一番小さく、ナットくんが口ずさむ歌が聞こえてくる。タオフーは洗面台に寄りかかって、命令どおりに待ちながら、心の中でそれを一緒に口ずさむ。

そしてまもなく、強化ガラスの扉が開いた。白い湯気の中から出てきた身体にはキラキラした水滴がまとわりついていた。ナットくんは髪を多少ぬぐったみたいで、普段はかなりうねっている髪の毛が、まとまって下ろされている。表情はかなりほがらかだ。

「ほら、おまえも浴びろよ」

ナットくんはタオルを引いて肌の水を拭《ふ》き取りながら、あごをしゃくる。それからタオルを腰のまわりにゆるく巻いた。そしてようやくこちらをまっすぐ見て、いたずらっぽい笑みを向けてくる。

「しっかり洗えばいい。おれは外で待ってる」

「ナットくんは見ててくれないの？」

ナットくんのいたずらな笑みが恥ずかしそうに歪む。

「見るかよ！」

ナットくんの背中に続いて、シャワールームのドアが閉められていく。

04　バーン・ラチャン、国を守る戦い

シャワーを浴びてきれいに身体を洗うと、タオフーのクリーム色の肌もほんのりピンク色になった。ナットくんが使っていたのと同じシャワークリームもかすかに香る。だけどナットくんには独特の体臭がある。それと混ざってまた別の匂いが生まれているので、タオフーがまったく同じ匂いになるわけではない。

あの匂いを好きなだけ嗅ぐための唯一の方法は、ナットくんの近くにいることだ。タオフーはそう思った。

タオルで身体じゅうの水を拭《ふ》いて、裸でシャワールームから出ていくと、ナットくんが待っていた。ナットくんはそのひょろりとした身体をクローゼットにあずけている。

上半身には大きめで濃い色のアロハシャツを羽織っている。上のほうのボタンを留《と》めていないので、チラチラと胸が見える。下半身は、身体にフィットしたチェックのパンツ。携帯電話さんのほうに目をやっていて、視線を隠している。タオフーが出てきたのを見て、少し驚いた顔つきになった。

「なんか着てから出てこいよ」

タオフーにはナットくんの言葉の意味がよくわからなかった。今までずっとナットくんがこうして

いるのを見ていたので、同じようにしたままでだ。

混乱しているのがわかったのだろう。ナットくんはブスッとしたようにも見える無表情のまま後ろを向いて、クローゼットを開けた。

タオフーは、濡れたタオルを、スーパーマンみたいに背中にかけた。これでナットくんに「なんか着ろ」とは言われない。とはいえナットくんは、すでにそのことは気にしていないみたいだが。

「おまえ、自分の服は何着あるんだ。この中ぜんぶ、おれの昔の服だぞ」

（ナットくんが着なくなった服だよ）

タオフーはそう思っていた。

マタナーさんは最初、新しい服をかなり用意してくれていた。ただ、どれも今ナットくんが好んで着ているものだというのはタオフーにもわかった。ナットくんが愛しているものを奪いたくはない。だから、せめて昔着ていた服たちに変えてもらったのだ。

「母さんが選んだんだろうな」

しかしナットくんはそう理解したようだ。

答えを待たず、彼は服と、ズボンと、下着を渡してくれた。

「ありがとう」

ナットくんはなにか言いたげだった。だけど、タオフーに近づいて、その肌に残ったなにかの痕《あと》を見た瞬間に意思が削《そ》がれたみたいだ。

気になったタオフーは、顔を下げて自分の身体を見てみる。自分の両胸の頂点のピンク色のまわりに赤いあざがあって、ナットくんがそれを見ているということに気がついた。

ナットくんは考え込むような声を出す。

「急いで着ろよ。出かけるからな」

言い終わると、彼はその視線をまた携帯電話さんに向けて隠してしまった。

ナットくんは、携帯電話さんがタオフーに話しかけているのに気がついていない。

「クマさん、時間を稼いだほうがいい」

タオフーは動きを止めて「うん？」とうめきそうになった。けれども携帯電話さんはそれでは余計に面倒なことになりそうだと考えたようで、急いで言葉を継いだ。

「さっきナットがタクシー呼ぶアプリを使ってたんだけど、行き先が病院じゃなかったよ」

「なんだって」

ナットくんが肩にかけたリュックから、ノートおじさんの声が聞こえた。

電話さんが答える。

「あなたを警察署に連れていくみたい！」

驚いたタオフーは、言葉を漏らしてしまう。

「どうしよう！」

「なんだって？」

ナットくんが、画面から顔を上げずに聞く。

「ナ……ナットくん、タクシーを呼んでくれたの？」

「そーだよ」

ナットくんは間延びした声で答えて、探るような目でこちらを見つめる。

「ちょうど近くに一台いたんだ。もう何分もしないで来るだろ」

ナットくんが言い終わるやいなや、ブー！　ブー！　というクラクションが家の前で聞こえた。

「来たみたいだな。早くしろよ」

電話さんの言うとおりなら時間を稼ぎたかったが、身体がナットくんの言うことを聞いてしまう。「物」というのはこうなりがちなのだ。

ジーンズを穿《は》き終えてまもなく、シャツもきちんと着ないままに、ナットくんのあとについて部屋を出ることになってしまった――。本心では、お父さんとお母さんにダダをこねる子どもみたいに、床に座り込んで泣きたかったのだけど。

下に降りると、心臓の鼓動がますます不規則になった。「物」たちの口伝えで情報を知ったソファーさんが、悪態をつく。

「ホーリー・シット！　ぬいぐるみのとき、ユーはゴミで捨てられそうだったじゃん。人間になってもポリスに連れていかれちゃうわけ？」

「おい」

隣を歩いていたタオフーが急に歩みを止めたので、ナットくんは大きな声を出した。

「なんで止まるんだよ」

「車が王子さまをお待ちよ」

ソファーさんの上に座っていたマタナーさんが、振り向いてそう重ねる。

タオフーの顔からは血の気が引いてしまう。声は震《ふる》えている。

「その……ほんとはそんなに背中は痛くないんだよね。行かなくても大丈夫だよ」

ナットくんはピクッと眉をしかめた。答える代わりにこちらに近づいてきて、タオフーの背中を手で押す。

「いたぁ！」

軽く触れられただけで跳び上がりそうになった。

「ほら。なんだよ、痛くないって」

「ナ……ナットくん……」

「行ってきなさい」

マタナーさんもソファーから立ち上がって、タオフーの腕に触れる。

「いいお医者さんだから」

タオフーには、どうすればいいかも、なんと言えばいいかもわからなかった。ここに帰ってこられないかもしれないことが怖い。でもナットくんもマタナーさんも、むしろなんとかタオフーを外に出そうとしている。

「治してもらえるからね、星の王子さま」

マタナーさんはしおれた手でタオフーの腕をなでて、それから宙に向かって話しかける。

「ね、お父さん」

そんな母の態度にナットくんはイライラしたようだ。

「さっさと行くぞ！」

結局、タオフーは家の前で待っていたタクシーに乗らなければいけなくなった。ナットくんが先に乗り込んで、急かす。ドアを閉めるそのときのバン！　という音が、まるで希望をガラガラと打ち壊していくみたいだった。

震えた手で窓枠にしがみつく。ずっと暮らし続けていた小さくともあたたかな家が、だんだん遠くなっていく。

車がソイ――大通りから分かれた小路――を抜けると、家は視界から完全に消えた。見たことのない新しい景色が、道の両側に広がる。携帯電話さんが見せてくれたビデオと、そんなに違いはない。両側に家々が連なって立っていて、大きな木々があり、人々が行き交っている。

前は、家の外に出て、こんな景色を間近で見たいと夢想していた。だけど本物を見る段になって、ぜんぶが恐ろしく見えてくるなんて考えもしなかった。恐ろしいし、悲しい。カーラジオは、穏やかな音楽をバックに雑多なニュースを流しているというのに。

「――中国が開発を計画している人工の月は、本物の月の八倍の明るさだそうですよ、みなさん。それを街灯の代わりに利用してしまおうという計画のようで――」

車中のだれもその月に興味を示していない。ラジオをつけた運転手さんだって、ダラダラと動く渋滞のあいだ、首を伸ばして道路沿いの食べ物の屋台を見ている。ナットくんは携帯電話を取り出していじっている。

タオフーの瞳の裏側には、家にいたころのできごとが次々と浮かんでいる——ナットくんのベッドサイド、この家じゃない、前の家だ。自分がいつからそこに住んでいたのかは覚えていない。ほかの家具に尋ねても、だれも知らない。物知りのノートおじさんですら知らないのだ。そもそもタオフーは、自分がいつ〈目覚めた〉のかも覚えていない。

記憶では、初めて見たときのナットくんは今よりもやや身体が小さかった。左胸に略字の刺繍《ししゅう》が入っている、藍色《あいいろ》がかった白いシャツと黒い半ズボンを着て寝室に戻ってくることが多かった。あのころは、髪もまだ短く刈り上げていた。

そして時が経ち、ナットくんは少しずつ大きくなり、髪も伸びて、ズボンの丈も長くなった。明るい顔に短くひげが生えていて、たまに抱きしめてくれるときにはそれがくすぐったくて、でも幸せだった。

（そう。たまに、だったんだけど……）

身体がプルプルと震える。エアコンが寒いわけじゃない。だけど急に、心の奥底から寒気が湧き上がってきた。

タオフーは思う。

（仮にクマのぬいぐるみのままでも、ナットくんはそのうちぼくを捨てたかもしれない……）

ノートおじさんの言葉が回想から連れ戻してくれなかったら、瞳に少しずつ溜まっていた涙が、大きな雫になってポトリと落ちていただろう。

「クマ公、こうしよう」

おじさんはどうやら今の今まで考え込んでいて、ようやく決意が固まったみたいで、険しい声を出した。

「おまえはこっち側に座っているから、ドアを開けて出ていきやすい。車が止まって、ナットが金を払ったら、走って逃げるんだ。家の住所は覚えているよな——」

おじさんはそう聞いてから、強調するようにつけ加えた。

「覚えているはずだ。逃げてしばらく経ったら、これと似たようなタクシーを止めて家に帰るんだ。この住所に行ってくれと言えばいい。家に着いたら、マタナーさんを呼んでお金を払ってもらう。彼女はなにも言いやしない」

「だけど、誤解されるかも」

答える声で、ナットくんが怪しんでこちらを向いた。けれど、ラジオの話をしているのだと理解した運転手さんが答えてくれる。

「そうだよなあ。次の世代の子どもたちは、月ってのはもともとふたつあるもんだと思っちゃうかもしれないよな」

ナットくんはため息をついて、小声で反論した。

「親が教えるだろ」

疑いが晴れて、タオフーは安心できるはずだった。しかし道路脇の標識の中に「警察署」という目的地が出てくるようになって、次第に意気消沈していく。

まだ心がクマのぬいぐるみのままで、人間になり切れてないせいかもしれない。だから、人間に、希望や信頼をいっぱいに抱いてしまうのかもしれない。

人間が同じ人間をこんなに簡単に捨てようとするなんて思わなかった。

残りわずかな距離と時間のあいだに、一緒にいるのをナットくんが認めてくれるためになにかできないか、タオフーは考え出そうとした。

もしナットくんに抱きついて、正直にすべてを話してお願いしたら、ナットくんは言うことを聞いて、助けてくれるだろうか。

（いや、そうはいかないよね）

タオフーよりも経験豊富な家の「物」たちの言葉は、それが得策ではないということを教えてくれている。

もしそうなら、どうすればいいのだろう。どうすればナットくんが自分のことをわかってくれて、捨てずにいてくれるのだろう。

（ラジオさんがもっとぼくに関係するようなことを話してくれていたらよかったのに……）

「もうすぐなのに、渋滞しちゃったな」

運転手さんはそう不満を言いながら、あごで、近くに見える大きな建物を指した。

タオフーの心臓がさらにドクン、ドクンと脈打つ。

タオフーは決心して言葉を発した。

「そうじゃないんです」

運転手さんはバックミラー越しに後ろを見て、「うん？」となった。ナットくんもタオフーに視線を送る。

「ぼくは、次の世代の子どもたちは、べつに月がふたつあるとは思わないんじゃないかと思います」

「なんだ？　じゃあさっきの誤解ってのはなんのことだ？」

運転手さんが聞く。

「つまり、最初の月のことです」

タオフーは運転手さんを見つめて答える。こんな話をしたことがないので、一言一言が難しい。

「もし明るい人工の月ができたら、最初からあったほうの月が、いらないものだって誤解されちゃうんじゃないですかね。自分はなにも悪いことをしていないのに、だれも見てくれなくなっちゃう」

息を吸い込んで、声が震えないようにする。車が動き出すのに合わせて言葉を継ぐ。記憶の中の映像も一緒に動き出す。

まだ若いナットくんの瞳から少しずつ流れ出す涙の雫。ナットくんは、タイ語のタイトルがない絵本のページをめくっている。

「価値がないものだと思われて簡単に捨てられちゃうのって、なによりもつらいですよね。もし月さんに心があったら、自分はなにを間違ったのかって、自問するんじゃないかな。かわいそうですよね。だってそれは、絶対に答えのもらえない問いだから」

タオフーは運転手さんと視線を交わしていたが、ナットくんが自分を見つめていることがはっきりわかる。

「難しいことを言うな、青年」

運転手さんはそう言って笑った。

だけどナットくんは笑わない。

そして車が止まるまで、ナットくんはなにも言わなかった。

そんなわけで、車が止まった瞬間に、タオフーが心に溜め込んできたものがあふれ出してしまった。

以前動画でほかのひとがやっているのを見たのと同じやり方で、車のドアを開ける。ナットくんは不思議そうにこちらを見る。どうしてここで降りると知っているのか怪しんだのだろう――警察署の前。病院に行くと伝えていたのに――とにかく、こうなったタオフーには、もうなにかを考えるような理性は残っていなかった。

車から降りると、歩道を走り出す。周囲の車の音と喧騒《けんそう》を切り裂いて、ナットくんの叫び声が耳に入ってくる。

「おい、待て！」

だけど止まらない。足も涙も止まらない。目の前の景色がぼやけるから、手の甲で顔をザッとぬぐい、思いっ切り走り続ける。声の主が走ってきて、追いつかれて、あの広大な警察署の中に入れられて、そのまま捨てられてしまうのを恐れて、走る。

このあたりの歩道沿いには四階建てのタウンハウスが並んでいる。二階から上の部分には、くっついて並ぶ小さな窓が見える。めちゃくちゃに絡んだ電線が空をさえぎっている。歩道はとても狭い。道の脇に屋台や台車を止めて物を売っているひとがいるので、結構スペースが食われているのだ。ときどきバイクともすれ違う。そういうひとたちがタオフーに悪態をつく。野良犬ですら吠えさかる。ふくらはぎの上のあたりを狙うかのようにすっ飛んでくるやつもいる。

これまでのタオフーなら、怖くて震えていただけだろう。だけど今頭の中には、ノートおじさんの言葉しかなかった。

走って逃げなきゃいけない。帰るために進むのだ。もし立ち止まったら、もう戻ってこられない。

「おいタオフー！　止まれ！」

遠くからナットくんの指図の声が飛んでくる。確認のために後ろを振り返ると、相手はすっかり遠く離れていた。喜ぶべきなのだけど、むしろ怖くなってしまった。

道に敷いてあったレンガがデコボコとしたすきまを作っているところにつまずいたときには、もっと怖くなった。

「うわっ！」

人間の足はぬいぐるみの足とは違う。転べば痛い。しかも地面にぶつけた膝には傷ができて、血が出ている。

タオフーはびっくりした。だけどがんばって立ち上がる。まだなんとか走れそうだ。ただ、スピードはかなり落ちてしまった。

そして、本格的にタオフーの足首が痛み始めたころ、そう遠くないところに大きな建物が見えた。建物の外見は周辺のタウンハウスとはだいぶ違う。波の形をした金属の壁に覆われていて、そこに空色、オレンジ色、赤色が塗られている。塗りたてのころは今みたいに色褪《あ》せておらず、きっと鮮やかだったのだろう。

この場所を写真や動画で見たことはないし、もちろん来たこともない。だけどタオフーはなぜか、ここを懐かしく感じた。

そしてきっとその感情のせいだろう。われらがクマさんは、もう少しだけ歯を食いしばるよう自分に言い聞かせ、よろめきながら大きな建物に向かって走っていった。

そして正面の入口にたどり着き、ナットくんが追いつく前に、中に身を隠した。

タオフーはこんな雰囲気の建物を見たことがなかった。動画の広告で見た高級デパートにも似ているけど、あんなふうに、キラキラとして、中を歩きたくなるような雰囲気でもないし、きれいなかっこうをしたひとたちもいない。

年季が入った建物は、天井が高く、四角い柱の四面に鏡が貼られていて、それが近距離に並んでいる。テラゾの床は黒い点々の入ったクリーム色だ。真ん中は歩いていく客のために空《あ》いていて、両脇に胸の高さくらいのガラスケースが並んでいる。ケースの中には蛍光灯がついていて、陳列された携帯電話の周辺機器を照らして、目立たせている。

それぞれのケースを担当している従業員は、ゼイゼイと走ってきたタオフーに無関心な視線を向けた。仮に隕石が地球に落ちてきても、彼らは今と同じように虚脱《きょだつ》したままなのかもしれない。

自分が今まで出会った「物」たちとはぜんぜん違う。こういう人間たちより「物」のほうがまだ生き生きとしている。なんて恐ろしい目つきと雰囲気だろう。

とにかく、捕まって警察に送られるのは避けないといけない。そんな決意で、タオフーはフラフラと奥に進んでいく。

携帯電話の周辺機器を売る店が、服の入ったワゴンに取って代わっていく。新しいズボンも、こういう古い空間に陳列されると同じくらいに古びて見えるものだ。そこかしこに貼られた値下げの札の数に、目がくらみそうになる。

「タオフー！　おいタオフー！」

ナットくんがゼイゼイいう声が聞こえてくる。背筋がゾクッとしたタオフーは、大きな柱の陰に飛び込んだ。柱の鏡に映った顔は、汗まみれで青白い。目は恐怖で見開かれている。

少しずつ顔を出して様子をうかがうと、ナットくんが入口のところで立ち止まっていた。

ナットくんはまだ動かずにいて、呼吸に合わせて両肩を上下させている。顔は、こちらと同じように汗まみれだ。その目は大きく開かれていて、タオフーが本当にここにいるのか、ここに入っていっていいのかを推し量るみたいに、建物の中をのぞき込んでいる。

この瞬間、タオフーには、自分の人間の心臓が不規則に脈打つ音が聞こえていた。

時間がゆっくりと流れるように感じて、そして、ナットくんが大きく息を吸い込み、少しずつ後ずさりしていくのが見えた。

うれしいのではなく、ショックだった。タオフーはナットくんに追いかけてきてほしかったし、でも同時に、追いかけてきてほしくなかった。人間みたいな感情がどんどん複雑になっていって、本当は自分がなにを望んでいるのかわからなくなってきている。

思考を整理して、論理的に考えてみる。もしナットくんがまだ追いかけてきたら、捕まって警察に送られる可能性のほうが高い。だからナットくんがああやって退いてくれたのはいいことのはずだ。

ナットくんがタオフーを警察署に連れてきたというのは、つまり……タオフーを捨てるという意志のあらわれ。あんなふうに去ったまま見捨てることもないはず……。

とはいえ、タオフーはまだ自分の心が抑えられない。結局、今通ってきたところを戻って、こっそりと外をのぞいてみた。そして、遠くにナットくんが立っているのが見えて、あたたかい気持ちになる。

ナットくんはタオフーのいる方向を見つめている。タオフーは、

（ナットくんからぼくは見えているかな）

ということしか考えていない。

だけどタオフーは、建物の入口からちょっと頭を突き出しているだけだ。ナットくんが連れ戻しに来る様子もない。

（ナットくんにはぼくが見えていない。だけどぼくが出ていくときに捕まえようとしている）

心がズキリと痛んだが、そう結論づけた。それで、ナットくんが捕まえに来られないくらい遠くに逃げないと、と考える。足はまだかなり痛む。タオフーは、足を引きずりながら建物の奥に歩いていった。

この建物はあまり奥に長くなくて、以前は使えたらしい反対側の入口は、閉鎖されていることがわかった。どこのドアも同じ様子で、逃げ続けるためにはもとの入口に戻るしかないようだ。

（ナットくんはそれがわかっていて、ああやってただ待ってるんだな）

こんなときでも結局、自分の持ち主の賢さが誇らしくなってしまう。そう思うと、自分もナットく

んの半分でいいから賢くなりたいものだと思う。そうしたら多少は正しい選択ができるかもしれない。

（しばらく中に隠れているしかないね）

ノートおじさんとも離れてしまってだれも助言をくれないのだから、自分で考えて、自分で決めるしかない。タオフーは、なんとか使えそうな道を探すことにした。

一階にいたままではダメそうだ。それでタオフーは二階に上がることにした。上りのエスカレーターは動いていなくて、歩いて上がらなければいけなかった。あまり段数が多くなくてよかった。そうじゃなければ、足がもっと痛くなっていただろう。

建物の二階は、下の階よりももっと開けて見えた。広いスペースに安売りのワゴンが並んでいる。靴下や下着などから、文房具にデッキチェア、物干しラック、そして主婦のためのさまざまな道具。

フロアの端の部分は店舗用のスペースに区切られていて、パソコン修理店が入っている。

閑散としていて、まるで廃墟のようだ。ここにいるひとたちの雰囲気も、人間というよりはロボットのような感じで、しかも下の階のひとたちよりもひどかった。

どこかから、低音がブンブンと鳴った音楽が聞こえてくる。音の聞こえるほうに足を進めると、一番奥にカラオケレストランがあった。プラスチックの机と椅子が並んでいて、そしてもちろん、ここも変わらずひとがいない。中にいるほんのわずかの客たちは、目の前のテレビを見つめている。そこにいるだれも、マイクを握って歌うことに興味はないらしい。

だがタオフーは覚えている。流れてきた曲はマタナーさんがよく歌っていた曲だ。

タオフーはそれを、心の中だけで、大きな声で歌った。

合成音の伴奏だけの音楽は、ひとけのない場所と同じように、悲しみと虚《むな》しさの混じった気持ちにさせる。しかもこの店のオーナーは、虹色のモールと旗で天井を丁寧に飾りつけている。それが余計に、宿る魂を失った残骸《ざんがい》みたいに見えた。

この店は入口をロープで区切って「当店をご利用のお客様専用」と書かれた看板を吊り下げている。食事をするわけではないタオフーはそこを離れるしかなかった。

フロアを歩きながら、店のまわりの古い柱や壁を見回してみる。

CDと映画のDVDを売る店の隣のスペースには、鎖と錠がかけられていた。中に高価なものはなにも残されていなそうなのだけれど。

（オーナーが昔の空気を大切にしてて、それを残しておきたいのかな）

タオフーは、店の名前が書かれた看板を見上げる――《アン・ペン・ティー・ラック》《愛すべきもの》。文字もその色も、褪《あ》せて、欠けている。それでもなお、文字のまわりに人形やさまざまなかわいらしいものの絵が描かれているのがわかる。

ここは、やってきたお客さんが〝愛すべき〟だれかのために探すプレゼントでいっぱいの、あたたかい店だったのかもしれない。

少し離れたところに、上の階に向かう暗い階段があった。恐ろしげに見えるし、しかも足はまだ痛い。だけど好奇心のほうが勝ってしまう。タオフーは手すりにつかまって、一段ずつ這《は》うように上がっていった。

階段は螺旋《らせん》を描くように曲がって三階に向かっている。けれどもその入口も、この建物のほかの場所と同じように錠がかけられている。ここにも汚らしい黒いしみがあって、蜘蛛《くも》の巣まで張っている。

奥をのぞくと、壁に貼られた紙が破られている。もともと映画のポスターだったもののようだ。つまりこの階は、以前は映画館のロビー部分だったのだろう。

この階にはもうだれもいない。大都市の古いビルにこっそり飛んできて巣を作った鳩《はと》たちの、ゾッとするうなりが聞こえるばかりだ。ほかのもっと大きな建物から追い出されてやってきたのだろう。

過去の影に満ちた、この映画館に。

けれどもこの場所は、その影をもう映すことができない。新しいものが代わりに作られてしまうかもしれない、あの月のように。自分の価値が消失するそのときを待っているのだ。

（そして忘れられて、捨てられる……）

不思議だ。階段はとても狭いし、暗くて息苦しいし、こんなに静かなのに。

けれど、ここにいると、タオフーは安心とあたたかさを感じる。どうしてだろう？　もしかして、タオフー自身も自分が捨てられたと感じているからだろうか。

（ナットくんは、まだぼくを待ってるかな……）

遠くのほうで、建物のひび割れに吹き込む風のビュウというなりが聞こえる。それから、まるで涙しているような、鳩たちの不穏な鳴き声。羽をバタバタとさせているのもいる。

まもなく空がゴロンと鳴って、どしゃ降りの雨の音が続いた。

どれくらいの時間が経っただろう。ＤＶＤ屋さんのおじさんがタオフーの肩を軽く叩いてくれて、目が覚めた。

「ひとがいるなんて思わなかった。なんでこんなところで寝てるんだよ」

「ご……ごめんなさい」

「起きて出ていきな。もう閉店だぞ」

「はい……はい……」

「最近の若いのは……」

おじさんはそう愚痴をたれて先に下に降りていった。足はもう痛くない。

二階は、入ってきたときよりもひとが減っていた。多くの店が閉店していて、老人たちのカラオケレストランにも、もうだれもいない。

タオフーはうなだれて下に降りていく。それぞれの店の店主が片付けをしている。この建物全体に、もう客はいないみたいだ。

ある店の奥にかかっている時計を見ると、夜の七時近かった。八時間近くも眠ってしまったなんて信じられない。

ふつう「物」たちの睡眠時間は短い。なぜなら日中も、人間を避けるために眠りの状態に入らなければいけないからだ。それもまたある意味、睡眠によってエネルギーを蓄えているということになる。

だけど今タオフーは人間になっている。しかも昨晩はナットくんが心配で、寝転がったまま、まったく眠らずに彼を見ていた。そのせいで、「物」たちが議論を続ける声もない静かで涼しい場所で、心地よくなってうっかり眠ってしまったのだ。

外の雨はまだ続いているけれど、だいぶ弱くなっている。空はかなり暗くなっていた。

われらがクマさんは、どうすればいいかわからずに空を見上げる。自分でタクシーを止めに走っていく、というのも怖い。

「おい、タオフー！」

急に声が聞こえて、タオフーはビクリとした。

近づいてきたナットくんは髪も服もかなり濡れていて、顔はとても引きつっている。ただその目にはどんな感情のかけらも浮かんでおらず、なにを思っているかは読み取れない。

「どんだけ待たせるんだよ」

彼はこちらに近づき、タオフーが逃げないようにするみたいに腕を引っぱった。

「クマ公、どうしてた」

ノートおじさんがぶつくさ言う声が、ナットくんのかけているリュックから聞こえる。

「まったく。こんなに長い時間姿を消していたからすっかり逃げおおせていると思ったのに。最後は結局ナットに捕まるのか――」

おじさんの長たらしいぼやきが急に止まる。歩道の脇で立ち止まったナットくんが、振り返ってなにかを言う。

「母さんには、マッサージしてやったら痛みが消えたって言っておく。心配かけないで済むだろ」

タオフーはちょっと混乱したが、ひとまず答えておく。

「でもまだぼくが痛がってるのをおばさんが見たら？」

ナットくんがため息をつく。

「おれがマッサージしてやるよ。満足か?」

タオフーはほほ笑んで、わかった、と言うようにうなずいた。

それからすぐ、タクシーが歩道に寄ってきて停車した。車のライトに照らされた雨の細線が、金色の円柱に見える。

車の後部座席に乗り込んだナットくんに続いてそこに身体を押し込むとき、建物の二階のカラオケレストランから、古い音楽がかすかに漏れ聞こえた。だけど今度はさっきと少し違う。その伴奏に、タオフー以外のだれにも聞こえない、なにかの「物」の歌声が乗っていた。

05　統治体制変革のための計画概要

【奇跡《パーティハーン》】〔名〕驚くべき奇妙なこと、または驚くべき奇妙さ
〔動〕普段はなし得ないことをする

〈奇跡〉という言葉は、タイ語の辞書ではこう定義されている。だけどみなさんは気づいていただろうか。多くの奇跡は、なによりも〝ふつう〟なことの中に生まれるということを。

これから見ていく奇跡は、次の言葉から始まる。むかしむかしのとってもむかし、あるところに。

冷たい風がほんのりと吹き始めた、暗くてぼんやりした日だった。このころのひとがみんな防寒着を着て歩いているのを見たら、今の子たちは変に思うかもしれない。

冷たい風は、ある甘い恋の物語を思い出させる。

でも、同時に、病の原因にもなる。

それで恋の物語というのは、奇跡の起こらなかった病のことなんじゃないかと思ってしまったりもする。

その年の寒季のはじまり。ソイ・ピー・スアの奥にある家の老女が高熱に倒れた。彼女は自分がまだ若い農園娘だと思い込んでいるふしがあって、冷たい風にあてられて熱を出しても、少し休めば治ると思っていた。

自分のつややかで繊細な髪の毛がぜんぶサトウキビの花の色に変わっていることも、まっさらだった顔がしみだらけになっていることも、かつてはなめらかで柔《やわ》らかかった肌にしわが波打つようになっていることも、忘れてしまっていたのだ。

危険な状態になっていると気がついたころには、ベッドから起き上がるのも難しくなっていた。家の「物」たちは、老女が電話さんのところにたどり着く前に息絶えてしまうのではないかとひそひそ話をしながら、心配と恐怖の入り混じった気持ちで見守っていた。

しかし机さんと電話さんのひそやかな手助けにより、ついに彼女はその震《ふる》える手を受話器に伸ばし、ダイヤルをきっちり七桁回すことができた。彼女はなんとか、電話に声を吹き込んだ。

〝ナーや、病院に連れていってくれないかい。調子が悪くてダメそうなんだ〟

幸運なのか悪運なのか、電話の相手は孫娘ではなく、電話番号も知らない、どこかのだれかだった。そう聞いて驚いた青年は、低い声で老女に尋ねる。

〝おばあさん、どちらさまですか。どこにいるんですか〟

きっと熱に浮かされていたのだろう。電話の向こうの青年が悪人かもしれないということも思いつかず、彼女は自分の家がソイの奥、だれもがソイ・ピー・スアと呼ぶところにあると、詳細をはっきり伝えた。

それから三十分も経たずに、一九七七年製のフォード・コルティナを駆った低い声の主が家の前に車を停めた。歩いていって自分で家のドアを開けたはずだと彼女は思っているのだが、覚えていない。次に気がついたときには、病院の患者用ベッドで寝ていた。

ベッドの横には孫娘が座って、見知らぬ、スラリとした青年と話しているところだった。老女が目覚めたことに気がついて、たったひとりの孫娘は喜んでほほ笑む。そして、調子はどうかと彼女に尋ねる。

しかし彼女はそれに答えずに、孫娘のものと同じ質問を返した。それはむしろ、孫娘が自分に男を紹介するきっかけを与えようとするものだった。

〝おばあさんはたぶん覚えてないと思いますよ〟

襟足《えりあし》を伸ばした、はちみつ色の肌の男性は、満面の笑みを見せた。角張った顔が明るくなる。彼の脇には、その思いやりを示す、見舞い品と思しきりんごが置かれていた。この老女は、そんなにりんごを好むわけではなかったけれども。

〝おばあちゃん〟

孫が彼女の腕をつかんで答えを教えてくれる。

〝セーンさんはね、おばあちゃんを病院まで運んでくれたひとだよ。あの日、おばあちゃん調子が悪くて、間違い電話をかけちゃったの。でもセーンさんが助けてくれてよかった〟

〝ああ！〟

まだ思い出せていなかったが、老女はうなずいた。

今はっきりとわかるのは、青年のキラキラと光る瞳だ。彼女がひとりで懸命に育ててきた孫娘のマタナーを見づめる、その視線。


その年、ある新しい私立学校が、マタナーさんを社会科の教員として迎え入れた。月給は、祖母の治療費をまかなうには十分な額だった。たったふたりきりの家族なのだから。

マタナーさんの一族には、さながら、世代を越えて継承される呪いがかけられているようだった。曽祖母も祖母も、恋多き夫と別れて、娘をひとりで育てていた。マタナーさんの父親は妻一筋だったが、事故で命を落とした。そして母親が、たったひとり、大黒柱を担うことになった。でもマタナーさんが中学校を卒業する前に、母はたちの悪い病であっさりと亡くなってしまう。そして残された祖母が、彼女の面倒を見た。

そんなわけで、一見たおやかで甘い、さながらベルベットのような彼女の内側には、強靭な芯が包まれていた。マタナーさんは強かった。同じ年代の女性よりもたくさんの責任を背負っていた。

祖母は、責任を一緒に背負ってくれそうな恋人を作るようには孫娘に勧めなかった。自分自身の経験から、男は女の重荷にしかならないとずっと感じてきたからだ。マタナーさん自身も生き抜くのに精いっぱいで、だれかのことが気になったりもしなかった。

あの日、間違い電話の奇跡が起こるまでは。

セーン・ブララットさんは、ソイ・ピー・スアによく出入りして、祖母と孫のふたりきりで暮らす家族をフォード・コルティナに乗せるようになった。

美しいひとを乗せたオレンジ色のセダンが、このソイの名前の由来になったナデシコ《ピー・スア》の花の植え込みを通り過ぎる様子は絵になった。赤、ピンク、紫の蝶《ピー・スア》が冷たい風に乗って羽ばたき、そしてまもなく、その車に乗った男と女の心に飛び込んでいった。

三十歳の陽気な男性は、ラーチャブリー県にあるドレッシング工場でサブ・マネージャーとして働いていた。それでときどき、両親を訪ねてバンコクに戻ってくるのだった。

初めて一緒に車に乗ったときに、セーンさんがマタナーさんに語った。

祖母からの間違い電話を受けたのは、彼がその年で初めて実家に帰った日だった。親戚の結婚式に参加するために帰っていたらしい。助けを求める声を聞いて、彼は車を飛ばした。そして祖母に出会った。

〝あの年で初めて、ぼくが実家にいた日。しかも、二年ぶりに実家で電話を取った日だった……〟

マタナーさんも、二回目に車に乗った日にセーンさんに語った。事件が起こったのは、彼女が初めて家庭教師のアルバイトに行った日だった。

〝家庭教師に行ったのは初めてだったし、それに、土曜日におばあちゃんと一緒に家にいないのも何年かぶりだったんです。普段は土曜日に出かけないから。だけど生徒の保護者さんから補習をしてほしいって言われて。本当に勉強が苦手な子で〟

その男子生徒は社会科が苦手科目で、特にタイ史につまずいていた。そして偶然ながら、マタナーさんの歴史教師としての能力は、学校の先生たちのあいだでも評判だった。

実際、この専門性のおかげで面接でもライバルに勝てたというのは、マタナーさんもよく理解していた。

けれども、四回目に車に乗ったとき、マタナーさんは大事な秘密を彼に漏らす。

〝でも気詰まりもするんです。わたしの専門的な知識の細かい部分に、わたし自身も疑問を持たないといけないことがあって〟

〝うん？〟

〝わたしたちタイ人は本当にアルタイ山脈から移動してきたと思いますか？　バーン・ラチャンの人々は、本当にアユッタヤーを守るために命を賭《と》した戦いに臨んだと思いますか？〟

〝違うのかい？〟

彼は眉をひそめた。しかしその目は、マーブンクローン・センターに向かって車が走る、パヤータイ通りをまっすぐ見つめている。

マタナーさんは暗い気持ちになってため息をついた。食品工場のサブ・マネージャーにこんな話をするなんて、自分はどれだけマヌケな女に思われているだろう。

男のほうは彼女の思考が読み取れたようで、笑いを漏らしていた。

〝説明にはもう少し時間がかかるみたいだね。でも大丈夫。これから毎週、土日は喜んでバンコクまで来るよ〟

「それでセーンおじさんとおばさんは恋人になったの？」

マタナーさんの長い物語を聞いたタオフーが尋ねる。その茶色の瞳がキラキラと光っている。プラスチックのたらいを持ったタオフーはマタナーさんの先に立ち、家の裏に向かって足を進めていた。

家の裏は屋根の一部が透明なスレートでできていて、洗濯スペースは狭いがかなり明るい。タオフーは地獄の洞窟《洗濯機》のほうを振り向かないように、自分をなんとかコントロールしている。ひっ捕まえられてあの中で洗われるときの大パニックがよみがえって、見てすらいないのに心臓がバクバクと震えてしまう。

マタナーさんはニコニコとしてついてきた。そしてなにもない隣の宙を向いては、恥ずかしそうに夫にほほ笑みかける。片手で自分の肩に触れると、たくさんの細いブレスレットがカシャカシャと音を立てる。おじさんが最愛の妻の肩をなでているのだろう。

タオフーにはそう〝見えた〟。

タオフーのほうに視線を戻したマタナーさんが答える。

「そんなに簡単にはいかないのよ。彼も自分の気持ちを伝えるのが苦手な人でね」

タオフーは蛇口の下にプラスチックのたらいを置いて、中に置かれた右のスリッパさんにニヤニヤした笑みを送った。向こうはこちらの意図がわかっていて、わざと違うほうを向いて無視している。並んで置かれた左のスリッパさんも、恋人が愛《いと》おしくて思わず吹き出してしまう。

「星の王子さま、水はそんなに入れなくていいからね。水のあとに洗剤を入れるのよ」

マタナーさんは、ふたりのスリッパさんの洗い方を説明してくれている。

タオフーはそれに従った。楽しみながら、洗濯洗剤の粉を水に混ぜて溶かしていく。白い粉がだんだんと広がって、きらめく泡に変わっていくさまは驚きだ。小さい泡も、大きい泡もある。一部は清潔な香りをふりまきながら、空に浮かび上がる。

タオフーを歓迎しないでしかめっ面のまま後ろをついてきたクンチャーイですら、口をクイッと開いて大きな笑みを見せて、うれしそうに舌を出している。そして我慢できなくなって、楽しそうに泡を追いかけてはそれに噛みつこうとする。

本当は、少しだけかき混ぜればいいと言われていた。だけどタオフーは泡の中に浸《ひた》っていく感覚が好きだった。地獄の洞窟に送られていたときでも、唯一のいい時間だった。こうやってまた浸る機会が得られると——たとえそれが指先だけでも——この時間をもう少し引き延ばしたくなる。それに……たぶんこちらと同じように、ふたりのスリッパさんたちも泡をたくさん立てるのは好きなはずだ。

右のスリッパさんはまだ態度を崩さず、わざと文句を言った。

「今洗われたら、ニュースを見逃すじゃないか」

けれども彼の恋人がそれに言い返す。

「あなた、番組は毎日やってるのよ。それにどこが楽しいのかぜんぜんわかんない。こうやってお風呂に入れるほうがよっぽどいい気分よ」

スリッパさんたちがほほ笑むのを見て——もちろん、特に右のスリッパさんだ——タオフーもつられていい気分になる。それから振り返って、マタナーさんに聞く。

「おじさんがおばさんを愛してるって、どうやってわかったの？」

答えようとするひとの、痩《や》せて、しおれ始めたほっぺたの肌が、ピンク色に変わる。

「お父さんはわたしにいろいろなものを買ってきてくれたからね」

「ぼくたちがお互いになにかをしてあげるときって、そこに愛情が示されるもんね」

右のスリッパさんがどう受け取ったのかはわからないが、急に笑みを引っ込めると、目を閉じて、ゆらゆら浮いているだけになってしまった。

「しばらく放っておいてあとで洗いましょう、星の王子さま」

「うん」

水道で手を洗うためにたらいを横にずらしていると、マタナーさんは首を横に振って、かわいらしくぼやいた。

「スリッパなんて家の中だけで履《は》いてるんだし、洗わなきゃいけないほど汚れてないんだけどね。それに、わざわざ手洗いなんかしなくたって、洗濯機を使えばいいのに」

思ったままに事実を伝えようとする前に、右のスリッパさんがそれを厳しくさえぎった。

「洗濯機を使うとスリッパは目が回るとか、答えるんじゃないぞ」

そう言っている彼は、タオフーと目を合わせるのがあまり好きではないみたいだ。右のスリッパさんのほうを向いたタオフーが不思議そうに眉根を寄せると、相手は目を閉じて、それから続けた。

「水が節約できるからって言うんだ」

最後に小言を言うのも忘れない。

「支配階級め！」

「水も節約できるし」

マタナーさんは指で眼鏡のフレームを押し上げた。眼鏡の奥の丸い目が感じ入った様子で光り、首を傾けて話す。

「星の王子さまは、お父さんみたいね」

「どうして?」

「愛っていうのはね、なにかをしてあげることだけじゃない。でもだれかを愛していたら、わたしたちがなにかをしてあげるそのときに、思いやりがいっぱいになるの」

そう言ったマタナーさんは、夫のほうにチラリと目をやった。

「彼がわたしを愛していたってよくわかる。だって、りんごを買ってきてくれてたの」

「りんご?」

「おばあちゃんはりんごが好きじゃなかった。だけどわたしは、最初にもらった日からずっと食べ続けてたわ」


この日もまた、タオフーにとって幸せな一日だった。自分の愛するひとたちの幸福を目にした。おばさんの幸福も、左と右のスリッパさんの幸福も。そう。後者のふたりですら、午後のあいだずっと干していた椅子から引き上げてくるときには、笑みを抑え切れなかったくらいだ。

ふたりの体は、洗剤の泡みたいにキラキラ輝いていたわけじゃない。でもまるで新品のスリッパみたいにいい匂いがして、どこもかしこもふわふわになっていた。

幸福そうな笑みを浮かべたおばさんがふたりをもう一度履こうとするとき、左のスリッパさんは恋人の注意を引くように言っていた。

〝ねえあなた、あなたってば〟

ほっぺたをふくらませて別のほうを向いていた右のスリッパさんだが、それでも結局〝ほんとにありがとうな、クマ公〟と言ってくれた。

夜遅くにナットくんが家に帰ってくると、タオフーはマタナーさんにお願いして、自分からさっきの話をさせてもらった。

幸せな話をだれかに聞かせるのは、自分の幸せが増えるだけじゃなくて、聞いているほうも幸せな気持ちになれるからだ。タオフーにはそれがわかっていた。

もちろんタオフーは、ナットくんだって幸せを感じているとわかっていた。彼がほほ笑みもしなければ、こちらを見ることすらしなくても。

話をしているあいだ、ナットくんは文句をつけたり、話をやめるように言ってきたりもしなかった。普段ケーンくんがビデオ通話であれこれ長々と話していると、ナットくんはイライラして話をやめさせたくなって、何度もケチをつけるような質問をしていたはずだ。

今日のナットくんはケチをつけたりしなかった。買って帰ってきたものをパントリーのカウンターに置いて、家のあちこちを、家の裏まで含めて歩き回ったりのぞき込んだりしていただけだった。

「――おばさんのおばあちゃんはりんごが好きじゃなかったんだよ。だけどおじさんはそれを買ってきた。それはつまり、おじさんがおばさんのために買ってきたっていうことなんだ」

マタナーさんの言いつけどおり、ナットくんの持ってきた袋からお菓子を取り出して冷蔵庫に入れながら、タオフーは言った。

「愛はね、なにかをしてあげることだけじゃないんだ。でもだれかを愛していたら、ぼくたちがなにかをしてあげるときに、思いやりがいっぱいになるんだよ」

ナットくんはもう戻ってきていて、くしゃくしゃになった笑顔のタオフーに淡々と答えた。

「ああ。だけどその菓子はおまえのために買ってきたんじゃないぞ。母さんが好きな菓子だから、母さんに買ってきたんだ」

マタナーさんが笑う。

「あらあ、ナットったら」

「わかってるよ」

タオフーはこわばったうなずきを見せた。

「でもねナットくん、心配しなくていいよ。ぼくも食べる練習をして、絶対好きになるから」

階段を上がろうとしていたナットくんが、足をちょっとだけ止めた。

タオフーは、ナットくんが困惑《こんわく》しているのだと思って、向こうが振り返るのも待たずに補足した（とはいえわかる――もちろん、ナットくんは振り返らない）。

「だって今日はまだ好きじゃなくても、それは好きになる可能性がぜんぜんないってことじゃないでしょ。もしこれからぼくが好きになったら、今度ナットくんが買ってくるときには、ぼくに買ってきてくれたみたいになるじゃない」

「メガ・クレヴァー！」

ソファーさんが大笑いした。タオフーのほうは、どこがおもしろいのかわからない。

それに続いてマタナーさんもおもしろがっている。

「すごく賢いわ、王子さま」

とはいえ、買いものをしてきたナットくんは「イカれてる」とつぶやいた。それからマタナーさんのほうに歩いてきて言った。

「母さん、給料入ったよ」

ナットくんは月末にいつもこうやって、給料の一部をおばさんに渡している。以前ケーンくんが、ビデオ通話でナットくんを褒めていたから、タオフーも知っている。

マタナーさんは、まだ先月のぶんもちっとも使ってないと言ったが、息子がしつこく言うのでそれを受け取って、パントリーの下の引き出しに隠してある財布に入れた。

そしてナットくんがマタナーさんに言う。

「上に行くね」

その目はテレビのメロドラマに釘づけのまま、マタナーさんはうなずいて言った。

「次のCMになったら、わたしも寝るわ」

タオフーはふたりのあいだであっちを向いたりそっちを向いたりしていた。そして最後にマタナーさんのほうを選んで言う。

「じゃあ、ぼくも上に行くね」

「はい、おやすみなさい、星の王子さま」

「おやすみなさい、おばさん」

もう一度視線を移すころには、ナットくんのすらっとした身体は階段の真ん中くらいまで進んでいた。

大ぶりの黒いシャツを着ているとはいえ、この距離で後ろから見ると、ナットくんの体型がはっきりとわかる。こうやって腕を振っていると、少しながら筋肉がついて角ばった腕に血管が浮き出て健康そうに見える。それが揺れるのに合わせて服が身体に貼りついて、ずいぶん細く見える。フィットしたジーンズも、ナットくんを余計に瘦せて見せる。

足を速めて近づいた自分のほうが背が高くて、タオフーは、ナットくんよりも大きくなってしまったのだということに気がつく。昔はタオフーのほうが小さくて、だからナットくんも抱きしめてくれたのに。今もしまた抱き合うなら、こちらから手を差し伸べることになるのだろう。こんなふうに——。

「なに怪しいことしてるんだ」

ためしに距離を測ろうと手を伸ばしているところで、ナットくんがちょうど振り向く。

タオフーはほっぺたをまん丸くして笑った。

「ナットくんを抱きしめるときのことを試してたの。こうやって手を上げて、それからちょっとかがむんだね」

無表情のままながら、突然ナットくんの顔が赤くなった。けれども一瞬でもとに戻る。代わりに、丸くて大きな目が曇る。

彼は向きを変えて降りてきて、タオフーに近づいた。そしてそのおでこに人差し指を軽くあてると、冷たくささやく。

「もしこの家でそんなことをしたら、確実にぶん殴るからな」

「ナットくんはぼくを殴らないよ」

殴りかからんばかりだった彼はそのまま手を止めて、ポカンとすることになった。

「だってナットくん、ケーンくんにもよくそんなこと言ってるけど、ほんとにケーンくんを殴ってるのは見たことないもん。ナットくんは不機嫌なんじゃなくて、恥ずかしいだけだよね」

今度は、ひそめられていた眉がそのまま固まって、目の中に困惑が浮かんでいる。

ナットくんは結局、タオフーになにかを聞く代わりに、自分で結論を出したようだ。呆《あき》れたようにぶつぶつと言っている。

「ほんとに母さんは……」

タオフーはマタナーさんがなんなのかわからなかった。でも、その答えを見つける前に叫んでいた。

「ナットくん！」

目の前にいるすらりとしたひとは、ちょうど向きを変えて進み出そうとしていた。

だがそのタイミングが悪く、階段を踏み外してつんのめってしまう。タオフーが、ナットくんを抱くポーズの練習をしていて幸運だった。自分より小さなその身体をしっかりと受け止めることができた。

　タオフーの腕が、後ろからナットくんの脇の下に通されている。胸のところでしっかりと交差していて、驚いてドキドキする心臓の音が感じられる。

　それだけじゃない。タオフーは頭を下げて、持ち主の片方の肩に自分のあごを固定している。ナットくんがすべり落ちないよう、安定させるためだ。

　抱きかかえられたほうも固まっている。そのほんの一瞬でタオフーは、ナットくんが放心しているのだと感じた。それでちょっとずつ横を向いて、ナットくんの柔らかいほっぺたに唇で触れた。

　地面に落ちたぬいぐるみの自分をナットくんが拾ってなぐさめてくれたときみたいに、放心している持ち主の心を呼び戻すつもりだった。

「大丈夫だよ、ナットく――」

「バカ野郎！」

　ナットくんはタオフーをにらみつけながら、身を引き剝《は》がした。ほとんど飛び跳ねるような勢いで階段を二段飛ばして上に進み、それから拳を見せつけてくる。その顔は赤く、歪《ゆが》んでいる。

「殴る――！」

　でもその言葉は勝手に止まった。たぶん本人がさっきの会話を思い出したのだろう。そのせいで、耳まで真っ赤になった。

　タオフーがなにも理解できないというふうに首をかしげているのを見て、顔が赤いままのナットくんは手を下げて、スタスタと上の階まで進んでいこうとする。

タオフーは後ろに続きながら、小さな声で尋ねた。

「さっき下にいるとき、ナットくんはなにを探してたの？」

ナットくんが急に足を止めた。タオフーも一緒に足を止めて、続けた。

「これもおんなじだね。たとえ今日見つからなくても、それはべつに、見つかる可能性がないってことじゃない」

ナットくんはなにも答えずに、そのまましばらく止まっていた。そして最後に振り向いて、細いあごの先をしゃくらせて、自分の目の前の木のドアを指した。

「ここはおれの部屋だ。なんでついてくるんだ」

言い終わった彼は、ドアノブを回してドアを押し開け、部屋に入り、タオフーの目の前で大きな音を立ててドアを閉めた。

ドアを目の前で閉められたクマさんは、ほほ笑みでいっぱいの顔で、少しずつ後ろに下がる。

（ついに今日、ナットくんを抱きしめたぞ！）

タオフーは隣の部屋のドアをゆっくりと開けた。こちらの部屋はナットくんのものより少し狭い。中のものも少ない。ベッドとその反対にあるクローゼット以外には、小さなデスクがひとつあるだけだ。

それでもタオフーは、この小さな部屋を、あたたかで穏やかな場所だと感じている。これまで過ごしていたナットくんの寝室には及ばないにしても。

背の高いイケメン青年の身体を借りているタオフーは、ベッドに飛び込んだ。

この部屋のベッドは、ナットくんのベッドよりかなり硬い。たぶん、長いあいだだれも使っていないからだろう。タオフーはおばさんが持ってきてくれたチョコレートモルト色の毛布を抱きかかえると、昔ナットくんが自分を抱いて匂いを嗅いでくれたときみたいに、顔をうずめて息を吸い込んだ。

（そう。これも同じだ）

今日はまだ、ナットくんは自分を認めてくれないし、同じ部屋に帰らせてもくれない。だけどそれはきっと、ナットくんがこの先もずっと自分を認めてくれないとか、もうあの部屋に戻れる可能性がないとかってことを意味するわけじゃない。

（ナットくん、心配しないでね。ナットくんのところに戻って一緒に寝られる方法を、がんばって探すからね）

06　追放された詩聖シープラート

タオフーにとって、家の掃除はとても難しい作業だ。

身体を使わなきゃいけないのは大したことじゃない。ただ、掃除は終わりのない作業だ。机を拭《ふ》いて、雑巾がけをする。するともうさっきの机に別の埃《ほこり》が溜まっていて、また拭かなきゃいけない。そういうことを毎日繰り返す。

それ以外にも、タオフーはいろんな道具の使い方をいちいち新しく学ばないといけない。そこにこの作業の特別な難しさがある。たとえばほうきだの、モップだの、あの洗剤だの、この洗剤だの。

特に、さまざまな部品が組み合わさっている掃除機さんは難しい。まだ運がよかったのは、彼女が日本の血を引きつつもタイで生まれていて、タイ語を上手に話せることだった。だから使い方を間違えているときには、彼女が教えてくれる。

タオフーが素直な性格だったおかげで、みんなにかわいがられるし、いつでも手助けしてもらえるのだ。

だけど、それはそれだ。みんながいつでもタオフーを助けてくれるとはいえ、それは、みんながいつでもほかの「物」のことも助けてくれるというわけじゃない。

簡単に言えば、この家にも、いい「物」と悪い「物」がいる。ほがらかな日があれば、曇る日もある。友人同士のひとたちもいれば、ソファーさんとマタナーさんの携帯電話さんみたいな関係のひとたちもいる。

もしある日、突然タオフーの聞いているみたいな「物」たちの声が聞こえるようになったら、みんなはきっと、この世界が混沌《こんとん》に満ちていると気がつくだろう。

椅子が背もたれをわざとぶつけてきた、という机のあら探し。やくざな棚はこっそりと足を振って、持ち主の足の小指を蹴って笑う。あるいはゲームをちょっとやりすぎただけなのに、携帯電話が、体が熱い、病気だと訴える。

困難なことはあるけれど、この家の平穏のために、タオフーはみんなが満足できるやり方を模索しているのだ。なによりも、おばさんの幸せのために。

最近マタナーさんは、ソファーさんにずっと座って、夫と一緒に本を読みながら過ごしたり、花が咲いたり葉っぱが散ったりするのを眺めに外に出たり、愛すべき庭を守るべく、足元の土に隠れたカタツムリを探しては捨てたりしている。

その庭で彼女は、冷たい風が蝶を、ナデシコの花びらを、また運んできてくれるのを待っている。

家の中の「物」が好いてくれるようになって、タオフーには、ナットくんの寝室を取り戻す計画を練るためのアシスタントがたくさんできた。ほとんどのアドバイスが使い物にならなかったというのは、認めないといけないけれど。

というのも家具の多くは、タオフーほどにはナットくんのことをよく知らないのだ。彼のことを、言うことを聞かない頑固なお子さまだと言ったり、すぐイライラする人間だと言ったり。この家に二階があることや、寝室と呼ばれる部屋があることすら知らないのもいた。それでもタオフーは、ほとんどすべてのアドバイスを感動と感謝の気持ちで受け取った。

ただそれでも、ひとつだけ、タオフーには受け取りたくないアドバイスがあった。一番使えそうではあったのだけれど。

「ナットがおまえを部屋に入れることはないって。自分の秘密を母親に知られるのを怖がっているんだぞ。人間は面倒だよな！　ということは、おまえが部屋に戻る唯一の方法は、目には目を、棘《とげ》には棘を、ということになる。言っちゃうんだよ。もし自分を部屋に入れなかったら、最初の夜に起こったことをおばさんに言うってな。ナットが自分になにをしたかバラすぞって！」

こんなことを思いつく悪人はひとりしかいない――抱き枕さんだ！

タオフーがナットくんをそんなふうに困らせたいはずがない。そもそも、もし抱き枕さんの計画がもっとクリエイティブなものだったとしても、無視していただろう。

タオフーもこの家のほかの家具と変わらない。ほかのみんなよりも多少人当たりはいいかもしれないが、それでも気に入らない相手はいる。

タオフーも、抱き枕さんにはよくしかめっ面を向けてしまう。ノートおじさんや寝室のほかのみんなに説明するときには、持ち主へのきつい当たりや言葉が好きになれないんだと理由を挙げている。でも実は、抱き枕さんに嫉妬《しっと》しているせいで好きになれないのだ！

タオフー以外にナットくんが抱いたり頬ずりしたりするのは、抱き枕さんだけだ。そして抱き枕さんの定位置がベッドの上である一方、タオフーはベッドサイドの椅子だ。だから自分のほうがナットくんと距離があると感じてしまう。ナットくんが疲れて帰ってきた夜には、抱き枕さんだけを抱いて眠る。だれも抱かなくたって、抱き枕さんはタオフーよりもナットくんに近いところで眠れる。

ナットくんが大人になって、いろんな責任も増えていくと、タオフーはますます忘れられがちになった。ナットくんが恋しくて、こっそり自分からベッドに登って、ナットくんを抱きしめたこともあるくらいだ。でも明け方には、もとの場所に戻れと抱き枕さんに追い払われた。

この秘密を知っているひとはいない——抱き枕さん本人を除いて！

抱き枕さんはタオフーの嫉妬に気づいている。タオフーはそう考えている。さもなくば、少なくともタオフーの嫉妬を疑っていて、その心中を暴露しようと企《たくら》んでいる。抱き枕さんは何度も挑戦的な態度をとってきた。あるいは、自分のほうが上にいるのだと示すような目で見つめてきた。今回だって、言い終わるやいなや、傲岸不遜《ごうがんふそん》たることを忘れない。

「おまえももうちょっと頭を使えよ、クマ公。もしおれが人間になったら、今ごろナットのほうからおれを部屋に入れて、一緒に寝てるさ。こんなバカみたいな考えで頭を悩ますことなんてないよ」

タオフーはカッとなってしまう。掛け布団おばさんがすぐにあいだに入ってくれて助かった。

「ちょっとは控えなさい、抱き枕。こんなこと、あなたにだって起こったことはないでしょ。自分は警察に捕まらずに済むだろうなんて、どうしてわかるのよ」

「フッ！」

抱き枕さんはちょっと不満な様子で、喉の奥で音を立てた。

仇《かたき》が不満を覚えてくれれば、タオフーは満足だ。

「タオフー、考えすぎなくていいのよ」

掛け布団おばさんがタオフーのほうを向いて言う。その声色は、中身の化学繊維みたいに柔《やわ》らかくてあたたかい。同じベッドの上にいる彼女はよくタオフーと抱き枕さんの仲裁に入ってくれる。そして抱き枕さんは彼女に遠慮して、強く出られない。

以前、ノートおじさんがこっそりその理由を教えてくれた。抱き枕さんは一晩中エアコンの風にさらされる位置に置かれていて、ナットくんがエアコンの温度をすごく下げる夜には、掛け布団おばさんがいないと凍死してしまうかもしれないからだ。

今度は、部屋の入口近くのデスクの上にいるノートおじさんも、会話に参加しようと声を張る。

「そうだぞ、クマ公。今わたしたちは、おまえを救う方法を考えているんだ。おまえのいない寝室はなにかが欠けてるみたいだよ」

「なにかが欠けてるって?」

抱き枕さんがあざ笑うようにつぶやく。

「クマのぬいぐるみが欠けてるね、たしかに」

掛け布団おばさんがザッザッという音を立てた。

デスクさんもノートおじさんに加勢してくれる。

「みんなおめえのことを待ってるでよ」

胸の中の、憤りの混じった不安が小さくなって、あたたかいものだけが残る。行くあてのない寂《さび》しさが喉にせり上がってきて、瞳のところが熱くなった。

「ぼ……ぼくもみんなのところに戻りたいよ」

「気をつけろよ」

抱き枕さんの不愉快そうな声がまた響く。

「感動しすぎて、おれの上にほうきを落とすなよ！」

タオフーは涙をぬぐいながら、手に持ったほうきをしっかり握り直した。ナットくんの寝室の掃除には、ほかの部屋よりも時間をかけることが多い。仲のいいこの部屋のみんなと話すためだ。

まだこれといったいい案は出てこない。それで家じゅうの家具たちは、代わりにタオフーとナットくんを親密にする手助けをしようという結論に達した。

ナットくんが部屋を出ると、「物」たちが伝言を送って、今彼が家のどこにいるのかタオフーに教えてくれる。おかげで、ナットくんが後ろを向いたり、横を向いたり、顔を上げたり、あるいはまばたきしたりする瞬間に、タオフーはナットくんの視界の中でほほ笑んでいることができるというわけだ。

最初のうちは、タオフーがほほ笑むと、ナットくんは顔を引きつらせて赤くなっていた。ときどきは低い声で「っんだよ！」と聞いてきたりもする。タオフーが「なんでもないよ」と答えると、向こうは不満そうに顔をしかめて顔を背《そむ》けてしまう。

だからタオフーは、はじめよりももっと満面に、甘くてかわいらしい笑みを作るようにした。

持ち主にかわいがってほしいと望んでのことだ。でもその成果はほんのちょっとだった。ナットくんはハハッと二音ほどの笑い声を漏らすと、顔を赤くして、もともとよりももっと眉をひそめて、もっとしかめっ面をしてしまうのだった。

「あとをついてきて、なんのつもりだよ！」

一度、声を荒らげたナットくんがお腹を殴ってきたことがある。だけどタオフーは痛みを感じなかった。パンチが跳ね返されてしまったナットくんのほうが、不思議そうな顔をする。その手が、板みたいに平らで硬いお腹にあたったからだ。

「こういうお腹のほうがナットくんは好きって聞いたからさ、どうかな……」

タオフーは恥ずかしそうにはにかみながら服の裾《すそ》をまくって、平らで硬く、真っ白ながら筋肉のデコボコがはっきりとわかるお腹を見せた。

パンチで赤くなったお腹を見たナットくんのしかめっ面が収まっていかなかったら、こんなアイディアを出した抱き枕さんを心の中で罵《のの》しるところだった。

きまりの悪そうな顔をしたナットくんは一度つばを飲み込むと、なんとか声を出した。

「マジで殴ってやったからな。次はもっと強くするぞ！」

そう言い終わると、顔を背けた。だけどタオフーに手首をつかまれて、背け切れない。

ナットくんがまたこちらを向く。顔はますますきまりが悪そうだ。そこに困惑《こんわく》も混じる。

タオフーはナットくんの目を見つめて、真剣な声で言う。

「ナットくん、悪いと思わなくて大丈夫だよ。そんなに痛くなかったもん」

それだけで、きまり悪そうなナットくんの顔が真っ赤になる。顔の表面もすごく熱くなっているみたいだ。手までピンク色になって、熱くなってきている。

つかまれていた手を振り払うと、ナットくんは鬼のような形相《ぎょうそう》でタオフーの肩を押した。

「悪いなんて思ってねえよ！」

だけど、ナットくんより大きな身体はちっとも動かない。それがますます気に食わなかったみたいだ。

「クソッ！」

彼は身体をひるがえしてその場を去ろうとする。けれども椅子さんのうちのひとりが通り道をふさぐようなところまでわざと出てきていたので、前につんのめりそうになった。そのおかげで、タオフーはまたナットくんの身体を抱えることができた。

ナットくんの背中がタオフーの胸にぴったりとくっつく。脇の下から差し込んで胸を押さえた手が、そこに、以前よりももっと強く激しく躍るなにかを感じる。

タオフーが慰めのキスをしてくるのがわかっていたみたいに、ナットくんはあらかじめ首をタオフーの顔と反対側にそらして逃げようとしていた。そのせいでタオフーは、彼をもっと強く抱き寄せて、顔をもっと突き出さなければいけなくなる。しかし相手の反抗的な態度で、思ったようにできない。

「放せ！　放せって！」

そう大騒ぎしていたナットくんが、腕から簡単に抜けていく。

「どうしたの、あなたたち」

マタナーさんが騒ぎを聞きつけて、顔を出したのだ。タオフーの横に立ち止まると、驚いた様子でその腕の上のほうをなでる。

「ナット、またこの子をいじめたの？」

「なんでぼくがこいつをいじめるんだよ、母さん。そんなことするのはこいつだけだよ！」

ナットくんが悪者扱《あつか》いされてはいけないと、タオフーはあわててフォローする。

「ぼ……ぼくが悪いんだよ、おばさん」

「うん？」

マタナーさんは、まさか、というふうに目を見開いた。

「ぼくがナットくんを強くギューってしすぎたんだ」

ナットくんは目を丸くして、口をポカンと開けた。マタナーさんは大笑いしている。

「なあんだ、そんなこと。これからはあんまり強くしちゃダメよ。ナットはね、こういう抱っこが好きなの」

そう言いながらマタナーさんは、息子のこわばった身体を引っぱって抱きしめた。しばらくしてから身体を離すと、タオフーに言う。

「ほら、やってみて」

「母さん！」

ナットくんは呆《あき》れ返ったような声を出す。

そして、心の準備もできないうちに、タオフーの腕の中に抱きしめられてしまう。タオフーはさっきマタナーさんがやっていたように、背中をゆっくりとなでる。

「そーうよ、そう」

マタナーさんは、隣でニコニコ笑いながら手を叩いている。

「どう？」

「いい感じ、おばさん」

タオフーは小さい声で答えた。

今タオフーの手のひらは、ナットくんの着ている服のコットンの柔らかさを感じている。古い服の繊維が細くなっているおかげで、その内側にある裸の背中の感触まで伝わってくる。

ナットくんのあたたかい息が肩に注がれる。ナットくんのくしゃくしゃの髪の毛の一本一本が、タオフーのほっぺたと首筋をなでさする。胸にもたれかかるナットくんの上半身は、かなり熱くなっていた。

ナットくんは、どこも動かさないようにかなり気をつけているみたいだ——たしかにどこも動いていない。タオフーの足を引っかくみたいにもじもじしている、ある部分以外には。

「も……もういいだろ！」

身体を硬くしていたナットくんが、手でタオフーを押しやる。手でお腹のあたりをいじりながら、身体を少しかがめている。

「ナットくん、どうかしたの？」

ナットくんはそうやって身体を曲げたまま後ろに下がって、椅子にぶつかってしまった。またタオフーに手首をつかまれないようにしているみたいだ。

「うんこだよ！」

そう言うと後ろを向いて、マタナーさんの愛《いと》おしむような笑い声の中、あわてて去っていく。

「ナットはね、恥ずかしいのよ。これからはああやってやさしく抱きしめてあげてね、王子さま――」

そこでマタナーさんはタオフーをじっと見つめて言葉を止めた。

タオフーはそれを不思議に思い、眉をひそめたまま次の言葉を待っていたが、マタナーさんの顔が青白くなって、ごまかすようなほほ笑みが浮かぶ。

「おばさん、どうかしたの？」

「な……なんでもないわ」

その日から、ナットくんは寝室に籠《こ》もることが多くなった。家の中でも、ほかのところにはあまり出てこなくなった。ようやく部屋から出てきたかと思えば、タオフーがほほ笑んで待ち構えている。それを見て、不機嫌そうな顔をしてぼやく。

「幽霊がおれの動きをチクってんのか？」


「もっとナットと話をするようにしたほうがいいな」

ある午後、ノートおじさんがアドバイスをしてくれた。

「そうだね」

チェアさんがそれに同意する。

「あんなふうに待ち構えて笑ってるだけじゃ、みゃるで――」

そう言っていたチェアさんは咳払《せきばら》いをして、訛《なま》りを直した。

「まるで、変態だよ」

「ナットくんとなにを話したらいいかわからないんだよね。今まではずっと抱き合ってるだけだったし」

「なんてこった！」

デスクさんが怒ったように言う。

「だけんど、おめえはもうぬいぐるみじゃねえんだど。人間なら話さねば」

「そんだ」

つい訛って同意してしまったチェアさんは、また咳払いをして言い直す。

「そうよ」

これからナットくんとどんな話をしていくのがいいのか考え込んでいると、門扉《もんぴ》のベルが二度鳴らされた。この鳴らし方をする人間を覚えていた、明哲なノートおじさんが叫ぶ。

「こりゃケーンだな。なんでこんな時間に」

というのも今は、多くの人間が働いている月曜日の昼間だ。ケーンくん自身も会社員なので大きなビルで働いているはずだった。どうしてここに来たのか。

「それとも同じ鳴らし方をする、ほかのひとかな」

「急いで見に行くんだ、クマ公」

階段の下まで駆け下りると、派手な服に身を包んだマタナーさんが、ソファーさんの上で居眠りしているのが見えた。

五十七歳のマタナーさんは、夜に少ししか眠れない。けれども日中には、こうしてちょっとずつ休息をとる。規則正しい寝息は深い眠りの証拠だ。クンチャーイも、飼い主の横で眠っている。

タオフーは、門扉のほうに急いで向かって、ケーンくんにベルを鳴らすのをやめさせた。

「こんにちは。ナットくんはお仕事ですよ、ケーンくん。おばさんは寝てます」

ケーンくんはとても人柄がいい。今日は黄色いクルーネックのシャツを着て、クリーム色のフィットしたズボンを穿《は》いている。短く切られた髪にはジェルが塗られて、一本一本が丁寧に整えられている。得意の明るい笑顔が、笑い声と一緒にタオフーに向けられる。

「ずいぶん形式ばった報告だな。おみやげ持ってきたんだ」

彼の手には、赤くておいしそうなりんごが何個も入ったビニール袋が提げられている。

「おばさんの好物だろ。それにナットのやつが、おまえも最近りんごを食べてるんだって言ってたぞ」

ナットくんが自分のことを話していたと聞いて、タオフーは弾けるような笑顔になった。

「そうそう、好物にしようと思って食べてるんだ」

「そうか。おまえ、ほんとにおもしろいやつだな」

門扉を開けたタオフーが袋を受け取るときに、ケーンくんはそう言った。

「ちょっと中で休ませてもらうよ。遠くから運転してきたんだ」

これもまたナットくんとは正反対だ。ナットくんとタオフーが一週間同じ家にいたって、ちっとも話せていない。だけどケーンくんは、何分も経たないうちに、あれこれ話して聞かせてくれる。

「――マーケティング担当ってのはこういうのがいいよな。ずっとオフィスに閉じ込められなくて済む」

そう語ったケーンくんは、パントリーのカウンター脇に置かれたスツールに座って、りんごをシャクシャクとかじっている。

はじめ、タオフーはおばさんが教えてくれたみたいにナイフで皮を剝《む》いてあげようとした。けれどもケーンくんは断った。そして、袋から取り出したりんごを水で洗うと、思うままそれにかじりついた。

話しているあいだ、ケーンくんはそのりんごを両手のあいだで行ったり来たりもてあそんでいて、じっとしていられない性格が見てとれる（それもまた、ナットくんと違う）。

「おれはたくさん話したからさ、今度はタオフーの番だ。なんにも話してくれないじゃんか」

ずっと楽しくうなずいていたタオフーに心の準備はできておらず、思わず口をパクパクさせてしまう。

「ぼ……ぼく？」

「そうだよ。自分の話をしてくれよ。ナットに聞いてもさ、なんも言おうとしねえんだよ。それとも、なにか秘密でもあるのか？」

ケーンくんの細い目の片側が、意味ありげにまたたく。

「アイ・ノウ・イット！」

突然響いたソファーさんの声に驚いて、タオフーはりんごを床に落としてしまう。もしマタナーさんに家具の声が聞こえていたら、びっくりして目を覚ましていただろう。

「うわっ！　ご……ごめん」

タオフーはそのタイミングを利用して、ケーンくんの質問をかわす。そしてソファーさんの近くまで転がって止まったりんごを追いかけていった。

ソファーさんが言葉を続ける。

「シー！　ヒーがあれこれしゃべってたのは、本当はユーのシークレットを暴《あば》くためなんだよ、ハンサム」

「なんてこと。どうしたらいいかしら」

マタナーさんがソファーさんの下に脱ぎ捨てた左のスリッパさんが、続いて驚く。彼女は体を動かして、恋人に触れた。

「あなた、あなた起きて！　クマさんを助けないと！」

右のスリッパさんは眠っているようだ。気持ちよく寝ているようで、ごにょごにょとした声が聞こえる。

「あなた、あなた。もう！」

「レッツ・トライ・ディス」

ソファーさんが舌を鳴らす。

「ボケばあさんを見てみなよ。シーがパーでもノー・バディ・ケアでしょ。ユーも自分がパーだって言っちゃえばいい」

「い……いいのかしら……」

左のスリッパさんは心もとなそうだ。

「こうしましょう」

階段下収納から掃除機さんの声が聞こえる。

「考えてみれば、タオフーちゃんが記憶喪失になっちゃってるっていうアイディアも、なかなかおもしろいわよ。どこから来たかもわからないし、どこに行こうとしていて、なにをしたらいいかもわからない。よく考えたらあなたにぴったりよ。わたしとしては、タオフーちゃんはこの方法で行くのがいいと思うわ。それでケーンちゃんにはごめんなさいしちゃうの。ナットちゃんの親戚で、進学のためにこの家に来たって言っちゃったことを」

「グレート！」

ソファーさんの声が高くなる。

そうこうするうちにりんごを拾ってカウンターに戻ったタオフーは、答えを待ち望むケーンくんの視線とかち合うことになった。そこで、アドバイスのとおりに言おうと決めて、恥ずかしそうに笑った。

「ごめんなさい、ケーンくん」

タオフーが手を上げてワイ――合掌礼――したので、向こうも困惑しながらワイで応えてくれる。

「告白するとね、ぼくはケーンくんに嘘ついてたんだ。このあいだ言ったこと……」

ケーンくんの口があんぐりと開かれる。眉根が寄せられすぎて、おでこに深いしわができている。

「ぼくはナットくんの親戚じゃないんだ。それに、進学しに来たわけでもない。ほんとは、最近知り合ったばっかりなんだ」

「それじゃ、その前は？」

「覚えてないんだよ」

ケーンくんは目をパチパチとさせると、りんごを口に持っていってひとかじりした。

「覚えてるのは、気がついたらここにいたってことだけ。それでおばさんが家に入れてくれて、ぼくのことを星の王子さまって呼んだの。ああ！　あと、自分の名前がタオフーだってことは覚えてるよ」

ケーンくんがタオフーを見つめる視線が、吟味《ぎんみ》するようなものになる。タオフーがそれに無垢《むく》な視線で応え続けていると、最終的に相手はどうにか認識を改めたようだ。とはいえそのあいだもずっと、百パーセント陽気なひとらしく笑みは浮かべたままだった。

心が決まったらしいケーンくんが、わざとらしく大声を出す。

「おい！　それじゃおまえのことをどうやって信用したらいいんだよ。おまえが急にさ、仲間をこの家に呼んで泥棒するかもしれない」

「し……しないよ。ぼくはそんなことしないよ！」

「冗談だって」

彼が手を伸ばしてタオフーの肩を軽く叩く。だがそれから叫んだ。

「うわっ！　ごめん、ごめん」

自分がさっき持っていたりんごの汁が、タオフーの服にしみを作ってしまう。

「もうここに来て何日も経ったもんな」

近くにあったティッシュを引っぱり出して、タオフーの広い肩についた汚れを拭き取ってくれたケーンくんが続ける。それから、鎖骨と肩の筋肉の継ぎ目を、ふざけてかわいがるみたいに強くもんでいる。

「よしよしよし！　とはいえ……どうやってここに来たのか、ナットとも話してないのか？　今聞いた感じだと、事故かなんかがあったような気がするよな。傷があるとか、脳に血が溜まってるとか、ないのか？」

「わ……わからないや」

タオフーが身体を硬くして立っているあいだ、相手はタオフーの頭の前や後ろをのぞき込んで、手がかりがないか調べている。

「なにもなさそうだな。でも検査には行ったほうがいいと思うぜ」

ケーンくんが小さな声で言ってから、後ろに少し下がる。すると突然、目がキラッと光った。

「おれのことは信用できるか？　連れてってやろうか？」

「ノー・ウェイ！」

ソファーさんが代わりに答える。

「や……やめたほうがいいかな」

「うん？」

「その……ケーンくんが言ったみたいに、ぼくはまだナットくんともちゃんと話してないんだ。もしそれでいきなりケーンくんと検査に行っちゃったら、失礼になるんじゃないかな」

「そうか?」

ケーンくんは首をかしげたのちに、小さな目を大きく開いた。

「それはさ、おれとナットだったら、タオフーはナットのほうをす——」

そのまま伸ばされたS音のあとに、なんの言葉が続くのだろうとタオフーは考える。そして、ケーンくんはすぐに答えをくれた。

「信頼しているからじゃないのか?」

〝信頼〟もまた、いろんな意味にとれる言葉だ。

なにもわからないタオフーが目をパチパチさせていると、そう聞いた本人は唇を嚙んで、別の話をはじめた。

「おばさんと毎日一緒にいるだろ。知ってたか? おばさん、昔は、ふたりの男に同時に口説かれたりしてたんだぜ」

マタナーさんの話になったので、タオフーは警戒をゆるめることができる。

「知らないや。おじさんと出会ったときのことは話してくれたけど」

ミルク色の肌に映える、薄くて赤いケーンくんの唇の端に、満足げな笑みが浮かぶ。

「おじさんは双子だった——セーンと、シップムーンの兄弟だ。ふたりは普段はそんなに仲良くしてなかったみたいだが、おばさんは、たまたまふたりと同時に知り合った。おじさんのほうはあんまり感情を出さないひとだったけど、双子の片割れのほうは気づかいがうまかった。だけどな、最後はどちらかを選ぶことになるんだから、残ったほうは負ける。そうだろ？」

誘導するような、腹を探るような質問だったが、意図を測りかねたタオフーは、ただ「うん」と答えた。

「だよな、おまえもそう思うよな」

彼は笑って立ち上がると、荷物をまとめ始めた。

「帰るの？」

「おお」

そう言いながらケーンくんは、タオフーが入れたグラスの水をいっきに飲み干す。

「職場に行かないと」

そして、家のドアに向かって足を進め始めた。

歩きながら、ケーンくんは、ソファーさんの上のマタナーさんのほうに視線をやる。そしてまだ彼女が眠り込んでいるのを見て、そのまま通り過ぎていった。

家のドアを抜けて小さな庭に出ると、ケーンくんがこちらを向いた。家の塀に沿って生えるツノキの枝葉を縫って注ぐ午後の陽射しが白い肌をなでて、まるで彼自身が光っているみたいだ。

「なあ。それでおまえだったらさ、タオフー、どっちを選ぶ？　気づかいができるやつと、冷たくて感情が出ないやつと」

われらがかわいいクマさんの口が横一文字に伸びる。しばらく考えてから、答える。

「わからないや。今はおばさんがかわいそうで」

「うん？　双子に好かれて、顔も似てて、選ぶのが大変だったってことか？」

ケーンくんは、この話で自分なりにおもしろいと思うポイントを取り上げて笑った。

だけどタオフーは真剣に答える。

「違うよ。おばさんがかわいそうなのはさ、おじさんのライバルが、おじさん自身の兄弟だったからだよ。ケーンくんが言ってたみたいに、ふたりはそんなに仲良くベッタリってほどじゃなかったにしても、でも互いを全然知らないふつうのひとたちよりはしょっちゅう顔を合わせなきゃいけないでしょ。どちらを選ぶか決めなきゃいけないおばさんは、きっと大変だったろうなって。だってそれで兄弟の関係に傷がついて、仲違いさせちゃうかもしれない」

「うーむ。それもそうだな。だけどこういうのって、途中で止めたりすることもできないだろ。戦って最後は負けるとしても、その流れを受け入れなきゃいけない」

ケーンくんは手を上げて、タオフーの腕の上のほうを軽く叩いた。ただ彼はタオフーよりも小柄だったので、軽く揺さぶったくらいにしかならない。

「あんまり考えすぎないでくれな。でもあとでちゃんと考えてくれよ。最後に、タオフーはだれを選ぶのか」

そう問いを残したケーンくんがウィンクをしたところで、塀のほうから、木が折れるようなバキッ！という音が聞こえた。タオフーは音のしたほうに視線をやる。

音の出どころはこの家の敷地ではなく、隣の家の敷地か、そこをさらに越えた道路のようだ。ただ推測にも限界がある。大きな木から道に枝葉が落ちて、それを動物やひとが踏んだのかもしれない。

ケーンくんがこちらの腕をもう一度叩いて言う。

「じゃ、おれは行くよ。またな」

足を進めた彼が車に乗り込もうとしたところで、タオフーが声をかけた。

「もしかすると、気づかいができるとかできないとかの問題じゃないかもしれない」

ケーンくんが振り返って、癖になっているしかめっ面をした。

「つまり、ぼくがだれかを選ぶときに、そのあたりは理由にならないと思うんだ。もしぼくがだれかを愛したら、仮にそのひとがぼくに気をつかってくれなくたってぼくは愛しちゃう。そうじゃなかったら、小説の中にラブレターの話は出てこないんじゃないかな?」

タオフーは、マタナーさんがよく読んでいた『夢の中で』を思い出していた。ほとんど顔を合わせたことのない王子と王女が、手紙のやりとりだけを続ける。そんなときに、互いへの気づかいやご機嫌取りが、どうやってできるというんだろう。

「そのとおりだな」

タオフーの言葉を聞いていたケーンくんが、独り言のように言う。そして、勝利を得たような笑みを浮かべた。

「画面越しの愛も同じだな。ありがとうよ、タオフー」

その日の夕方、ナットくんはかなり早く家に帰ってきて、しかも異様に機嫌がよかった。

ナットくんを迎えようとドアを開けたタオフーを見るやいなや、細面《ほそおもて》にしては大きな彼のほっぺたが、にっこりした笑いで丸っこくなったほどだ。口の片側だけが上がるような笑みではあったけど、黒い両目がキラキラと光っている。その日の空の星よりもキラキラしていた。

「買ってきた」

彼はビニール袋を見せてくれた。その中には、タオフーが初めて本物を見たたくさんの果物が入っていた。

「キウイとオレンジじゃない。おばさんが好きなの？」

「食べてみろよ。りんごが気に入ってきたのと同じように、好きになるかもしれないだろ」

そう意味ありげに言うと、ナットくんは先に家に入っていって、クンチャーイのやつとうれしそうにじゃれ合っている。それから、セーンおじさんと一緒に座ってメロドラマを見ているおばさんに、ワイをする。

クンチャーイはナットくんの膝を占拠して、あとから家に入ってきたタオフーのほうを向く。ワン公のぎょろりとした目は、見下すような光に満ちていた。だがタオフーの提げている袋を見て、そこに自分の食事が入っているのじゃないかという期待のほうが強くなったみたいだ。

タオフーは果物を冷蔵庫の中に並べた。冷蔵庫を閉めて、家の中のもろもろに問題がないか確認してから、マタナーさんの横に座る。ナットくんはいつもどおり、自分の部屋に行ったようだ。

人間たちの動きをよそに、今日も家具たちがひそひそと話を続けている。

「タオフーちゃん、コレクションケースさまがね、ナットちゃんがまだ寝室の前をウロウロしてるって。今急いで上がったら会えるかもしれないよ」

そう聞いただけで、タオフーは目を大きく見開いた。あわてておばさんに夜の挨拶《あいさつ》をすると、こっそりと階段を上がっていく。

そして小さな声で、掃除機さんに情報提供のお礼をつぶやく。ナットくんに声が聞こえたら、部屋に逃げ込んでしまうかもしれないからだ。

あと数歩で上の階というところまでは、すべてが完璧だった。

そう遠くないところに、背を向けて立っているナットくんが見える。だがそこで、タオフーの片足に踏まれた罪深き木の階段が、明瞭《めいりょう》に、キィッ！　という音を立ててしまった。

タオフーは、失敗してしまったという思いで顔をしかめる。こうなると今度は急いで足を進めるしかない。

ナットくんがサッと姿を隠してしまっては困る。だから、上の階に着いたときに、ナットくんが逃げる様子もなくそこにいるのを目にして、驚いて思わず跳び上がりそうになった。しかもナットくんから話しかけてきた。

「おれの探してるものはな……」

ナットくんはそう言いながら少しずつタオフーのほうに向き直っていく。表情は落ち着いているが、その瞳は笑みをしまい切れていない。

「クマのぬいぐるみなんだよ」

聞き違いかと思った。その瞬間、なにかの本に書いてあった〝時間が止まる〟という感覚が理解できた。ナットくんの目の中の笑みも、タオフーが探し続けていた答えも。その答えというのは、本当は……。

「クマのぬいぐるみ……なんだ」

タオフーは嗄《か》れた声で繰り返す。

「ああ。でかくて、白くて、柔らかいやつだ。どうした？」

今度は、顔いっぱいに笑いを浮かべる。たぶんタオフーのぎこちない様子がおかしかったのだろう。

「な……なんでもないよ」

「見つけたら持ってきてくれ。もう何日も見てないんだ」

言い終わった彼は自分の寝室のドアにまっすぐ向かい、ドアノブに手をかけた。タオフーがそれを呼んで引き止める。

「ナットくん」

本当に異様な事態だ。いつもみたいにただ動きを止めたり、そのまま中に入っていったりするのではなくて、ナットくんはこちらを向いて、苛立《いらだ》ちのかけらもない、不思議そうな視線を送ってきた。

「そ……その」

タオフーは自分のほうがうまく話せなくなってしまって、きまり悪そうに笑うばかりだ。

「どうしてナットくんは、あのぬいぐるみがまだ必要なのかな。抱き枕さんもあるのに。つ……つまり、ナットくんは抱き枕さんをギュッとしたっていいじゃない」

ナットくんは、よくわからないというふうに少し眉をひそめた。それから、素直に教えてくれる。

「抱き枕も抱けるけどな。でもぬいぐるみとまったく同じってわけじゃないんだよ」

ぶっきらぼうな話し方だったが、聞く側の心を潤す甘露《かんろ》のような響きだった。

タオフーは、目のまわりが急に熱くなってくるのを感じた。

胸があたたかさでいっぱいになって、ふくらむ。まるでナットくんが自分のことをまた抱きしめてくれたみたいだ。実際は、手を伸ばしてすらいないのに。

「腕の中を埋めたいから抱くものもある。心を埋めたいときに抱くものもある」

変だ。ナットくんの今度の言葉は、小さくて、不思議な悲しみがまとわりついているように感じる。

彼がもう一度向こうを向いてしまう前に、タオフーは急いで、はっきりと呼んだ。

「ナットくん」

さっきのナットくんの視線は、こちらが知りもしなければたどり着けもしない秘密の大地に飛び去ってしまっていたようだった。だけど今度は、タオフーの目にピントを合わせている。

「クマのぬいぐるみが見つからないうちは、ぼくを代わりに抱っこしてもいいんだよ」

ナットくんの顔がまた少しずつピンク色になっていく。くしゃくしゃの髪に隠れた薄い耳までピンク色だ。

彼は不機嫌そうな目つきになって、タオフーが毎日会っているいつものナットくんに戻った。そして低い声で罵る。

「バカやろう」

どうしてかはわからない。だけど、タオフーはもうナットくんのことを怖いとも思わなかったし、彼に気後れもしなくなった。

身体を少しかがめたナットくんが急いで身体の向きを変えて部屋のドアを開けるときに、タオフーはわざと言ってみた。

「もし今ぼくをギュッとしたらさ、いい夢が見られるかもだよ」

ナットくんは鬼の形相《ぎょうそう》をして、それからドアの向こうに逃げていった。

07 植民地になったことがない国

毎晩、眠くなるまで携帯電話さんをいじっているナットくんは、電話さんを目覚まし時計の代わりに、起きる時間をセットする。そしてそれを頭のあたりに置いてから眠る。

近くに置かれているおかげで、タオフーとナットくんの携帯電話さんは自然と話すようになり、仲良くなった。

彼女の声はマタナーさんの携帯電話さんと同じように単調だけど、もっと新しい機種なので、話すのが上手だし、頭の回転が速い。

翌日の午後、何日も会っていないタオフーを懐かしむついでに、ナットくんの携帯電話さんが大事なニュースを伝えてくれた。掛け布団おばさんが伝言を受け取って、聞かせてくれたのだ。

「――電話が言ってたんだけどね、ケーンがタオフーと会った話をナットにしたんだって。そしたらそれからナットの機嫌がいっきによくなったんだって。だからナットが笑ったのは、ほんとはタオフーのおかげなのよ。昨晩はわたしたちもみんな不思議だったけど」

その話を聞いて、タオフーは満足げにほほ笑んだ。

普段ナットくんは自分の世界に籠《こ》もりがちで、簡単には感情を表に出さない。顔つきこそかわいらしいが、不機嫌に見えるくらいの無表情で、いつでも仮面を被っているみたいだ。一番陽気で一番仲がいいケーンくんと話しているときですら大きく笑うことはなくて、せいぜい口の端が高く上がる程度だ。

だから、寝室に入ったナットくんの顔いっぱいに笑みが広がっていて、しかもずっと笑ったままぐっすりと眠りについたことについて、だれもがみんな長々と語り合っていた。

「ナットくんを笑わせることができてうれしいよ――」

そう言い終わる前に、抱き枕さんが入ってくる。

「なんで機嫌がいいのかはわからないけどな！」

抱き枕さんの言葉は、タオフーのうたかたの幸せを割っていく鋭い針だ。

イラッとしたが、ナットくんのように不機嫌な顔をするほどではなかった。

たしかに、自分がなにをどうしたことでこうなったのか、まだよくわからないというのも認めなければいけない。

掛け布団おばさんが慰めてくれる。

「まあいいじゃない。なんにしたっていい兆候よ。もうすぐこの部屋に帰ってこられるわよ」

「もうすぐ？　何日だ、何ヶ月だ、何年だ？」

今度は心やさしい掛け布団おばさんですら、煩《わずら》わしいという様子で、抱き枕さんに向かってチッチッと音を立てる。この空気に呑《の》まれまいと、抱き枕さんは急いで言葉を継いだ。

「だがおそらく、そんなに待つ必要はない。今おれが思いついた計画に乗ればな」

全員が、興味津々《きょうみしんしん》に抱き枕さんのほうを向く。

発案者のほうは誇らしげで満足げな笑みを浮かべると、話し始めた。

「考えてみろ。この家には寝室が三つしかない。ひとつはナットの母親の部屋。もうひとつはナットの部屋。残りは一部屋だ。もしおれたちが残りの部屋を使えなくすれば、おまえはこの部屋に移ってこられるかもしれない。ナットだっておまえを追いやって母親に迷惑をかけることはないだろうし、マタナーさんだっておまえを下のソファーで寝かせるほど悪人じゃない」

「なかなか興味ぶけ……深いね」

チェアさんが、部屋の入口のほうからゆっくりとしゃべった。おそらく東北《イーサーン》タイの発音になってしまわないようにしているのだろう。

「だけどどうするの。隣の部屋をつけえ……使えなくさせるなんて」

「火つけて燃やすっつうのは無理だど。おいたちの部屋まで広がって、みんな死んじまう」

隣にいるデスクさんが恐ろしげな声を出した。

「そんな必要はない」

抱き枕さんは笑う。

「なにもないことを利用すればいいんだ」

「なにもないこと?」

続いて、ノートおじさんが怪訝《けげん》そうに考え込む。

「そうだ」

発案者が、確信と興奮の伴った強い口調で言う。

「なにもないことの中に存在するものを、作り上げるんだ！」

「それはまさか……？」

ノートおじさんが声を伸ばす。

抱き枕さんがそうだとうなずく。

「幽霊だ！」

「幽霊？」

「物」たちが一斉に叫ぶ。

しかし抱き枕さんはそれを気にも留《と》めず、タオフーのほうに視線をやる。

「考えてみろクマ公。もしおまえが寝てる部屋に幽霊が出たら、おまえはあっちでは過ごせないから、この部屋に戻ってこないといけない。ナットに言うんだ、部屋になにかいる、暗闇から見つめられてる、静寂《せいじゃく》の中にうごめくものがいるって。死ぬほど簡単だろ。おれたちには、それはおれたちが動いているせいだってことがよくわかってるわけだが」

「だけどあの部屋には……」

タオフーは記憶をたどっていく。

「動きそうな『物』はいなかった気がする」

「べつに実際に動かなくたっていいんだ。動かすのはおまえの口だよ――」

「だがわたしはクマ公に賛成だな」

ノートおじさんが異論を差し挟む。おじさんが話すときは、大体みんなが静かになる。今回もそうだ。

「この家はそんなに古くない。覚えているのも、覚えてないのもいるだろうが、わたしたちがここに移ってきたのはこの五〜六年のことだ。マタナーさんの夫はそのさらに十年前にここを買っていたとはいえ、幽霊が出るというような話はだれもしていなかった。マタナーさんの夫も慎重な人間だ。もし実行するなら、先にきちんと調査をして、その手の話が本当になかったかどうか確認したほうがいい」

聞いていたみんなが黙り込む。なにを考えているかはわからない。だがタオフーは、ノートおじさんの言葉に導かれるように過去を思い返していた。

そう、自分もおじさんと同じだ。前の家に置かれていて、引っ越しでこちらに運び込まれた。抱き枕さんや、デスクさんとチェアさん、それに下の階のソファーさんや掃除機さんにスリッパさんたちのように、新しく買われたものではない。

タオフーがいた前の家は、この家からそんなに遠くない、商店の入ったタウンハウスだった。

今の家は、マタナーさんの夫が、先祖の代から住んでいたタウンハウスから家族ごと転居してくるために買ったものだ。

マタナーさんは以前、あの家もたしかに住めないわけではなかったが、死ぬまで住み続ける気もなかったと聞かせてくれていた。

彼女にとっての家とは、子どものころから自分の祖母と住んでいたような一軒家を意味していた。となりの住人の呼吸音すら聞こえてしまうような、密着して並んだ建物のことではなかった。

〝――昔、わたしとおばあちゃんが住んでた家はね――違うわね――星の王子さまにとってはひいおばあちゃんでいいわね。あの家は、ソイの奥にある一軒家だったの。家の裏には木を植えた土地があって、そこに畑が広がってた。わたしはそこの用水路とか花をよく眺めていて、子どもが大きくなるまで守っていたいと思ってたんだけど。残念ね〟

ここまで話すと、マタナーさんの声は震《ふる》え始め、息が詰まるように聞こえ出した。なにが理解できるわけではなかったが、タオフーは黙って座ったまま、マタナーさんに勇気を送り続けていた。

〝わたしが進学するのに、あそこを抵当に入れなきゃいけなかったの。もうひいおばあちゃんは年だったし、貯金も十分じゃなかった。だからすごくすごく切り詰めた生活をしていた。だけどひいおばあちゃんは、絶対にわたしを進学させようとしてた。わたしのほうも、仕事を始めたら少しずつお金を出そうと思っていたけど、うまくいかなかった〟

〝ひいおばあちゃんが病気になったたって聞いた気がするけど、それが理由？〟

〝そうよ。セーンおじさんと出会ってすぐ、ひいおばあちゃんの病気が悪くなった。年齢もあったからね。それでお金が必要だったの。ひいおばあちゃんは、自分のことは心配しなくていいから家を取り戻したほうがいいって言ってたけどね。おじさんはとにかくいい人で――〟

いつものように、マタナーさんは横を見た。自分の隣のなにもない空間に、いつでもセーンさんの影がある。

〝おじさんがわたしにお金を貸してくれたの。自分もそんなにお金がないのに、いろんなところからかき集めてくれて。本当に、かわいそうなくらいに大変だった。ごめんね、お父さん。わたしのせいで、あんなことに……〟

マタナーさんの瞳から、涙の粒は流れ出ない。乾き切っている。この瞳の持ち主は、これまで膨大な量の涙を流していて、もはや今日のぶんは残っていないのかもしれない。

〝そうね、わかってる。お父さんはわたしを助けたかっただけで、彼女のことはなんとも思っていなかって。お父さん自身も、ウマーさんと関わったことをずっと後悔していた――〟

このときとそのあとのマタナーさんの言葉をつなぎ合わせてみると、ウマーさんというのはマタナーさんよりも少し若い女性で、セーンおじさんが働いていたドレッシング工場の、工場長の一人娘だった。

おじさんはおばさんを助けるために、いろいろなところからお金を集めようとしていて、そのうちのひとりとして、自分の雇用主からも借りていた。それが理由で、ウマーさんがおじさんの私生活に踏み込むようになった。

〝彼女は物知りで、自信にあふれていて、自分自身でものごとを決めて、やり遂げることができるひとだった。なんにも上手にできないわたしとはぜんぜん違った――〟

本当は、マタナーさんも優秀な女性のひとりのはずだ。祖母が人生の航海士としてそばについていたとはいえ、そんな自己評価の言葉とは裏腹に、自身の生活をきちんと支えてきた。

だけどそのときは、嵐の風があらゆる方向から襲いかかってくる時期だった。どんなことも自分自身でしっかりと決めて実行していたマタナーさんは、前も後ろもわからない混沌《こんとん》に陥《おちい》って、どこにも行けなくなってしまっていたのだろう。特に、航海士の役目を果たしてくれていた祖母が重い病に倒れ、ほとんど意識も戻らないようになってしまってからは。

しかもそこで突然、新たな人生の航海士が、ほかの女性をそばに連れてきた。

〝ウマーさんといると、わたしは自分がちっぽけな人間に思えた。おじさんの車から降りて挨拶《あいさつ》をした最初の日、彼女は真っ赤な口紅のついた唇できれいに笑って、甘い声で、冗談とも本気ともつかないようなことを言ったの。「マタナーさんは幸運なひとね。一生懸命になって助けてくれるひとがいて。でもその幸運がありがたいわ。おかげでわたしも、幸運なひとになれるから――」って〟

マタナーさんは、酸を飲み干すみたいに、つばを飲み込んだ。泣き出しそうな赤い目がますます乾いていく。

タオフーは手を伸ばして、マタナーさんの手を握った。彼女の痛みがこちらの心にも響いてきて、痛くなる。自信を失うこと、自らを尊敬できなくなることの苦しみは、なんて重いんだろう。

マタナーさんは夫のほうをチラリと見て言う。

〝ごめんなさいね。彼女と長いあいだ一緒にいなきゃいけないことになって……〟

タオフーは思った。これがおそらく、マタナーさんがあらゆるものへの執着を捨ててしまった理由なんだろう。それで、祖母が静かに旅立っていくのをただ見送り、古い家も手放してしまった。

〝ぜんぶが片付いたあと、おじさんは工場の仕事をやめて、ウマーさんと関わるのもやめた……〟

失ったものはあまりにも大きかった。

だけど代わりに得られたものを見れば、十分に意味はある。少なくともマタナーさんは、ともに夢を紡《つむ》いでいくセーンおじさんと一緒にいることができて、そしてついにこの一軒家を手に入れた。

おじさんは、ここでマタナーさんと一緒に住む前に亡くなってしまったけれど——そして想像の中だけで一緒に住んでいるけれど……。

茶色いノートおじさんが、あとで続きを語ってくれた。マタナーさんの夫は、このムー・バーンが近くに建てられると知って興味を持った。それで、貯めてきたものでいっきに現金で支払った。だけどいつまでたっても引っ越さなかった。でもだれかに貸したり、売ったりもしなかった。というのも、同じ時期に、あまり値段の変わらない不動産がきのこみたいにたくさん建てられていたし、都市部のひとの多くは、電車の沿線にあるコンドミニアムのほうを好んでいたからだ。それで旧市街の一軒家は、塩漬けのままずっと置かれてきた。

マタナーさんの家族は生活には困っていなくて、一軒家への投資が無駄にならなかったのはよかった。

夫が亡くなったあと、マタナーさんは心の不調を訴えるようになる。それで、その三年後には教職を辞して、家で過ごすだけの生活になってしまった。

ノートおじさんが言うには、家の「物」たちはみんなとても悲しんで、マタナーさんを心配していた。

タオフー自身も、聞いているだけで暗い気持ちになってくる。

そんな理由があって、大学のコミュニケーション・アーツ学部を卒業したばかりのナットくんが、父の貯金の残りを使って、父が買っておいた一軒家を整えて、母と一緒に引っ越してきたのだ。

生活の雰囲気が変われば、母の心の調子もよくなるんじゃないかと考えて。

父たるひとの性格を表すような、厳格で単調な前のタウンハウスと比べると、ロフトスタイルに整えられた新しい一軒家は、子たるひとの性格を表している。

四角い家の奥には裸のレンガの壁があって、船をイメージするような、レプリカの縄と浮き輪が飾られている。

パントリーのカウンターには荒削りの木材が使われていて、その頭上に古風なランプシェード。入口近く、客間としてもリビングとしても使われる空間にはソファーさんが置かれている。

ナットくんは、茶色い革張りの、ゆったりとして大きなソファーを選んだ。

母が昼間にゆっくり座ったり、寝転んで休んだりできるだろうと考えて。

ナットくん自身の寝室もロフトスタイルだ。

壁は、ベージュに塗られたレンガがむき出しで、床木はあたたかいコーヒー色。鉄のオープンシェルフが真ん中に置かれていて、寝室ゾーンと入口近くの生活＋仕事ゾーンを区切っている。

デスクさんとチェアさんは、東北タイのチャイヤプームあたりで売りに出されていたレストランからの中古品だ。

製作中の映画のロケハンに行ったナットくんが見つけて、部屋のインテリアにしようと買ってきた。

チェアさんは標準語で話そうとして、なんとか新しい住処《すみか》に適応しようとしている。だけど、どれだけやっても慣れない。がんばればがんばるだけうまくいかずに、彼女は余計に自信を失ってしまう。

デスクさんが、だれかと同じになる必要なんてないと、いつもその心を慰めてくれているのがまだ幸運だ。

ノートおじさんが以前教えてくれた。ナットくんは、ひとつひとつの家具を、趣味に合うかどうか、実用的かどうか、値段が高すぎないかということを考えながら探していたらしい。

当時大学を卒業したばかりだったナットくんは、まだ安定した仕事についていなかった。いろんな仕事に誘われることもあったし、仕事をくれようとするひともいたのだが、すべて断って、新しい家の内装を完成させることだけに時間を捧げた。

ひとつひとつの壁、ひとつひとつの隅。すべてが整うころには、六ヶ月の時間が過ぎていた。

タオフーはノートおじさんほど多くのことを知らない。家がまだ完成する前にここに運び込まれて、ナットくんの寝室からほとんど出ずにいたからだ。

そのあいだずっと、タオフーはまわりの友人たちと一緒に、心配そうに状況を見守るだけだった。ナットくんみたいに能力のあるひとが、いつになったら仕事をするのだろうと。

だれもが、ナットくんはとてもとても才能があると言っている。

彼が本格的に映画や映像製作に関わったのは、大学に入ってからのことだ。それまではせいぜい映画を見たり、本やインターネットでいろんな記事を読んだりするくらいで、ほかのひとたちのように、中高生のときから映画を作ったり、映画に関わったりということはなかった。

それでも一軒家が完成し、フェイスブックにこれからは仕事をする、との宣言を書き込むと、たくさんのひとがいろいろな仕事の依頼を送ってきた。

ナットくんは企業の広告映像の監督やプレゼンテーション動画の製作を二、三本請け負ったのちに、有名な映画製作会社に就職することを決めた。スクリプトライター、つまり脚本家の職をそこで得て、現在まで続けている。

「――ナットは脚本家だからな。下敷きになる話もないのにいきなり家に幽霊が出ると言っても、簡単には信じないだろう」

ノートおじさんが、抱き枕さんの提案への意見を続けた。

そう聞いたタオフーが、怪訝そうに言う。

「下敷き?」

「死人が出たとか、伝説があるとか、そういう経緯のことよ」

掛け布団おばさんが説明してくれた。

「人間のことで言えば、記憶と呼べるかもしれないわね。その人間を脅《おびや》かし続ける記憶」

タオフーはふと、マタナーさんが祖母の旅立ちと古い家のことを語ってくれていたことを思い出した。

あの時期の悪い記憶は、たしかに彼女をいつまでも脅かし続ける幽霊みたいなものだろう。だからこそ、人間と「物」は同じになれない。

「幽霊は悪夢のようなもの。『物』は悪夢を見たことがない――正確には、夢をまったく見たことがない」

「本当だね」

考え込んでいたタオフーは、そうつぶやいた。

「どうしてだろうね」

「きっとわたしたちは覚えていられるだけで、記憶できないからじゃないかな」

ノートおじさんが答えてくれる。

「人間はわたしたちより複雑な思考と感情を持っている。彼らが覚えているのはできごとだけではなくて、そこにたくさん詰まった感情も覚えている。人間の夢というのは、心に残された感情なのかもしれない。それが、覚えていたできごとをふたたび編み直して、語ることで、出口を探そうとする」

「ぼくもナットくんの夢を見てみたいよ……」

タオフーがそうつぶやいたのを抱き枕さんは聞いていなかったのだろう。あるいは聞こえていたけど無視しているのかもしれない。これまでの話を打ち消すような声を上げる。

「なにをわちゃわちゃ考えてるんだ。やってみなきゃわからない、そうだろう？　人間にとっては、幽霊なんてもともと理由なく現れるもんだからな！」

「どう思う、タオフー？」

掛け布団おばさんが仲立ちしてくれる。

「あなたはどうしたいの」

「忘れるなよ。この方法じゃなきゃ、おまえにはナットのことを夢見る可能性すら与えられないんだ！」

その抱き枕さんの言葉が、躊躇《ちゅうちょ》していた気持ちを振り切らせてくれた。

「今晩、やってみるよ！」

とうなずいたものの、午後にナットくんが帰ってくると、その決意はすぐに萎《な》えてしまった。

「ナットくん、すごく早いね」

挨拶の言葉の気軽さが、自分の心にある不安と釣り合わない。ナットくんの雰囲気や表情ほど気になるものはない。

昨日、ナットくんはほがらかに笑っていた。いくらもともと無表情なひととはいえ、今日は憂鬱《ゆううつ》のカーテンがその瞳を覆っているのがはっきりとわかる。

クンチャーイを抱えて近づいたマタナーさんが、「ナットが帰ってきた、ナットが帰ってきた」と彼に声をかけて、ワン公のほうも必死に彼の身体に飛びつこうとしていたのだが、ナットくんは興味を示さなかった。いつものようにしゃがんで遊んでやることも、頭をくしゃくしゃとなでてやることすらしなかった。

「菓子と果物を買ってきた。母さんと食え」

「ナットくんは？」

「おれは寝る」

疲れ切ったその目を見て、タオフーはナットくんを引き止めることができなかった。

それから何日もこの調子が続いた。

ナットくんは、家からだけでなく寝室からすら出なくなったので、タオフーが部屋に入って友人たちと話すこともできなくなった。

唯一、安心させてくれたのは、マタナーさんの携帯電話さんにこっそりと送られてくる、ナットくんの携帯電話さんからの情報だった。

ナットくんはノートパソコンの画面と向き合っているか、さもなければベッドの上に力なく横たわっているらしい。疲れ切って、不機嫌な様子で。

マタナーさんとワン公の笑い声に、いろいろなテレビ番組の音が混じって聞こえる中、タオフーはひとり家の外に出て座っていた。

ナットくんの部屋のベランダの下。今あの部屋はどうなっているのか、想像する。

ナットくんは知っているだろうか。今日はカタツムリがおばさんのオレンジの木の葉を三枚も食べてしまった。見たことのない蝶が庭に迷い込んできた。それに午前中には、やくざな虹が空にこっそり姿を見せていた。紫色が一番下にあるから、〈主虹〉《ルン・パトム・プーム》だ。

そんなことを覚えているのは、はるか昔に制服姿のナットくんが語呂合わせで暗記しようとしていたからだ。

〝〈主〉《パトム》はムが最後にやってくる。だから〈む〉らさきも最後に来る――〟

ナットくんは気づいていないだろう。空が暗くなったのは夕刻だからじゃなくて、深まった午後に重苦しい雲が現れたからだ。

ナットくんからの輝く光が射し込んでこの憂鬱を吹き飛ばしてくれるのを待っている、今のタオフーの気持ちみたいに重苦しい。
ものすごく心配していても、タオフーにできたことといえば、せいぜいマタナーさんの携帯電話さんにお願いして、ナットくんにメッセージを送るくらいだった。

〝午後にやっていた映画、とてもおもしろかったよ。登場人物がいつになったら口をきくのか、ドキドキしながら見てた。もし心を開いて話せたら、気がかりなこともなくなるのにね。／タオフー〟
〝今日のドラマはどうしてか、主人公が寝てばっかりだった。主人公の寝室には魔法がかけられているに違いない。ぼくもそこに入ってみたいな。起こしたいわけじゃないんだ。ただもしその部屋でそのひとが夢を見ているのなら、ぼくも一緒に夢を見てみたくて。／タオフー〟
〝ナットくん、今日は雑炊《カーオ・トム》を食べてみたらどう？　ぼくはナットくんの真似をして、パンを食べてホットミルクを飲んだよ。結構おいしいね。でも毎食これだったら、かなりつまんないかも。／タオフー〟

いっさい返事は来ない。さすがにタオフーも心が折れかかっている。それでも、翌日の午前中にこれだけは送った。

〝ずっと会ってないね。返事もくれないし。会いたいな。／タオフー〟

電話を置く。ナットくんからの反応は期待していなかった。ただこれまでのメッセージが既読になっているだけでも、十分にいいことだ。

幸運なのか不運なのか、普段ナットくんとマタナーさんはほとんどまったくメッセージのやりとりをしない。

マタナーさんは携帯電話よりも本やテレビのほうに夢中で、タオフーが電話をなにに使っているのか、確認もあまりしなかった。

ナットくんは仕事に集中したくてずっと部屋にいるんだとタオフーが嘘をつくと、マタナーさんはおじさんと一緒に、愛《いと》おしむような笑いを見せた。そして、クンチャーイのほうに興味を移した。ナットくんが遊んでくれなくて、やつが寂《さび》しがっているんじゃないかと気にしたからだ。

今日、マタナーさんはいつものようにソファーさんに座って本を読んではいない。いつもみたいに、ワン公を連れて家のまわりを散歩しているのだろうと思っていたタオフーは、携帯電話を置いたその瞬間に家の裏から叫び声が聞こえて、ハッとした。

「お父さん！　お父さん！」

普段マタナーさんが大声を出すことはほとんどない。しかも今日はその声色に、混乱だけでなく驚きと恐怖が感じられる。

急いで向かおうと振り返ると、すでにナットくんが階段を駆け下りてきていた。いつ部屋を出たのだろう。マタナーさんの声で、彼も心配になったのかもしれない。

「母さん！　どうした！」

ナットくんは寝るときと同じクルーネックのシャツと半ズボンを着ている。髪の毛はくしゃくしゃで、ひげが濃くなり始めていた。それに、はっきりわかるくらいに目の下が落ち窪んで、ほっぺたがこけている。

タオフーはナットくんのその様子に驚いた。だけど、家の裏の地獄の洞窟、あるいは洗濯機の横に立つおばさんの様子には、もっと驚いた。

マタナーさんはスカートの裾《すそ》がピクピク動くくらいに震えていた。見開かれた目からは涙があふれ出していて、ピンク色に塗った唇は開かれたまま震えて、あごまで震えている。嗚咽《おえつ》とともに、話し出す。

「お父さん、どこに行ったの。お父さんがいないの」

家じゅうの人間が走って集合するのを見たクンチャーイも、ついて出てきた。いつもと違うマタナーさんの様子を見て、鋭い声で吠えている。

ナットくんはそれを無視して、マタナーさんの手の中にあるものに目をやる。そして、握られた手から洗濯機のコンセントプラグを引ったくった。

「母さん、なんでコンセントを持ってるんだ」

「さ……挿そうと思って。洗濯機をつけて……」

「普段から挿したままじゃないか！」

ナットくんは不機嫌そうに声を荒らげた。よくない雰囲気を感じ取ったタオフーは、急いでマタナーさんに近づき、身体を支える。

「落ち着いて。おばさん、なんで洗濯機をつけるの。ぼくがさっき洗濯したばかりだよ」

「お父さんが挿してくれないの。わたしはできないから。いつもはお父さんがやってくれるの。お父さんはどこ……」

「母さん、いい加減にしろよ！」

ナットくんが激昂《げっこう》したのは、これが本当に初めてだった。タオフーとマタナーさんは、驚いてちょっと跳び上がってしまうくらいだった。クンチャーイもあごを引いて、吠えるのをやめた。

すでに泣いていたマタナーさんの目から、涙がさらにポタポタと落ちていく。

でも、ナットくんの目も負けないくらいに赤くなっている。

全身の震えを抑えようとするように、ナットくんは呼吸を整えた。その言葉はほとんど言葉にもなっていない。

「母さんを、中に……」

まるでようやく許可を得たみたいに息が口から飛び出して、タオフーはむせてしまう。なにがなにやらわからないまま、マタナーさんの身体を支えて急いで家の中に戻っていった。

そのあいだマタナーさんはヒックヒックとしゃくり上げながら、ビクビクとした様子で視線をキョロキョロさせていて、そしてときどき、つぶやいていた。

「お父さん……お父さん……」

深夜零時を過ぎた。ナットくんの怒声からずっと重い沈黙の中にあった家に、「物」たちのガヤガヤと話す声が響き始める。上の階からも下の階からも聞こえる。

ときどき、なにかが動く音も聞こえる。だれかが定位置から移動しているのだろう。

クンチャーイはほとんどの犬と同じように「物」が動く音を聞き慣れていて、怖いものでも、気にして吠えるようなものでもないと思っているようだ。今ごろはおそらく、いつもの場所でゆっくり眠っているのだろう。

タオフーひとりが、ベッドの上で落ち着かずに寝返りを続けている。ぼやけた暗闇の中で、はるか高い天井に向けてゆっくりと目線を動かす。心臓がドキドキと脈打ち、これからどうすればいいのか決めかねている。

来客用の寝室には、小さなエアコンが取りつけられている。いつもと同じようにエアコンをつけているが、その冷気も、われらがクマさんの心を潤してくれそうにはない。三十五回目の寝返りを打った。

そんな暗闇の中、ベッドの上、自分のすぐ隣でなにかの影が動いた。タオフーは驚く。普段この部屋の「物」は、生きていないはずなのに！

しっかりと目を凝《こ》らしてみたが、部屋に残るのは静寂ばかりだ。

静かでいられないのは自分の心臓のほうだ。ナットくんの怒号と、つらくて苦しそうなあの様子を見聞きして以来、ちっとも落ち着かない！

ナットくんは感情をあまり出さないひとだ。口数はもっと少ない。本人がなにを考えているのか知るのは、かなり難しい。長いこと一緒にいたタオフーも、ナットくんのいろいろな部分にまだ立ち入れていないし、理解もできていない。

人間になってから、いろいろなものを見聞きするようになった。それに合わせて、思考も心も複雑になっていっている。

ただ静かなひとだと思っていたナットくんだけれど、タオフーが一番愛するこの彼は、なにかを心の中に隠している。それがわかってきた。それはきっととても重い塊《かたまり》で、棘《とげ》だらけで、溶け出しては苦々しい気体を発生させるものなのだ。

ナットくんが日本の絵本を読んでいたときのことを思い出してみる。今起こっていることは、あの記憶からはかけ離れている。

どうしたらナットくんを助けられるだろう。

(ナットくんには幸せになってほしい、本当に……)

あまりに暗い暗闇で、隣の部屋から叫ぶだれかの声が聞こえたような気がした。

「タオフー！　タオフー！」

心が問いと憂《うれ》いの海を漂っていたせいで、本当にだれかが呼んでいるのだと気づいたころには、相手の機嫌が悪くなっていた。

「おいタオフー！　ナットが泣いてるぞ！」

抱き枕さんだ！　あまり気が合わないとはいっても、ほとんどの家具が持ち主を愛しているのには変わりない。

普段眠るときにナットくんが抱き枕さんを抱くことはある。だけど、泣いているときに抱きしめることはない。

そういうときにナットくんが求めたのはタオフーだけだ。

（だけど、今は――）

何百万回目かわからないくらいに、自分をこんな人間の身体にしただれかにイライラとする。

ふつうの人間なら理解できるようなことも理解できそうにないのに、クマのぬいぐるみだったらできることもできなくなってしまった人間に。

ナットくんは泣き虫じゃない。マタナーさんやほかのだれかの目を逃れて、自分と一緒に寝室で泣くこともあったが、それはごくたまにだけだ。

今晩ナットくんが泣いているということは、本当に大きな不安を抱えているということだ。

タオフーは口を歪《ゆが》ませて、つばを飲み込む。

今、ナットくんはどうしているだろう。クマのぬいぐるみもいなくて、だれをギュッってするのか……。

気づいたときには、タオフーはナットくんの部屋のドアの前で足を止めていた。家の中で聞こえていたいろいろな会話や移動の音が、急にやむ。

ほとんどの「物」たちは耳がよくて、警戒心も強い。人間が起き上がったことに気がついて、動いていた「物」たちも動きを止めたのだろう。それから、隙を見て急いでもとの場所に戻るか、さもなければ風かなにかに吹き飛ばされたというふうにわざと倒れたりするはずだ。

今のタオフーは、そういったことに関心を持てるような状態ではなかった。腕がグッと重くなったように感じて、ドアをノックしたいのだけれど、その一歩がなかなか踏み出せない。

（ぼくはもうクマのぬいぐるみじゃないんだ。ナットくんの目には、突然現れて生活に踏み込んできた知らない人間に映ってる。もしぼくがノックしてもナットくんはきっと——）

コン！　コン！　コン！

語りつくせないくらいにナットくんを心配する気持ちとともに、拳が木のドアを叩いていた。心だけがざわつく、静謐《せいひつ》な瞬間。空気すら動くのをやめたと言っても、言い過ぎではないだろう。あまりに静かでしんとして、足元がほとんど見えないくらいに暗い。寝室の前には、外の月光が射し込むようなすきまがないからだ。ぼやけた暗闇の中で、すべてが曖昧《あいまい》になっている。

「物」のだれかが、聞き取れないくらいのひそひそ声で話している。どうやら、クマさんが今なにをしているか、家じゅうに一斉にニュースを送っているようだ。

「もう一度叩くんだ」

「もう一度叩け、もっと強く……」

あちこちから、タオフーを応援する声が騒がしく響き始める。近くからも、遠いところからも。だれの姿も見えていなかったけれども、タオフーは横を向いてうなずいて、それを受け取る。

自分の拳を見る。鼻の下に持ってきた自分の手すらほとんど見えない。これから数分先に起こることがほとんど見えないのと、あまりにも似ている。

ナットくんがドアを開けて出てくるくらいの大きな音で叩いたとして、そしてナットくんが自分の話を聞いてくれたとして、彼はなんと言うだろう。この作戦がうまくいくのかどうか。タオフーにはまったくわからない。

しかし、拳がもう一度叩く前に、ドアが少しだけ開いた。

ナットくんは室内のカーテンを開けているのだろう。月のキラキラとした明るい光が、ドアを開けて立つその影を引き立たせている。

「なんだよ」

まだナットくんの顔は見えない。だけどその声は、本当に泣いているみたいにかすれている。

「ナットくん、泣いてる……」

向こうは肯定も否定もしない。これだけの暗闇では、ナットくんがなにを考えていて、感じているのか、その顔色やたたずまいをうかがうのは難しい。

勇気が尽きてしまう前に、タオフーははっきりと言った。

「なくなったぬいぐるみの代わりに、ナットくんを抱っこしても――」

「いいかな」という言葉が、ほとんど聞こえないくらいにくぐもってしまう。感情のままに動いた自分の大きな身体が、ナットくんの身体を抱きしめていたからだ。昔、泣いているナットくんが自分を抱きしめてくれたみたいに、強く抱く。

その瞬間、ナットくんはなにも言わず、タオフーを押し返しもせず、戸惑《とまど》ったり混乱したりしているみたいに身体を硬くしていた。

でも、この愛がナットくんの心に伝わってほしいという願いのおかげなのか、この寝室の窓に射し込む月の光みたいに、ナットくんも少しずつ手を上げて、タオフーの背中を強く抱き返してきた。まるで、摩天楼から墜落しようとするひとが、その壁にしがみつくみたいに。

以前はなんてあたたかくて大きいんだと思っていたナットくんの身体は、この一瞬で小さくしぼんでしまっている。

それから彼は少しずつタオフーに身体を預けて、肩のところに唇を隠すと、ゆっくりと涙を流した。タオフーの肩が濡れていく。

クマさんは、自分の身体の震えを感じた。でもそれは、怖いからでも、自信がないからでもない。ナットくんの震えが伝わっているからだ。

フッ……フッ……というくぐもった音が漏れ聞こえる。タオフーはナットくんを慰めようと、片方の手のひらで、やさしく、後頭部までなで上げていった。

ゆっくりと、そして言葉は出さずに、少しずつナットくんを抱き上げる。

そして、部屋の一番奥にあるベッドまで足を進める。ドアが少しずつ閉まっていく音で、「物」たちが沈黙したまま安堵《あんど》のため息をつく。

タオフーはナットくんを大切にベッドに寝かせると、その隣に寝転がって、そのまま彼を抱きしめた。そのまましっかりと。

なにが起こっても、ナットくんがどれだけ悲しんでも、ぼくはここにいるよ。ずっとこうやってナットくんを抱きしめるよ。放さないよ。

そんな言葉の代わりに。

ナットくん。

いつでも強くなくたっていいんだよ。

重荷になるくらいに涙を抱えているのなら、無理に笑わなくていい。

呼吸すらきみを痛めつけるのなら、走らなくていい。

ぼくは人間じゃない。理解できないことを無理やり納得するための、どんな言い訳も必要じゃない。

どんなに暗い夜の底でも、たとえ星々がなくたって、ぼくたちの涙がいろんなものを光らせてくれるよね。

ナットくん、知ってる？　オレンジの葉しか食べないカタツムリには、カタツムリなりの幸せがある。庭に迷い込んできた見たことのない蝶は、結局どこにも出ていかなかったよ。初めて訪れた、一見恐ろしいこの庭にも、これまでいた庭よりも甘くて美しい花があることがわかったからだね。

ナットくん、覚えてる？　ほかのひとと比べたらずいぶん変な虹の覚え方だったけど、でもナットくんはテストに合格した。ほかのいろんなひとよりもいい点をとった。

ぼくはここにいるよ。

いろんなことは、ナットくんが考えるよりも、ひどくないのかもしれない。

少なくとも、ぼくの目に映るナットくんがひどかったことなんて、一度もないよ。


腕の中でナットくんが身体を震わせるのを感じて、自信を失うというのはこんなにも苦痛なのだとタオフーは初めて知った。

ウマーさんがマタナーさんをそうさせたみたいな、自信の喪失。あるいは、新しい場所に運ばれて、そこに必死に適応しようとしたチェアさんが直面したそれ。

だけどマタナーさんにはおじさんがいた。チェアさんにはデスクさんがいた。

(ぼくがナットくんにとってのおじさんとかデスクさんになれたらいいのに、本当に……)

暁《あかつき》のころ、最後の星がまたたくのと同時に、ひとつの奇跡が起こる。

このあいだナットくんを抱きしめたときに自分の足の付け根を引っかいたものがなんなのか、タオフーはようやく理解した。

身の毛もよだつ恐ろしい呪いにかかったみたいに、それが自分の身体にも起こって、驚いてしまう。でも、たぶん引っかかれたはずのナットくんのほうは、驚きも怖がりもしていなかった。

一晩中眠れていなかったことを示すようにかすれた声で、つぶやく。

「母さんはコンセントが怖いんだ」

その言葉が、タオフーを午後の風景に引き戻す。泣きながらおじさんを探すおばさんの姿。その手には洗濯機のコンセントプラグが握られている。

「コンセントを挿すとき、たまに火花が出るだろ。母さんはあれを怖がってる。それでうちは家じゅうで電源タップを使ってて、そこでスイッチを入れるようにしてる」

ゆっくりとした語り。ナットくんの声はまだかなりくぐもっている。

ナットくんは、歯を噛みしめたままのような、唇を閉じたまま話しているような、特徴的な話し方をしている。聞き取れなかったり、面倒に思ったりするひともいるのだが、タオフーはそれを聞き取れるし、面倒に思ったこともない。

（面倒なんかじゃない。おばさんのためにコンセントを挿してあげたセーンおじさんもきっと、面倒に思ったことなんてないはずだ……）

「それで、ナットくんは？」

「うん？」

「怖いの？　コンセントを挿すの」

その答えは、半分は恥ずかしがっているような笑い声だった。

ナットくんがなにを恥ずかしがっているのかあまりわからなかったが、こちらの首元にうずめられた顔が熱くなったのがわかる。

自分にはまだ理解できない本能的なもので、自分の身体も一緒に熱くなるのがわかった。

そしてそのとき、まるでナットくんの顔が強い引力を持ったみたいに、タオフーのほうから顔を近づけてしまう。

互いの鼻に、肺に、身体に、はっきりと、あたたかな呼吸を感じる。

08　団結を失った二度目の王都陥落

かなりとがったタオフーの鼻先が、ナットくんの鼻先に触れる。

タオフーがあたふたとしていると、ナットくんがフフッと笑い声を吐く。それから慣れたように顔を傾けて、タオフーの唇を自分の唇で覆った。

タオフーはまずそれを笑って受けて、それからナットくんみたいにこちらからも唇を重ねようとした。

本当に、魔法みたいな感触だ。人間になった最初の日、ナットくんが同じことをしようとしたときとは違う。

静寂《せいじゃく》にふたりの息づかいが響く。部屋の中の「物」たちすら黙っている。それが眠いせいなのか、タオフーと同じで緊張しているからなのかはわからない。

タオフーが行為に関してあまりに未熟なのを見てとったのか、ナットくんはゆっくり手を上げて、タオフーの片方のほっぺたを支えて動かないようにした。

それから、唇のまわりに少しずつキスを続けていく。

まるで、花弁《かべん》に触れる蝶の羽根みたいなキス。

タオフーは、マタナーさんのソイ・ピー・スアにある、ナデシコ《ピー・スア》の花むらの上を羽ばたく、蝶《ピー・スア》の群れを思い浮かべた。オレンジ色のフォード・コルティナが、彼女と、彼女の心から愛した男性を旅に連れていく。タオフーも今、自分が心から愛する男性と一緒に旅に出る。

タオフーがガチガチに緊張しているのに気がついたナットくんは、そのほっぺたを、慰めるみたいにやさしくなでた。

大きくスゥッと、そこの匂いを嗅ぐ。それからタオフーの頭を傾かせて、そのおでことナットくんのおでこを触れ合わせる。そのまま止まる。

ぼんやりとした光の中、ナットくんのまぶたが閉じていくのがタオフーに見える。柔《やわ》らかくて長いナットくんのまつげが、ふくらんだほっぺたの丘にやさしく触れる。美しくて静謐《せいひつ》な、忘れられない光景。

目を開けると、ナットくんが笑いながら小さな声で聞いてくる。

「なに笑ってんだ」

タオフーは答えない。その代わりに顔を下げて、ナットくんの口のあたりにキスを続けようとした。だけどクマさんはずいぶん飲み込みが遅いようで、相当がさつで、ちっとも感動的じゃなく見える。

タオフーのくじけそうな心を見透かすみたいに、ナットくんが柔らかい手を頭にやって、慰めてくれる。

まるでそれが、まだクマのぬいぐるみのふわふわな毛のままであるみたいに、髪の毛をなでる。タオフーがとっても好きで、とっても心待ちにしていたその感触に、涙が流れてしまう。

ナットくんがそれをどう受け取ったのかはわからない。その様子を見た彼は、ほほ笑んで言う。

「おまえ、ほんとにガキだな」

それから首を伸ばして、からかうみたいに、タオフーの下唇を噛む。そして、ナットくんが導いてくれるのを待っているかのように動きを止めた口のまわりを、湿った舌で舐《な》める。

ナットくんが身体を押しつけてくる力がどんどん強くなってくるのに気がついて、タオフーの呼吸が止まる。

タオフーの腕も、抑えられない欲望に震《ふる》えながら、ナットくんの身体をもっと引き寄せようと背中を抱く。

まるでこの瞬間にナットくんの身体が溶けて、自分の身体と混じっていこうとしているみたいに。

ナットくんが、足をタオフーの足に絡める。毛布の外に出てエアコンの吹きさらしになっていた足の裏が、とても冷たい。ナットくんの足が、タオフーのふくらはぎの裏をなでるように、少しずつ上っていく。その感触にまた総毛立ってしまう。

胸の締めつけが痛いくらいで、タオフーは少し身体をずらした。ナットくんも同じように感じたのか、少し身体をずらして、ふたりが楽な姿勢を作った。

タオフーは全身が小刻みに震えているのに気がついた。

死んでしまいそうな、泣き出してしまいそうな気持ちだ。どうすればいいのかわからなくて、助けを求めるみたいにささやいて、請う。

「ナ……ナットくん……」

上下の唇のあいだが開いたタイミングを狙って、ナットくんが柔らかな舌をやさしく挿し入れてくる。

驚いたタオフーはそのまま口を開けたままにしてしまい、それを好機に、ナットくんが口の中に舌を這《は》わせてくる。歯の一本一本を確かめ、舌先を確かめ、そこに絡みつき、外に出てくるように誘う。ナットくんは、舌の上を、なだめるみたいに軽くねぶっていく。でもそれは同時にあまりに煽情《せんじょう》的で、耐えられない衝動に、タオフーはさらに身体を震わせてしまう。

「ナ……ナットくん……」

泣きそうなひとみたいな自分の声が聞こえる。しゃくり上げるような波が襲いかかって、タオフーの感情も、自制心も崩していく。

タオフーは大きな手で、ナットくんのほっぺたを両側から押さえ込む。ナットくんは驚いたように動きを止めた。それを見計らって、彼の口の中をまさぐる。自分の口にナットくんを吸い込んでしまうみたいに、舐めて、吸いつく。

タオフーは口を開けてナットくんの唇を覆いながら、涙を流して、しゃくり上げている。

最後の理性がタオフーの野蛮を押し止めようとしている。

その口も、震える身体も引き離そうとするが、ナットくんの身体が強力な磁石みたいになっていて、結局、彼のあごのところまで唇をすべらせるだけしかできなかった。

タオフーは歯を立てないように、ナットくんのあごを、愛情たっぷりに甘噛みしていく。自分を抑えるにはあまりに弱い力しか残っていない。

「ナットくん……」

タオフーは涙を流す。

「ナットくんの口、ゼリーみたいに甘いし、柔らかいし、怖いくらいだよ……」

その瞬間、タオフーの恥知らずで凶暴な攻撃のあいだずっと固まっていた、ナットくんの身体が動き出す。もとのようにたおやかなままこちらと交わろうとするのではなく、タオフーを押しやろうともがき始めたのだ。ナットくんの片手に胸を押され、もう片方の手に肩を押されて、タオフーは思わず身を離した。

月光と曙光《しょこう》がナットくんの瞳を照らしている。その目は、怒りが混じったようなおののきに燃えている。呼吸が激しくなって、焦慮《しょうりょ》が見て取れる。

「おまえはだれだ……！」

最初のひとことはまだ軽かった。それが次の言葉では、響き渡る怒声になった。

「おまえはだれなんだ！」

タオフーの腕から離れてベッドの上に座り直した彼は、両の手でこちらの服の襟《えり》をつかみ上げる。

「言え、おまえはだれだ！」

甘い夢うつつが突然崩れ去る。ずっと黙っていた「物」たちすら驚いている。

「どうしたんだ！」

「タオフー、気をつけろ。ナットがなにか変だぞ」

とはいえ、クマさんは他人の言っていることなんて興味がなかった。というか言ってしまえば、本当はだれの声もほとんど聞こえていなかった。

大きく開かれた目は、目の前にいるひとだけを見つめている。耳の中ではさっきの怒鳴り声が、まるで空が崩れ落ちてくるみたいにずっと響いていた。

「ナ……ナットくん？」

その声は、ささやくときのそれより小さい。まっすぐ立つ力すら残っていない。自分のほうが大きいのに、身体はなよなよと力が抜けて、ナットくんにつかまれて簡単にフラフラと揺れてしまう。

「おまえはだれだと聞いてるんだ。フェイスブックの名前はなにを使ってる！」

「わ……わからないよ――」

「嘘だ！」

ナットくんはその声をぶつけると、タオフーを突き飛ばしてベッドの上に仰向《あおむ》けに転がした。自分のほうは飛び起きて仁王立ちになると、タオフーを指差して大声を上げる。

「嘘をつくな！」

タオフーにとってナットくんの怒りよりも驚きだったのは、その声の奥底に、まるですすり泣くような響きがあったことだ。起こったことを信じたくないとうろたえる、悲しみと驚きが。

「ほんとにわからないんだよ、ナットくん……」

普段は馬が合わない抱き枕さんですら、タオフーの背中のほうにちょっとずつ体を差し入れて支えてくれていた。慈悲深き掛け布団おばさんは、こっそりと体を広げて、タオフーの腕の上のほうを、慰めるように触ってくれている。

タオフーが落ち着いて、気を確かに、目の前のできごとと向かい合えるように。

ナットくんの身体はタオフーよりも震えているように見える。その目には露《つゆ》がひたひたと満ちていて、ふざけている相手への怒りを示すみたいな視線を向けている。

痛烈にからかわれて、侮辱《ぶじょく》されて、それを許すことができない、というように。

続く言葉は、嗚咽《おえつ》を精いっぱい抑えようとしていた。

「おまえはどこから来たんだ。だれの差し金だ！」

「どこから来たか、本当にわからないんだ――」

「信じない！」

ナットくんの声は爆弾みたいだった。痛みと失望だけの爆弾。強烈すぎて、タオフーに抗《あらが》う気力は残されていない。

「し……知らないんだよ。ナットくんはタオフーのぬいぐるみをどこから連れてきたの――」

「ぬいぐるみ？」

すでに見開かれていた目が、ほとんどこぼれ落ちそうになる。タオフーのその言葉が、すべての破滅を導くスイッチを踏んでしまったみたいだった。

「おまえは最悪だ！　クソ野郎！」

「ごめんなさい、ナットくん――」

「狙ってたんだろう？　おれがどうして晩から泣いてたのか知ってて、それでおまえは――！」

五里霧中《ごりむちゅう》に蹴り落とされたみたいだ。

タオフーには、ナットくんがなにを言っているのかも、どうしてすべてがこんなふうに一変したのかもわからない。一体、ナットくんが泣いて悲しんでいたのとどう関係しているのか。特に、どう自分と関係するのか――クマのぬいぐるみのタオフーと？

あの日、満ち足りた様子のナットくんがぬいぐるみを探していると言ったときから、それをどう助けてあげればいいかわからないタオフーは不安を感じていた。

あのぬいぐるみを取り戻す方法はないのだから。

タオフーには、自分がどうやって人間になったのかもわかっていない。それに――それゆえに――もとに戻るにはどうすべきなのかもわからない。

自分にも、部屋の「物」たちにも解決策のわからない、奇怪なできごとだ。

それで最後に思いついた唯一の突破口が、今のうちに新しいクマのぬいぐるみを探して――もとのやつに似ているものを――ナットくんに代わりに渡してしまおうというものだった。

そんなわけで、クマさんはすべての家具から聞き取りをはじめていた。だけど、この家族と一番長くいるはずのノートおじさんですら、ナットくんがどこの店でタオフーのぬいぐるみを手に入れたのか知らなかった。マタナーさんに尋ねたときも、答えは似たようなものだった。

〝えー、わたしもわからないわ。ナットが自分で買ってきたんだと思うんだけどねえ。高校生のときじゃないかしらね。いきなりタオフーを抱っこして帰ってきたのよ。おかしいわよね、星の王子さま。あのクマも王子さまと同じ名前なんだもの――〟

だれにもわからないとなると、もうひとり知っていそうなのが、ナットくんの親友であるケーンくんだ。だが、タオフーはそんなことを聞けるほど彼と親しくない。じゃあナットくんに尋ねる、なんてことは、ますます考えられない。

思いもしなかった。突然、自分の出自がナットくんの悲しみのわけに関係してくるなんて。

タオフーはますますしおれてしまい、どうすればいいかも、なにを言えばいいかもわからなくなった。

「言わないってことだな。言わないんだな！」

「ぼ……ぼく……」

「いいだろう！」

そう大声を上げたひとの目は怒りで引きつっている。彼はベッドから飛び降りると、タオフーの片腕を引っぱってベッドから引きずり下ろした。お尻から床にボトンと落ちて、痛いくらいだ。

それでもナットくんは同情する様子もなく、タオフーを寝室のドアまで引きずっていく。そこでようやく、タオフーは少しずつ立ち上がることができた。

「今日で終わりだ。今からお前を警察に連れていくからな。わかったか！」

ナットくんは振り返りもせずに言った。立ち上がったばかりのタオフーはまた膝から崩れ落ちそうだった――われらがクマさんが、ゴミ箱以外にすっかり怖くなってしまったのが〝警察〟だ！

タオフーは手首を引っぱられて階段を降りていく。

そのあいだずっと、目は涙でいっぱいだった。

視界がぼやけていたせいで見間違えかと思ったが、下の階に着くと、タオフーの寝室にあったチョコレートモルト色の毛布が床の真ん中に置かれていた。その脇には左と右のスリッパさん。

クンチャーイのしわざというわけでもなさそうだ。やつがタオフーの部屋に入ることはないだろう。それに今は毛布やスリッパをかじって遊んでいるわけでもなく、ソファーさんの上でゆったりと眠っている。

タオフーとナットくんが降りてきた音を聞いたクンチャーイは、首を伸ばして目を覚ますとこちらに走ってきた。そして、ヒックヒック泣いているタオフーに吠えかかってきた。

ナットくんはやつの顔を指差して、静かにするよう合図をした。マタナーさんが起きて、さらにじゃまされるのを防ぐためだ。

状況がよくわからないままに、左のスリッパさんの声が聞こえる。

「クマさん、わたしたちを履《は》いて！」

「え……え？」

タオフーは手で涙をぬぐって視界をクリアにする。自分を引きずるナットくんは、そこを通り過ぎて玄関のドアに向かおうとしている。

右のスリッパさんもそれにうなずき、言葉を重ねる。

「急げ。外に出たときに一緒に考えてくれる仲間ができるだろ！」

そう聞いたタオフーは、不思議に思うばかりだった。

下の階の「物」たちは、まるでなにが起こるかを知っていて、あらかじめ対策を練っていたみたいだ。実際のできごとは、ほんのついさっき起こったばかりで、ナットくんの部屋に一緒にいた「物」

たちですら驚いて、手を打てなかったのに。

「急げー、この上流階級――――！」

右のスリッパさんの言葉が途中で途切れて「うわっ！」というものに変わる。「物」たちが力を合わせてタオフーを助けようとしているのに、クンチャーイは気づいていたらしい。ナットくんの引っぱる力に逆らって左のスリッパさんを履こうとするタオフーを見て急いで走り寄ると、右のスリッパさんをくわえて逃げていってしまったのだ。

「あなた！」

左のスリッパさんが叫び声を上げる。

タオフーは追いかけようとしたが、腕を引いていたナットくんが一喝した。

「ついてこい！」

そのまま、左のスリッパさんだけを履いていくことになった。引きずられて家から出ていく途中で、ソファーさんの非難の声が聞こえた。

「スチューピッド・ドッグ！」

タオフーは家の前に停まっていた水色のセダンの助手席に押し込まれる。泣きながら震えてしまい、逆らう力もなければ、出口を見つけることもできない。

家の中だけで履かれるはずの左のスリッパさんは、外に出たことがない。外の地面を踏むにはふさわしくない肌触りだ。しかも恋人とも離れてひとり取り残されたことで、タオフーに劣らず恐れおののいているみたいだった。

「いつまでだんまりを貫けるか、見ものだな！」

ドアを開けて運転席に座ったナットくんが、ギリギリと歯を噛みしめて、怒りをあらわにした。

エンジンがけたたましいうなりを上げると、車がすごいスピードで動き出して、タオフーは背もたれに背中を打ちつけた。

車内は重苦しい空気に満ちていた。タオフーと左のスリッパさんがすすり泣く声を除けば、ナットくんの荒っぽい吐息だけが聞こえている。彼はラジオすらつけず、できるだけ早く目的地に到着するべく、一生懸命に車を操っている。

朝五時のこのあたりの道路には、車はあまりない。警察署もそんなに遠くはない。十分もしないうちに車が目的地にたどり着いた。

ナットくんは即座にタオフーの腕を引っぱって、車から引きずり出した。タオフーは心構えができていなくて、つんのめりそうになる。左のスリッパさんも同じで、道端に転がり落ちてしまう。タオフーはスリッパさんを履くためにその場にとどまろうとしたが、結局ダメだった。

「ジタバタするんじゃねえよ！」

「スリッパが脱げて――」

「裸足で歩け！」

「でも――」

「タ……タオフー」

スリッパさんのほうが落ち着かせようとしてくれた。

「行ってきて。わたしはここで待ってるからね？」

タオフーは涙をぬぐってからうなずいた。

「ご……ごめんね」

「その言葉は聞きたくない！」

そう言うとナットくんは引っぱる力を強くした。その勢いでタオフーはバランスを崩して、そのかっこうのまま彼についていくことになる。

二匹の野良犬が、おかしな動きの人間たちを見つけて、首を傾けながら吠えかかってくる。

しかしナットくんから出ている凶暴なオーラを感じ取ったのだろう。結局後ろに引き下がって、道を空《あ》けた。

庁舎の二階に上がると、目の前の机のところに座った当直のおまわりさんがあごを上げて尋ねてきた。

「落ち着きなさいって。どうしたんだ。こんな朝早くからそんなふうにひとを引っぱって」

ナットくんはタオフーを押して、おまわりさんの向かい側にある椅子に座らせた。それから自分もその隣に座る。手は、まるで手枷《てかせ》のようにタオフーの手首をつかんで、放そうとしない。

「迷い人を見つけたんです。いくら聞いても、どこから来たのか言おうとしないんです！」

かなり高齢のおまわりさんが、目を細めてナットくんとタオフーを凝視する。

「どこで会ったんだい。きみは彼とどういう関係なんだ？」

そんな問いが返ってくるとは、ナットくんも心の準備ができていなかったみたいだ。ただ言いよどむだけになった。

「それはその……」

タオフーはおまわりさんのほうを向いたり、ナットくんのほうを向いたりした。

この場所は、とても静かで恐ろしい雰囲気だ。家のいろんな「物」たちから聞いていたのとたがわない。

だが今は自分よりも、ひとりで取り残されている左のスリッパさんのほうが心配だ。道のど真ん中というわけではないし、車もあって周囲の危険から遮蔽《しゃへい》されているとはいえ、落ち着かない。彼女は自分を助けるためだけにわざわざ外に出てくれたのに、あんな苦境に陥《おちい》るはめになってしまった。

そんなわけで、悲しくこそあるが、もはや選択肢も残されていない以上はがんばって早く終わらせざるをえない。早いところスリッパさんを救出して、ナットくんの車に乗せてあげたほうがいい。

「ぼ……ぼくは自分がどこから来たか、本当にわからないんです」

タオフーがここに来て初めてしゃべる。

「だけどひとまず、ナットくんの家にもう三週間くらい居候《いそうろう》させてもらってて」

「ナットくん？」

おまわりさんが訝《いぶか》しむ。

それでタオフーは人差し指を向ける。

「このひとです」

ナットくんの顔色で、どうやらまたまずいことを言ったらしいというのがわかる。訂正の言葉を探せないうちに、おまわりさんが声を上げた。

「おいおい、そんなに長いあいだ一緒なら、迷い人とは言わないんじゃないのか。どうして今になっていきなり届け出に来たんだ。どういうことなんだ？」

ナットくんが軽く息を吸い込む。答える声の激しさは抑えられたが、それでもまだふつうの落ち着いた声とはいえない。

「ぼくはこいつを知らないんです。なにも覚えてないと言ってて。母が家の近くで見つけて、同情して面倒を見てやってたんです。最初はそのうち思い出すだろう、そしたら自宅に連れてってやろうと思ってたんですが、だんだん不審な行動が増えてきて」

「どう不審なんだい」

そう聞かれたほうは、答えることができない。

口を歪《ゆが》めて言葉を控えていたタオフーが、代わりに漏らしてしまう。

「つまり、ナットくんがぼくにキスしたとき――」

大あくびをしながら聞いていたおまわりさんが、その口のまま固まってしまいそうなくらいに驚いた。

「はあ？」

ナットくんのほうは顔を赤くして、目を見開いて、文句を言おうとするみたいにこちらを向く。

「この――！」

タオフーは、どうして自分の言うことがぜんぶナットくんを怒らせてしまうのか、まったく理解できなかった。事実だけを言っているのに。

「つまり……ぼくがナットくんを怒らせちゃったみたいで……」

「ちょっとちょっと」

おまわりさんが手を上げて止めた。

「結局どうなってるんだ。知り合いなのか知り合いじゃないのか。どれくらいの知り合いなんだ。深いのか！」

ナットくんの顔はもっと強烈な赤色になって、爆発しそうだ。尋ねたおまわりさんはいたずらっぽく笑う。それに続く説明は、冗談にも本気にもとれる。

「まあ聞きなさい。よく考えるんだ。もし届け出るなら、このピュアな顔の彼はね、そういう財団に連れていかれて、親類が迎えに来るのを待たなきゃいけない。そんなふうにきみの家にいるべきじゃない。もしかしたら、きみが逮捕監禁の罪に問われるかもしれない。この子は何歳だね」

それを聞いたナットくんの顔色と、呼吸の熱さが少しずつ落ち着いていった。

彼は、向かい合っているひとから目の前の木の机に視線を下げる。木の模様から答えが浮かんでくるかのように、長い時間見つめている。

しばらくすると、かなり反《そ》っていて長いナットくんのまつげが、まばたきに合わせてピクッと動く。まるで正気を取り戻そうとするみたいに。

横から見ても、ナットくんの髪はかなりくしゃくしゃだ。そうとはいえ、髪の下、こめかみに血管が浮き出ているのがはっきりと見える。眉頭が深くくぼんで、おでこにしわが寄っている。歯を食いしばっているせいで、かなり丸いほっぺたですら線のように盛り上がっている。

もともとナットくんは口数が少なくて、静寂に身を置くのがうまい。だが今のこの様子だと、かなりのストレスを感じて不安定になっているのではないか。タオフーはそう感じ取った。

自分がその原因というのは、なんと悲しいことか。そう考えただけで、あたたかい液体がまた瞳に湧いてきてしまう。

タオフーはなんとか、のどにせり上がったえぐみのある塊《かたまり》を飲み込んだ。自分自身で結論を出してしまうためだ。

「ナ……ナットくんに迷惑をかけてごめんなさい。その財団ってところに行くので、大丈夫です」

「そうだろう。そうしなさいな……」

おまわりさんは語尾を長く伸ばす。ナットくんの目を見ながら、手で机の上にあったノートを開いている。

おまわりさんが空きページまでめくるのを待たずに、ナットくんがパッと立ち上がった。

「もう大丈夫です！」

タオフーは驚いてそちらを見上げた。

ナットくんはそのまま、こちらを一瞥《いちべつ》もせずに続ける。

「ぼくはこいつを知ってます。ただちょっと勘違いがあって、怒ってしまっただけなんです。すいませんでした」

言い終わると、さっきと同じほうの手でタオフーの腕を引っぱっていく。足を進めるペースはかなり速くて、後ろのひとに引き止められるのを怖がっているみたいだ。

ようやく歩道まで出てきて、停めてある水色の車に向かう途中、タオフーが弱々しく尋ねる。

「ナットくん、本当にぼくを連れて帰ってくれるの？」

ナットくんは足を少しだけ止めて、こちらを見ずに答える。

「道端に捨てていくかもしれないな！」

「ナットくん……」

それ以上の答えはない。ただタオフーの手首を握る力が強くなっただけだ。

ナットくんは車の鍵を取り出してロックを解除すると、また歩き出す。

彼のほうが先に車にたどり着いて、空いているほうの手で助手席のドアを広く開ける。そして言葉の代わりにタオフーをにらんで、中に入れさせようとする。

また静かに、そしてあたたかくなった心のせいで、実行しようと思っていたことをうっかり忘れるところだった。

「ちょっと待って、スリッパ――」

その瞬間、まるで心臓が胸の中から消えてしまったみたいになる。車の脇に、左のスリッパさんがいない。いない！

「スリッパさん？」

驚いたタオフーは思わず大きな声を出してしまう。その手首からナットくんの手を引き剝《は》がすと、急いでかがんで、車のまわりを見て回る。空《から》っぽになった心に、冷たい嵐が巻き起こる。

（スリッパさんが見当たらない！　いなくなっちゃった！）

「スリッパさん！」

タオフーはさらに大きな声を出す。あごを突き出して、朝の光の中に伸びていく歩道のほうに飛び込もうとしたそのとき、さっきの手首をまたつかまれてしまう。

「なくなったならしょうがない。新しいのを買ってやるから」

ナットくんの声色には、半分面倒くさそうな、慰めるような響きがある。

「ダメだよ」

ナットくんは不思議に思ったかもしれない。普段のタオフーなら、ナットくんにわがままを言わない。だけど今回は手を振り払った。しかも相手のほうを向きすらせずに言葉を発している。

「スリッパさんを見つけないと。彼女がいなくなったままにはできないよ。スリッパさん！」

真剣になって焦《あせ》るタオフーが裸足のままで汚い歩道に向かうのを見て、ナットくんも急いで追いつく。そしてイラついた声で尋ねる。

「スリッパ一足だぞ。大げさだろ！」

「片方だよ、一足じゃない！」

「言え！」

ついてきたひとが腕を強く引く。それでタオフーは相手のほうを向いて、目を合わせることになった。

「あのスリッパの中になにがあるんだ！」

スリッパさんが心配で落ち着かなかったタオフーだが、ナットくんの目を見て自然と悲しくなってしまった。

真っ黒で大きな丸い両の瞳には、自信を欠いたナットくん自身があらわれている。

そう。これまでずっと、ナットくんが乱暴な態度をとったり、むっと静かになったり、キツい言葉を使ったりするのは、大体が自分の弱さを隠すためだった。今の彼は、家に帰れることになったタオフーが喜ぶことを期待していたのだろう。もしかすると、タオフーは失望している——だけどこれまでと同じように許してくれているはずだと感じていたのかもしれない。

タオフーが突然、どうでもいいスリッパ片方に執心《しゅうしん》するとは思わなかったはずだ。大切でなんかありえないはずのものをこんなに大切そうにしているのを見て、ナットくんはたぶん不思議に思って、怖くなった。タオフーがまたなにかを隠しているのかもしれないと。

隠す……ナットくんは今、タオフーを信頼しようと大きな決断をして、家に帰って一緒に過ごすチャンスをくれたばかりなのに。

人間になって間もないクマのぬいぐるみには、あまりに複雑で厄介《やっかい》な問題だ。どうすればナットくんに理解してもらえるのかわからない。

でもスリッパさんを捨てていくこともできない。彼女はあまりに弱い。それに右のスリッパさんが家で恋人の帰りを待っている。彼が左のスリッパさんの外出を認めたのは、タオフーのことを本当に慈しんで心配してくれているからだ。ふたりを裏切ることなんてできない。

「ナットくん……」

涙が一滴落ちる。

「ナットくんにはわかってもらえないかもしれないけど、なんでもないものでも、あるひとにとってはすごく大切なことがあるんだ」

「だけどあのどうでもいいスリッパは――」

「おばさんのだよ」

それだけが唯一、言い訳として思いついた。

「その……つい履いてきちゃってごめんなさい。だけど彼女を連れて帰らないと。新しいのを買っても、それは同じじゃない。替えの利かないものだってあるんだよ。そうでしょ？」

ナットくんがタオフーを見つめる。きっと、嘘はついていないと伝わっただろう。混乱と躊躇《ちゅうちょ》で眉根が歪んでいたが、結局、わかったというふうにうなずいてくれる。

「一緒に探してやるよ」

ふたりは首を伸ばしながら一緒に歩いて、あたりの道端や草むらを探し回った。けれども、時間が経てば経つだけ、左のスリッパさんの痕跡《こんせき》すら見つからないということがはっきりしてしまう。ナットくんはタオフーを慰めて、安心させようとしてくれた。

「替えの利かないものだってある。だけどおれたちが本当に努力すれば、替えが利くことだってあるかもしれない」

混み始めた道路を進んで家に帰る途中、運転するナットくんが穏やかな声で言った。

タオフーが力なく座り込んでいるのを見て、彼は話し続ける。

「昨日の夜、なんでおれが泣いてたか教えてやろうか」

それにぼそぼそと答える力も残されておらず、タオフーは隣のひとをただ目で追う。

だが少なくとも、その様子を見ただけでもナットくんは元気を取り戻したように見える。彼は唇を歪ませていたが、それが笑みに見えてくるより前に、また無表情に戻った。

「脚本をな、何回も何回も修正するよう言われたんだ。今書いてるようなシーンはいつも、チームの先輩とか同僚がおれの代わりに書き直して、問題をなかったことにしようとする。だけど、そんな修正は正しい問題解決の方法じゃない」

「ナットくんが書けなかったのって……どんなシーン？」

すっかり嗄《か》れていたが、タオフーはなんとか声を出して聞いた。

そう尋ねられたほうはしばらく止まっていた。まるで口に出すだけでとても痛い、というみたいに。

「感情の深いところを使わないといけないシーンだ」

「感情の深いところ……？」

「木のことを語りながら、それを単なる木にはしないシーン。紙のことを語りながら、それを単なる紙にはしない」

——スリッパのことを語りながら……それを単なるスリッパにはしない。

「記憶の驚異ってやつだな。ただおれには……」

ナットくんの呼吸が、詰まったみたいになる。

「おれにはそれが使えない」

聞きたかった。

（どうして？　どうしてナットくんみたいに優秀なひとに、それが使えないの？）

口を開こうとしたそのとき、家の塀が見えてきた。

右のスリッパさんのことを考えただけで、ナットくんになにかを尋ねる気力がなくなってしまう。

ナットくんもたぶん、答えてはくれないだろう。

わからないからじゃない。わかっていても、言葉にするのがあまりに難しいことがある。

タオフーは、自分の身体が小指くらいの大きさまで縮んだように感じた。

家に入ると、右のスリッパさんが待ち構えている。でもタオフーが真っ黒な裸足で家に入ってきて、左のスリッパさんがそこにいないのを見て、もっとも恐れていた問いが飛んできた。

「な……なにがあったんだ」

答えはタオフーの舌先で止まってしまう。今日、左のスリッパさん——片方だけのスリッパさんに起こったであろうことを想像するだけで、あまりに気持ちが重くなって、簡単に口を開けない。

タオフーは思った。ナットくんのことを、だんだん、本当に理解できるようになってきたかもしれない。

09　王宮の隠し財宝を狙う盗賊

タオフーが人間になって、三週間あまりが過ぎていた。

友人である「物」たちと、ナットくんとマタナーさんのふたりに囲まれた家の中の生活にも慣れてきた。

家にいる時間、タオフーはマタナーさんのいろんな手伝いをしている。最近ではおかずも作れるようになってきたし、ナットくんの好きなものを揃えてその帰りを待つこともできるようになった。しかもなぜかマタナーさん以上に、おいしく作れる。

だけどそれらは、すべてが家の中だけで起こっている。タオフーは家から出ようとも思わなかった。ナットくんがなんでも買ってきてくれて、三人での生活には十分なくらい蓄えがあるから、というのもあるだろう。なにかを買い足しにわざわざ出かけるような必要もなかった。

だけど今日は違う。

早朝、自分を警察署から連れて帰ってきたナットくんは、シャワーを浴びて、身だしなみを整えて、母の手料理を食べて、仕事に出かけた。それからタオフーは、自分も外に出かけようと決心した。そんなことを考えたのは今日が初めてだ。

「ぼく……お菓子が食べたくて」

タオフーは、なんとか考え出した理由をマタナーさんに説明する。

今日はマタナーさんが暗い。彼女のほがらかさは、夫の存在を見失った昨日から消えてしまっている。空虚《くうきょ》で渇いた瞳は、セーンおじさんがまだ戻ってきていないことを伝えている。

朝起きてきたマタナーさんは、タオフーとナットくんが自分よりも先に起きていたことに驚いていた。それであわてて子どもたちのために食事を用意してくれたのだが、タオフーが出かけると言い出して、またあたふたとしてしまった。

「お菓子を買いに行くって、星の王子さま、お金はあるの？　待ってね……おばさんがあげるから」

彼女はソファーさんから立ち上がると、読んでいた小説を置いた。百十二ページにしおりが挟まれている。昨晩と同じページのままだ。それから、財布をしまっているパントリーの下のほうの引き出しを開ける。

マタナーさんはあまりお金を使わないが、ナットくんは彼女にいつもお金を持たせるようにしている。母たるひとは何度も断っているのだが、ナットくんのほうはこっそりと、少額のお札を何枚も財布に突っ込んでいる。

だけど、引き出しを開けた今日の昼ごろ、その財布が入っていなかった。

「あら、お父さんが持っていったのね。まだ帰ってきてないしねえ」

「大丈夫だよおばさん。ナットくんが少しくれたし」

タオフーは嘘をついた。

「そ……そう？」

マタナーさんはぼんやりとしたままうなずいた。その興味は、こちらの答えよりも、自分が続ける言葉のほうに向いているみたいだ。

「も……もしおじさんに会ったら、家に帰るように伝えてね」

おばさんは年を重ねていて、身体も大きい。でもこれまで、ずっときびきびと動いて、明るかった。こんなふうに落ち着かないで、のろのろとして、口ごもって話すことなんてなかった。

タオフーはナットくんの寝室のチェアさんを思い出す。チェアさんは、慣れていないのに標準語を話そうとした。それで自信をなくして、言葉が詰まるようになってしまった。今日のマタナーさんも同じだ。自信が失われて、言葉が出なくなった。

昨日、マタナーさんの手からコンセントプラグを奪ったナットくんが、彼女をソファーさんに座らせるようタオフーに言ったあとも、マタナーさんはずっと泣いていた。怯《おび》え切っているみたいだった。ナットくんのほうはさっさと部屋に消えてしまった。彼女をどう助けてあげたらいいかもわからず、かわいそうになったタオフーは、勇気を集めて嘘をつくことに決めた。それで彼女が少しは楽になればいいと思ったのだ。少なくとも、一時的にでも。

〝――おじさんは急用ができたって言ってたよ。それでちょっと外に出ないといけないって。すぐ帰ってくるから、泣かないでねおばさん。おじさんが見たらさ、おばさんを悲しませちゃったってつらくなるだろうし〟

マタナーさんの悲しみはそれで収まった。だけど、まるで魂が枯れたみたいにおとなしくなってしまった。

「星の王子さま……」

彼女のしわしわの手が、希望をいっぱいに託すみたいに、タオフーの手を強く握る。

「おじさんに会ったら、絶対に言ってね。早く帰ってきてって。わたしが心配してるって。近ごろはほとんど外になんか出なかったのに、ひとりで出かけるなんてなに考えてるのかしら。最近は外もなにがあるかわからないし。ニュースを見てたって悪いひとばっかりで、ちっとも安心できない……」

その言葉に含まれたなにかが、右のスリッパさんがたったひとり放置されている床のところに、タオフーの視線を引きつけた。

苦い塊《かたまり》のようなものが喉のところにせり上がって、タオフーは泣き出しそうになる。だけど、今は泣くときじゃないというのもわかっている。

「うん、おばさん」

タオフーは視線を下に向けたまま答えた。

「ぼくがちゃんと連れて帰ってくるから。おじさんは大丈夫だよ。この家にみんな揃って、前とおんなじに幸せに過ごせるからね」

右のスリッパさんもそれを聞いているし、タオフーの言葉がなにを意味しているかもわかっているはずだ。だけど当の本人は目を開けてタオフーを見ることすらしない。そんなふるまいが余計に、タオフーの胸に詰まったものをふくらませて、気管と血管を圧迫する。息ができなくなって、脳まで血液が送り出されていかないように感じて、めまいがしてくる。

ソファーさんは、タオフーがなにを思っているか感じ取ったのだろう。それで言ってくれた。

「ハンサム、ユーはできる限りやってるって。ほかのみんなも理解してくれるはず。いつまでもネガティブになってるんじゃないよ――!」

ソファーさんの言葉はそこで止まった。タオフーが手を伸ばして彼女に触れたからだ。われらがクマさんは、懇願するみたいに首を横に振る。

タオフーにもわかっている。右のスリッパさんが今なにを思っているか、よくわかっている。今はきっとどんなことも知りたくないし、聞きたくないはずだ。マタナーさんがそうなっているのと同じように。

マタナーさんは夫を待ち焦《こ》がれて、悲しみを覚えてしまい、それだけにずっと執心《しゅうしん》している。そのせいで、自分のスリッパが片方なくなっていることにすらまだ気がついていない。彼女は裸足のままで歩き回りながら、床がいつもより硬く、ひんやりして感じることにも気づいていない。

心にとって大切なものが消えてしまうと、それ以外のほかのものがあったりなかったりするのは、大したことじゃなくなる。

タオフーは悲しみに沈んだまま家を出た。

外の広い世界は、これっぽっちも気持ちを晴れやかにしてくれない。陽射しは暑すぎるし、音はうるさすぎる。排ガスや埃《ほこり》も多すぎる。

左のスリッパさんみたいなかよわい女性がひとりで過ごせるような環境じゃない。だからこそ、タオフーはできるだけ急いで家を出てきたのだ。なるべく早く彼女を見つけて、家に連れて帰るために。

ちゃんと見つけられた暁《あかつき》には、ふたりのスリッパさんたちがタオフーを許してくれることを願うばかりだ。

家から警察署の前の歩道までの道のりは、歩いて行くにはなかなかに遠い。ただ、複雑に曲がりくねっていないのは幸運だった。おかげでタオフーはなんとか道を覚えていて、ひとりで歩いてこられた。

ただ道すがら、マタナーさんからお金をもらっておかなかったのは失敗だったかもしれないと反省していた。もしお金を持っていれば、バイクタクシーを停めて、望むまま、目的地まですぐに連れていってもらえたかもしれない。左のスリッパさんが家に戻るのは、早ければ早いだけいいに決まっているのだから。

ふたりのスリッパさんのうちのどちらが、より自分に怒っているかはわからない。自分が愛するひとを傷つけられるほうが、自分自身を直接傷つけられるよりも痛いんだと聞いたことがある。

しかも右のスリッパさんは、もともとタオフーのことをよく思っていなかった。今、彼は、なにが起こったかを聞いても沈黙したままで、タオフーを罵《ののし》りもしない。

それは、心の中で自分自身を罵っているのと同じことだ。生まれながら与えられた階級、上流階級たるクマのぬいぐるみを信じ切ってしまった自分への非難。右のスリッパさんは、互いに与え合う思いやりなんてものを信じたことはなかったはずだ。

今回のできごとは、上流階級のひとたちを十把《じっぱ》一絡《ひとから》げに見ていた右のスリッパさんは正しかったのだと、タオフーのほうからわざわざ証明し直してしまったみたいなものだった。

しかも右のスリッパさんにとって、もっとも深刻な裏切りを働いたのはタオフーではなく、油断によって自らの理想と立場に背《そむ》いた、自分自身なのだ！

残された唯一の希望は、タオフーが左のスリッパさんを連れて帰ることだ。ぐるぐるした思考は大事な結論にたどり着いたが、当の大事なものを見つけられていないせいでますます落ち着かなくなってしまう。

（左のスリッパさん、どこに行っちゃったんだ）

正午の陽射しは焼けるように強い。外にいる人々は、木陰や物陰を求めるように移動している。通り過ぎるだれもが、瘦《や》せてすらりと背が高く、光を反射しそうなくらいに肌の白いタオフーのほうを見てくる。警察署の前を行ったり来たりしながら一心不乱になにかを探しているタオフーをあごで指して、イケメンの存在を同行者に伝える人もいる。

すぐに、全身がびっしょりと濡れてしまった。おでこの汗をぬぐっていたものの、そのままその手で頭を抱えるようなかっこうになってしまう。

このあたりには屋台もないし、物乞《ものご》いもいない。警察署の横に続くタウンハウスは、ぴったりと扉を閉めているか、さもなければ一面がガラス張りだ。左のスリッパさんが隠れられるような死角はない。あるいは、蹴られたり、引きずられたり、掃《は》かれたりして入ってしまうような場所も。

タオフーとナットくんが上でおまわりさんと話していた時間はそんなに長くなかったはずだ。にもかかわらず、中から出てきたときには、もう左のスリッパさんの姿は見えなくなっていた。ここでタオフーを待っていると約束したのに。もしかすると、そのあいだにだれかが彼女を連れていったのかもしれない……。

今朝の様子を思い返しているうちに、タオフーは下手人に思い当たる。

（あのときの野良犬のやつらか……！）

警察署に向かうときにタオフーとナットくんに吠えかかった二匹の野良犬。あいつらが、左のスリッパさんをくわえてこっそりと連れていったに違いない！

そうだとしたら、左のスリッパさんが落ちている可能性のある範囲はもっと広くなる。仮にやつらが彼女を捨てて、だれかが彼女を蹴ったり払ったりしてどこかにはまってしまっていたとしたら、タオフーにどうやって見つけられるだろう！

見えてきた事実は痛ましいものだった。だけどタオフーはめげない。歩き続けて、道端の知らないひとに声をかけては、こんな見た目のスリッパを見かけなかったかと尋ねていった。でもいつまで経っても、道路の反対側に行っても、スリッパさんを見かけたひとはいなかった。

クマさんの白い肌がヒリヒリとしてきて、喉も渇いて、痛みを感じた。しかも全身がベトベトだ。タオフーは希望を託すつもりで、近くの大きな繁華街のほうを向いた。

ここの生鮮市場は、改修されてかなり清潔になっている。床はかさ上げされているし、排水路も、しっかりした屋根もある。とはいえ中はかなり蒸し暑い。

タオフーは、飲み物を売る店を眺めてはつばを飲み込んでいた。お金をまったく持ってきていない。本で読んだり、ナットくんの携帯電話さんでビデオを見たりしたけど、家の外のものを手に入れるにはなんであってもお金を使わないといけない。

渋い顔をして舌なめずりするばかりだったタオフーの近くで、声がする。

「あなた、あなた！」

正午は過ぎたが、市場の中はまだ大騒ぎだ。売り子たちが叫ぶみたいにガヤガヤ話す声、テレビにラジオの音、それに人間には聞こえない「物」たちの会話。

だからはじめ、タオフーはそれが自分を呼ぶ声だとは思わなかった。肩を突っつかれてようやく、驚いてそちらを振り向く。

声の主は、マタナーさんと同じくらいの年齢の女性だった。ただ、美しい体型を維持しているのと、念入りな身だしなみと化粧のおかげで、年齢より若く見える。

彼女の眉毛はきれいに抜かれていて、緑がかった黒のアーチが彫り込まれている。目には鋭く引かれたアイライナー。唇は赤色が少しだけ外側にはみ出すように塗られているので、ふっくらとして見える。テカテカと不自然に光る黒い髪は、カラーリング剤のせいだろう。頭の上にサッとまとめられて、黒いレースのネットで留《と》められている。

「買いもの？　普段は外に出てきてるの、ぜんぜん見ないわね」

自分のことを知っているように話しかけられたが、タオフーはこのひとを知らないし、見たことすらない。まごつきながら答える。

「は……はい」

相手はそれがわかったのだろう、ほほ笑んで自己紹介をしてくれた。

「わたしはチャンっていうの。ナーさんの隣の家に住んでるでしょ？　お手伝いに来たの？」

相手がだれだかわかって、クマさんも笑みをもらす。ご近所さんかと安心して、うなずいて答える。

「はい、チャンさん。ぼくはタオフーです」

「ナーさん、かわいそうよね」

そう言いながらタオフーの腕に触れて、歩き出すよう促す。その場に立ち尽くしていると、通行のじゃまになるからだ。

後ろをついていくと、彼女が話を続ける。

「ナーさん、ひとり暮らしのようなものでずっとお友だちもいなかったでしょ。ナットはいつも帰りが遅くなるし。お医者さんには連れていってるのかしら」

「お医者さん？」

「ほら、彼女はあんまり調子がよくないでしょ」

チャンという名の女性は、手を上げて自分のこめかみを軽く叩いた。

タオフーはようやく理解した。

たしかに。タオフーの目から見れば、おばさんはセーンおじさんのことを想いすぎているだけだが、ほかのひとからすれば病人にも見えるだろう。三十年前にソイ・ピー・スアに吹いた冷たい風のせいで、彼女は今日まで不調に苦しんでいる。

とはいえ、思い出してみても、おばさんが薬を飲んでいるのを見たことはない。

「普通、お医者さんってどういうときに行けばいいんでしょう？」

その率直な答えで、チャンおばさんが驚きの声を上げる。

「なんとまあ！　じゃあナットは本当にお母さんの面倒を見てないのね。わたしもお手伝いしようかって言ったことあるんだけどね、彼も自分の世界にひとを入れたがらないでしょ。アーティストだし」

ナットくんが非難されるのはあまりいい気分ではない。たとえそれが事実であるとはいえ、こちらも擁護する。

「おばさんはただおじさんのことを考えすぎてるだけだって、ナットくんも思ってるのかも」

「そうかしらねえ」

短い返答だが、チャンさんの視線と意味ありげなしぐさのせいで、タオフーは言葉が継げなくなる。年配の女性はタオフーがなにを答えるかは気にも留めず、歩き続けていく。目は脇のワゴンの商品を行ったり来たりしているが、その口はタオフーに聞く。

「それで、あなたがお出かけしちゃって、ナーさんは家にひとりで大丈夫なの？」

そうだ。本当はタオフーも気になっていた。

マタナーさんも心配だが、左のスリッパさんはもっと心配だ。だけどタオフーももう本当に行き詰まってしまって、これ以上どこを探せばいいのかわからない。

それで結局、クマさんは力なく答える。

「急いで帰りますね」

「そのほうがいいわ。年を取るとね、なにをするにもうまくできなくて。しかも体調が悪いんだから、近くにいてあげたほうがいいわよ」

「ありがとうございます」

タオフーは答える。

今日はひどい日だけど、少なくとも、やさしい、新しい友人ができた。それは喜ぶべきだと自分に言い聞かせた。


タオフーと別れてからも、チャンさんは生鮮市場のワゴンのあいだを縫って進んでいく。

普段彼女は、朝起きてジョギングに行く。そのついでにいろいろなものを買ってから、家に戻る。美しさにこだわる彼女のような女性は、朝よりあとに外に出ることをよしとしない。大切に手入れをしている肌に、しみやそばかすができるのを恐れているからだ。以前、顔の二、三ヶ所に小さくしみができたことがあったのだが、それを薄くするだけでものすごい時間と治療費がかかった。

食品ビジネスを営む家で育ったせいか、チャンさんは外で買えるインスタント食品などを信頼しないくらいに健康を気にかけている。その食材選びは慎重で丁寧だ。

でもクリーン・イーティングの信奉者たちのことは見下していて、そういうひとたちの食べている〝クリーン〟は、彼女が食材を選んで作る料理より〝清潔〟ですらないと考えている。そういうひとたちは流行のお尻を追いかけているばかりで、本当はなにもわかっていないと哀《あわ》れんでいた。

彼女の徹底した食材選びは広く知れ渡っている。この生鮮市場の客は数多くいるが、ほとんどすべての店が彼女のことを覚えていると言っていい。

売り子のおばさんたちは彼女のことをそんなに好きではないが、彼女にケチをつける勇気もない。彼女は食品を管轄する省庁の人間とつながりがあるんだとささやくひともいる（それが実際どこの省庁なのか、売り子のおばさんたちにはそんなに興味がないみたいだが）。

だがそれよりも轟《とどろ》く噂《うわさ》があった。チャンさんの〝友人〟のひとりが、ある生鮮市場を閉場させた武勇伝が伝わっていたのだ。それもただ、市場の客の車が、そのひとの家の前に数時間停められていたというだけの理由で。

そんなわけで、実際は顔を見るのも嫌なのだが、彼女がしなを作って店に近づいてくれば、みんなが笑みを見せざるをえない。そして会話をはじめる。

「今日は午後に来たんだ。日焼けしちゃうじゃない」

「タクシーに乗って、それから屋根の下を歩いてきたから。日傘もさして、SPF35の日焼け止めも塗ってるし。何回も塗り直したら日焼けしないのよ」

「へえええ……」

売り子のおばさんは声を伸ばす。その笑みに、胸焼けするような含みが見える。

「今日はちょっと銀行に用事があって出てきたの。このカイラン菜《パック・カナー》、どこ産かしら？」

「いやあ、わかんないよ。シー・ムム・ムアン市場から来てるから」

長々と御託《ごたく》を並べられる前に、売り子のおばさんはなんとか話を変える。

「チャンさん、さっきだれと話してたんだい。ずいぶんかっこいい子だね」

「タオフーっていうの」

そう答えた側は、聞いたほうの目を見ずに、ワゴンの上の野菜のひと束ずつに指をすべらせている。

「マタナーさんの家に最近来た子よ。お世話しに来たって言ってたけど、なにを聞いても全然わかってないみたい。息子が家に連れ込んだんじゃないかしらね」

「息子が連れ込んだ？」

チャンさんは口を動かしてなにかを言おうとしたが、すぐに口をつぐんで、ニヤリと笑うだけになった。

むかしむかしむかしの十日前、ほどよい陽射しの午後のこと。自己管理に熱心な年配の女性が、お気に入りの美容クリニックに出かける準備をしていたとき。ドアの鍵を閉めようとしているところで、彼女のよく聞こえる耳が、隣とつながった塀の向こうから漂うおもしろそうな会話を捉えた。

〝――わからないや。今はおばさんがかわいそうで〟

〝うん？　双子に好かれて、顔も似てて、選ぶのが大変だったたってことか？〟

そう聞いただけで彼女は耳をそばだてて、家のドアから少しずつ塀のほうに近寄っていった。

そのあとに続いた声は、隣の家にやってきたばかりのだれかのものだということをチャンさんは思い出した。二十歳にもなっていないハンサムな青年で、一日じゅうマタナーさんのあとをついて回っている。

一見、病人の面倒を見ながら話し相手になるべく過ごしているみたいだが、女性の病人の世話をするのが身内でもない青年であるわけがない。むしろチャンさんは、もっと深いあることを気にかけていた……。

〝違うよ。おばさんがかわいそうなのはさ、おじさんのライバルが、おじさん自身の兄弟だったからだよ。ケーンくんが言ってたみたいに、ふたりはそんなに仲良くベッタリってほどじゃなかったにしても、でも互いを全然知らないふつうのひとたちよりはしょっちゅう顔を合わせなきゃいけないでしょ。どちらを選ぶか決めなきゃいけないおばさんは、きっと大変だったろうなって。だってそれで兄弟の関係に傷がついて、仲違いさせちゃうかもしれない〟

〝うーむ。それもそうだな。だけどこういうのって、途中で止めたりすることもできないだろ。戦って最後は負けるとしても、その流れを受け入れなきゃいけない。——あんまり考えすぎないでくれな。でもあとでちゃんと考えてくれよ。最後に、タオフーはだれを選ぶのか〟

これだけの短い会話だったが、そう話したひとの目つきや顔色、それに匂わせ方は、どれだけ馬鹿な人間にすら意味が伝わりそうなくらい明らかだった。

チャンさんは心の中でほくそ笑んだ。彼女の気になっていたことが解明されようとしているからだ。しかし、あともう一歩近づこうとしたそのとき、隣の家から落ちてきた木の枝を罪作りな足が踏んでしまい、バキッと大きな音を立ててしまった。

件《くだん》の青年がすぐに振り返って、身を隠すのが間に合わないところだった。そのあとの会話はあまりよく聞こえなかった。

とはいえ、聡明たるチャンさんのような人間であれば、これだけで結論を出せる……。

すべてをおおっぴらにして、盗み聞きをしていたのは自分なんだと野菜売りのおばさんに教えてしまうことなどせず、チャンさんは短い答えをひねり出す。

「あらあ、ナットがなんなのか知らないの……」


市場の出口にたどり着くころには、タオフーはすっかりうなだれていた。だれに尋ねても答えは同じだった。

（だれひとり左のスリッパさんを見ていない）

とても口惜しいが、もう本当に家に帰らないといけない時間だと自分に言い聞かせる。

生鮮市場の軒先から足を踏み出すそのとき、突然、喧騒《けんそう》の中から漂ってきたある声を、タオフーの耳が捉えた。

「——だけどあれはクマのぬいぐるみなんじゃ？」

「クマだろうがクマじゃなかろうが今は人間なんだよ。あんなにステキなんだから、ナットがこっそり家に囲ってるのも不思議じゃないね。母親の世話をさせてるなんて嘘ついて——ワッ！」

最後の声ではっきりした。豚肉屋の電卓さんとまな板さんが噂しているのは、タオフーのことだ。相手が振り返るのに気がついて、ふたりとも目を大きく開けて、それから黙って眠っているふりをした。

普段のタオフーは簡単にだれかに怒るようなことはない。そもそも、抱き枕さん以外に、耳から煙を出すくらいだれかに怒ったことなんてまずない。

だけど今回は愛する持ち主まで悪く言われているわけで、許すことはできない。

背の高いクマさんはズンズンと歩いて、豚肉屋の前で止まった。トレイの上に置かれたり、かぎに吊るされたりしている豚肉は、赤みがかったピンク色で、恐ろしく見える。とはいえそれも、今タオフーから出ている凶暴なオーラほどではないだろう。

タオフーは息をヒュウウウッと吸い込んで、気持ちを落ち着かせようとした。なんにしたって礼儀正しくありたい。

「すいません、みなさん、勘違いしてますよ！」

「うん？」

丸い身体の豚肉屋のおばさんが、困惑《こんわく》した様子で携帯電話から顔を上げた。

「そんな話をどこから聞いてきたのか知りませんけどね、ぼくとナットくんはなんでもありませんから！」

「どこのナットくんがどうしたって？」

店主の苛立《いらだ》ちが見えて、これ以上ことが大きくなるのを恐れたのだろう。目を開いた電卓さんが少し動いて隣にいるまな板さんをつつき、それから弱々しく答えた。

「わかるわけないじゃない。ここの『物』たちが噂してるんだもの」

「そうそう。さっき自分はチャンさんと話してたでしょ。この話はチャンさんから来たんだよ」

そう聞いて、タオフーは思わず目を見開いた。

（なにか誤解されているに違いない！）

チャンさんにそんな話は少しもしていない。彼女は、信用できる、いいひとそうに見える。話を盛ってだれかを傷つけるなんてことはしそうにない。しかもまったくの隣人を。

そんなわけで、豚肉屋のおばさんがまな板に中華包丁をドン！　と振り下ろして「なんなんだよ、あんたは！」と聞いてきても、タオフーは気にしない。少しだけあごを上げて、市場の中に戻っていこうとした。

「チャンさんはこの中にはいないよ。あっちから出てったから」

電卓さんが言う。

「今ごろタクシーを停めて乗ってるんじゃないかね。死ぬほど暑いんだ、彼女が太陽を浴びて歩きなんかしないよ」

「ありがとう！」

そう言うとタオフーは後ろを向き、自分を指差して叫ぶおばさんを置き去りにした。

「おい！　戻ってきな！　ひとにケチをつけといてあっさり逃げようってか！」

タオフーは後ろの声を気にも留めなかった。今日の任務が失敗に終わったことすら忘れかけていた。今頭の中にあるのは、急いで帰るということだ。ナットくんの家にじゃない。その隣の家に！　すぐにチャンさんの誤解を解かないといけない。彼女が間違ったことを言い続けて、ナットくんがこれ以上傷つかないように。

外は暑く、疲れていたし喉も渇いていたが、タオフーはありったけの力を振り絞って走る。頭の中では、どう言えばチャンさんに理解してもらえるか、考えを整理していた。たぶん市場での自分の受け答えがまずくて、なにかを誤解したチャンさんが、そのままそれをほかのひとに言ったのだろう。

チャンさんの家の塀の前にたどり着くころには、身体はまたぐっしょりと濡れてしまった。

門扉《もんぴ》のベルを鳴らしたタオフーは、つま先立ちで中をのぞき込む。目標がもう帰宅しているのを願ってのことだ。チャンさんが家に帰っていれば、少なくとも、市場のひとたち以外とはまだ話していないと多少は安心できる——タオフーのようなクマのぬいぐるみには、市場が、噂を広めるのにどれだけ効率的な場所なのかわかっていなかった——。

ひとが出てきて、家のガラスドアの向こうに立った。ベルを鳴らしたのがだれか気づくと、ドアを引いて迎えに出てくる。

「どうしたの、タオフー」

「すごく大事な話があって、チャンさんと話したくて」

チャンという名の女性は笑みを崩さず、眉をほんの少しだけひそめる。おでこにしわが浮かぶのを怖がっているみたいだ。年齢不相応にすべやかな手が、門扉の鍵を開ける。

「暑いし、中で話しましょう」

タオフーは家の主に続いて足を進める。うろたえているせいで、両手の指を曲げながら絡めてしまう。チャンさんがガラスドアを開けて、エアコンの冷気が心を潤してくれても、その決意がしおれることはなかった。

「ソファーに座ってね。お水を持ってきてあげるから。なんでタクシー乗らなかったのよ。疲れたでしょう」

（やっぱり本当に、チャンさんは他人に対して丁寧でとても思いやりのあるひとだ。ぼくとナットくんのことをあんなふうに話すなんて、誤解があるに違いない）

タオフーは彼女にうなずいてから足を進めて、応接セットに身体を預けた。

チャンさんの家はナットくんの家と同じ広さだが、中は狭く見える。じゃまなくらいに大きな家具を置いているせいだ。そのどれもが濃い色の本革製だ。壁や棚には、いろいろな動物の剝製《はくせい》が飾られている。本物の剝製もあれば、レプリカも。壁にかけられた鹿の頭、セラミックの鷲《わし》、蝶の標本などなどに続いて、蛇革とワニ革の鞄《かばん》。

全方位のカーテンをぴったり閉めて蛍光灯の明かりだけを使っている家にそれが合わさると、展覧会、というよりタオフーの見立てでは、墓場みたいだった。かつて生きていたものたちの死骸《しがい》を集めた場所！

次の瞬間、タオフーは気がついた。どうして墓場みたいに感じたかといえば、この家ではどんな音も聞こえないからだ。

（なんて不思議なんだ）

家の中のどんな「物」も会話をしていない。まるで彼らもただの死骸であるみたいに。魂の抜けたむくろ。

チャンさんは、背の高いグラスにナーム・デーン――サラクヤシなどの香りをつけた、赤色のジュース――を入れて戻ってきた。それをタオフーに渡してから、隣のソファーに自分も身を預ける。

クマさんはお礼を言うと、無礼になりすぎないように自分から話し始める。

「こんな、ぜんぶカーテンを閉めてるんですね。どうりでチャンさんのこと、見たことなかったわけだ」

「太陽光にはUVAとUVBが含まれてるのよ。肌がくすんで、しわになっちゃうかもしれないし、もしかしたら癌《がん》になっちゃうかも」

「ほかのひとも見たことないや」

「夫とふたりで住んでるの。彼は地方にいるから、あんまり帰ってこないのよ」

「ああ……そうなんだ」

タオフーは小さい声で言って、グラスのナーム・デーンを飲んだ。原液を水で割ってあるが、甘すぎて喉にしみて、むせそうになる。

「さっき、大事な話があるって?」

「そうなんです」

クマさんは姿勢を正し、グラスをガラステーブルに置いて、真剣に話す準備をした。

「市場から帰るときに、まない……ああ……だれかが、ナットくんはおばさんの面倒を見させるためだけにぼくを住ませてるんじゃなくて、ぼくを家に囲ってるんだって言ってて。それをチャンさんから聞いたって言ってたんです」

タオフーのはっきりとした言葉と、大きく開かれて、まっすぐ前を見つめる瞳。向かい合うチャンさんから否定の言葉を得られるはずだという、強い確信を示す態度だ。

チャンさんは、しわを恐れた、口の端を少しだけ上げる笑みを見せている。尋ね返す言葉は軽やかだ。

「そうなの？　だれかしら、そんなことを言ったの」

タオフーは思わずどぎまぎしてしまう。

「その……」

理由はなんであっても、嘘をつくのには慣れないし、落ち着かない。

「名前はわからないんですけど」

「知り合いじゃないなら信用しすぎないことよ、タオフー。最近のひとは言いたいことばっかり言って、あんまり当てにならないから」

「そうですよね」

タオフーは安心して息を吐いた。敬愛すべきチャンさんが、まな板さんや電卓さんが言っていたようなことはするはずがない。そんな確信がさらに強くなった。

「ぼくも本で読んだんですよね。人間はときどき、かなり信用できなくなるって」

「一見心やさしい人が、そう見せてるとおりに本当にやさしいのか、わたしたちにはわかりようがないでしょ。近くにいるひとが一番信用できないことだってあるかもしれない」

そう言う家の主は自分のグラスに視線をやって、それを持ち上げて軽くすすった。そして咳《せ》き込む。

「あらやだ、甘すぎたわ。さっき飲んだときに言ってちょうだいよ、タオフー」

注意されたほうはニカッと笑う。

チャンさんはタオフーをかわいがるように笑った。

「これであなたのこと、信用できなくなってきたわね」

「チャンさんがかわいらしいから、ぼくもかわいくふるまわないとですし」

この家の主は、タオフーのほうを、軽く、ゆっくりとにらんだが、相手がまだ本気で歯をイッと出して笑っているのに気づいて、今までより少し大きな笑みを見せた。

「ほんとはね、健康維持にすごく気をつかってるのよ。だけどたまのお客さんが来るのに味の薄い飲み物ばっかり出すのもどうかと思って」

そこで彼女が唇を舐《な》めたので、言葉が止まった。

「作り直してくるわね。このままじゃ明日、市場で、チャンさんはジュースもまともに作れないんだって言われちゃう。ちょうだい」

チャンさんがグラスを回収してくれて、タオフーは感謝を述べる。

問題が解決してホッとした。でも同時に、突然面倒な話を持ち込まれた彼女に申し訳なくも思った。

待っているあいだに室内を見回すと、大きなテレビを置いたキャビネットの上のところに、額に入った古い絵が飾られているのに気づいた。この家の主と親しくなったような気分のタオフーは、立ち上がって近くでそれをよく見てみる。

描かれたのはだいぶ前だろう。線がだいぶ薄くなっている。それでも、肖像として紙の上に描かれたモデルの女性の美しさははっきりとわかる。はつらつとした美しさで、近くにいるひとが畏《おそ》れ多く感じてしまいそうな自信が見て取れる。

下のほうには雑な文字で描き手がサインをしていて、タオフーはそれを読み解こうとする。

「わたしが若かったときよ。きれいで啞然《あぜん》としちゃうでしょ、タオフー」

戻ってきたチャンさんは、冗談を言うみたいに声をかけてきた。そのタイミングで、タオフーもちょうどサインの文字を読むことができる。

「ウマー、さんに、捧げる……」

「わたしの昔の名前よ。お坊さんが、家族のことで問題があるって言うから、あとで変えたの。新しい本名がサッチャーリー。ほら、名前にだって真理《サッチャ》――本当のこと――が入ってる。タオフーに嘘なんかつけないわね」

とはいえ聞いていたほうは、新しい名前よりも古い名前が気になっていた。

(不思議だ。チャンさんの昔の名前はずいぶんなじみがある。どこかで聞いたような……)

＊＊＊

同時刻、隣の家。

かがんだかっこうの母は、脇目も振らずになにかを探している。家のガラスドアが引き開けられる音が聞こえて、彼女は顔を上げ、眼鏡をかけ直す。

それがピーラナットだとわかり、母は満面の笑みを浮かべる。

「今日はナットのほうが早いわね」

クンチャーイがバタバタと走り寄ってきて、喜びとともに飼い主を迎える。その口には片方しかない母のスリッパをくわえている。いつもみたいに褒めてもらうためだ。

「おお、よしよし。すごいなクンチャーイ。置いてきていいぞ」

家に入ってきたひとはお菓子と果物の入った袋を、自分の横にあるパントリーのカウンターに置く――応援セットから離れていないから、いつもならすぐ、あの問題児がクンチャーイと先を争って買い物袋を奪いに来る。だけど今日は姿を見せない。それでピーラナットは母に聞いた。

「母さん、タオフーの野郎は？」

「野郎はないでしょ」

母はそう注意しながら遠回りして冷蔵庫を開けて、グラスに水を注ぐと、それを息子に差し出しながら言葉を続けた。

「王子さまは外よ。お菓子が食べたいって言ってて、それでお父さんにも――」

「お菓子が食べたい？」

ピーラナットはグラスを受け取る。最初の母の言葉はまったく気にしていない。

「ええ。結構経ったわよ。お父さんを待ってるのかしら――」

「毎日大量に買ってきてやってんのに、これ以上なにが食べたいってんだ」

冷たい水も心を冷やしてはくれないようで、彼はそう文句を言いながら眉をひそめた。

「ナットが買ってきてないのが食べたくなったんじゃない」

母は息子をなだめようとする。それからのそのそと歩いて、なにかを探し続ける。

「それで、母さんはなにを探してるの」

「お財布」

母は振り返らずに答える。

「朝から探してるんだけどね、見つからないのよ――」

そう聞いたピーラナットも、パントリーの下の引き出しを開けに行く。ここが隠し場所なんだと母は言っていたが、家の中のだれもが知っているだろう。おまけに母はときどき、ひっぱたきたくなるくらいには忘れっぽくなる。

そんなふうに思われているとはまったくわかっていない母は、歴史が専門の社会科教員らしく、長々と説明を続けている。

「――よかったわよ、ナットがあの子にお金をあげておいてくれて。わたしがあげられなかったんだもの」

ピーラナットの眉根が、ますます寄っていく。

第一に、引き出しには本当に母の財布は入っていない。そして次に、自分はタオフーには一バーツたりとも渡したことはない。

母は自分の夫についての愚痴を続けている。しかしいつもと同じで、ピーラナットにそれを聞く気はない。その視線は、家の中を見回している。

最近、家の中はきれいに整理整頓されている。タオフーが現れてから、母の代わりにやるようになったからだ。

(だけど今日は、クンチャーイのせいで散らかっている。つまり、タオフーは本当に長い時間、外に出ているってことだ)

ピーラナットが自分のことを考えているのがわかったみたいに、太った犬が母の片方のスリッパをくわえて戻ってきて、それをパントリーの引き出しの横に置いた。普段だったら、よく覚えてるやつだと心の中でおもしろがっていただろう。

スリッパが脱ぎ捨てられているのを最初に見たのは、たしかにここだった……。

＊＊＊

〝一見心やさしい人が、そう見せてるとおりに本当にやさしいのか、わたしたちにはわかりようがないでしょ。近くにいるひとが一番信用できないことだってあるかもしれない〟

その言葉がタオフーの心でふたたび響いたのは、〝ウマー〟という名前をどこで聞いたのかついに思い出したときだ。

〝彼女は物知りで、自信にあふれていて、自分自身でものごとを決めて、やり遂げることができるひとだった。なんにも上手にできないわたしとはぜんぜん違った――〟

（そうだ……ウマー！）

マタナーさんをかつて苦悩させた女性の名前だ！

〝ウマーさんといると、わたしは自分がちっぽけな人間に思えた。おじさんの車から降りて挨拶《あいさつ》をした最初の日、彼女は真っ赤な口紅のついた唇できれいに笑って、甘い声で、冗談とも本気ともつかないようなことを言ったの。「マタナーさんは幸運なひとね。一生懸命になって助けてくれるひとがいて。

でもその幸運がありがたいわ。おかげでわたしも、幸運なひとになれるから――」って〟だけど……世界がそんなに狭いなんてことがあるだろうか。チャンさんはずいぶんやさしそうに見える。おばさんを苦しめたのと同じ人物とは思えない。

「タオフーは絵とか写真を見るのが好きなの？」

チャンさん――サッチャーリー、あるいはかつてはウマーという名前だったひとが聞く。客人が、ずいぶんと長い時間、興味深そうに自分の肖像画を見つめているからだ。

彼女の細身の身体がサッと動いて、キャビネットの下のガラス扉を開ける。そして、そこにしまわれていた古い写真立てを渡してくれる。

「上に置いておくと埃がついて汚いから。ぜんぶしまってあるの」

タオフーはまだなにも話さずにいる。目に映るそれぞれの写真が、今まさに秘密の沼地の奥底に運んでくれているような気持ちになる。

ほとんどの写真は、チャンさんが若かったときのものだ。しゃれた服装が、本人の自信とはつらつとした性格を示している。多くの写真は、男性とふたりで写っていた。背が高く痩せていて、当時の流行なのかわからないが、身体よりも大きめの服を身に着けていることが多い。

けれどもタオフーの目と心を引いたのは、そのひとの顔への奇妙な親近感だった。

タオフーはその写真をキャビネットの上のところに置いて、手に持ったほかの写真を見た。

今度の写真には四人写っている。ひとりはチャンさん、もうひとりはどこかで見覚えのある女性だ。ただ、今よりも身体は小さいし、今よりも自信なさげだ――。

「わかる？　マタナーさんよ」

（そうだ、ナットくんのお母さん！）

ふたりの女性が左右の端に立って、真ん中にふたりの男性がいる。その顔はそっくりだが、与える印象が微妙に違う。

「シップムーンさんとセーンさんよ」

「ああ……はい」

「このふたり、顔がそっくりでしょ。双子なの。それでご両親が、ひとりをセーン、もうひとりをシップムーンって名付けたのよ。シップさんは兵隊だったから身体が大きいわね。わたしの夫は工場のマネージャーだったから身体は小さくて——」

「ちょ……ちょっと待って。チャンさんが言ってるのはつまり——工場のマネージャーっていうのは——セーンさんがチャンさんのだんなさん？」

語っていたほうの笑みが少し味気ないものになる。瞳の光は、タオフーがなにに驚いているのかを理解していることを示している。

それに続く説明の言葉はまだ甘く聞こえたが、攻撃するような響きも含まれていた。

「そうよタオフー。セーンさんはわたしの夫。マタナーさんの夫はシップムーンさん」

10　ビルマ軍に奪われたテープ・カサットリー王女

むかしむかしのとってもむかし、あるところに。

冷たい風がほんのりと吹き始めた、暗くてぼんやりした日だった。

冷たい風は、ある甘い恋の物語を思い出させる。

でも、同時に、病の原因にもなる。

それで恋の物語というのは、奇跡の起こらなかった病のことなんじゃないかと思ってしまったりもする。


その年の寒季のはじまり。ソイ・ピー・スアの奥にある家の老女が高熱に倒れた。孫娘に助けを求めるつもりで彼女のかけた電話が、別のだれかを彼女のもとに連れてきた。

病院で目覚めた彼女が最初に目にしたのは、襟足《えりあし》を伸ばした、はちみつ色の肌の見知らぬ男と並んで座る、孫娘の姿だった。

その人物の脇にはりんごの袋が置かれている。男が大きな笑みを見せると、角張った顔が柔《やわ》らかく見えた。

〝おばあさんはたぶん覚えてないと思いますよ〟

〝おばあちゃん〟

孫が彼女の腕をつかんで答えを教えてくれる。

〝セーンさんはね、おばあちゃんを病院まで運んでくれたひとだよ。あの日、おばあちゃん調子が悪くて、間違い電話をかけちゃったの。でもセーンさんが助けてくれてよかった〟

〝ああ！〟

まだ思い出せていなかったが、老女はうなずいた。

今はっきりとわかるのは、青年のキラキラと光る瞳だ。彼女がひとりで懸命に育ててきた孫娘を見つめる、その視線。

そのとき、後ろのドアが開いて別の人物が入ってくる。孫娘のマタナーがセーンさんと呼ぶ男と瓜二つの顔をしている。ただこちらの青年のほうが、身体が大きくてがっしりしているようだ。その顔だけじゃなく、彼女の孫を見つめる、甘さを含んだ視線も同じだった。

〝おお、おばあさん、目が覚めたのか〟

彼女が目を開けているのを見て、入ってきた男がワイをした。

〝おばあさん、りんごはお好きですか。お見舞いに買ってきましたよ〟

眉をひそめた老女に見つめられたマタナーは、少しばつの悪そうな顔をする。

〝シップムーンさんはセーンさんの双子の弟。おばあちゃんを助けるときに、一緒に車に乗ってきてくれたの〟

マタナーさんにとって過酷だったその年、彼女を乗せた乗用車――フォード・コルティナ――は、ソイ・ピー・スアをひんぱんに出入りした。セーン・ブララットが運転手。助手席に座るのがシップムーン。肩が張って背筋の伸びた、軍人の男らしい人物だった。

セーンのほうは陽気な男で、ラーチャブリー県にあるドレッシング工場でサブ・マネージャーとして働いていた。

シップムーンは士官学校予科の第十期生だった。チュンラチョームクラオ陸軍士官学校に進学して、第二十一期生として卒業した。それから特殊作戦司令部の副司令官に着任して、パー・ワーイ空挺隊としても知られる第一特殊作戦師団に所属した。

こちらの男は寡黙《かもく》で口数が少なく、普段はエーラーワン駐屯地の同僚や先輩後輩とばかりつるんでいた。それがときどき、バンコクの両親や双子の兄を訪ねて戻ってきていた。

車上で双子の兄の語りがマタナーさんを明るくさせているあいだずっと、シップムーンは黙っていた。マタナーさんが幸せそうにほほ笑むのを見ているのはとても幸せだった。とはいえ彼女の視線は、バックミラー越しに見つめ返すセーンばかりに向けられていたのだが。

シップムーンは自分がおじゃま虫だということをわかっていた。ただそれに気づかないふりをしていたのだ。いつもセーンの車に相乗りしていたのは、自分の好きになった女性に近づくためだった。

セーンのほうは少しイラついていた。もともと自分と弟はあまりに性格が違いすぎる。ただマタナーさんもシップムーンを追い払おうとしないし、当の本人もただ静かに座って、会話のじゃまもせず、尋ねるのも答えるのも一言で終わり、だれかがなにか言えばそれに従うということが多い。それで結局、わざわざシップムーンを追い返す理由もなくなってしまった。

マタナーさんは、シップムーンは穏やかで気楽な人間で、ぼんやりと考えごとをするのが好きで、会話に参加するのはあまり好きじゃないのだろうとずっと思っていた。その理解が一変したのが、職場での気詰まりを打ち明けた日のことだった。

学校のだれもが、新任教師マタナーの能力の高さを噂《うわさ》している。タイ史とはそんな科目だった。しかしマタナーさんは言う。

〝でも気詰まりもするんです。わたしの専門的な知識の細かい部分に、わたし自身も疑問を持たないといけないことがあって〟

〝うん？〟

セーンには意味がわからない。

彼女が説明を続ける。

〝わたしたちタイ人は本当にアルタイ山脈から移動してきたと思いますか？　バーン・ラチャンの人々は、本当にアユッタヤーを守るために命を賭《と》した戦いに臨んだと思いますか？〟

〝違うのかい？〟

マタナーさんは暗い気持ちになってため息をついた。食品工場のサブ・マネージャーにこんな話をするなんて、自分はどれだけマヌケなんだろうかと考えていた。

するとセーンのほうが笑いを漏らす。

〝説明にはもう少し時間がかかるみたいだね。でも大丈夫。これから毎週、土日は喜んでバンコクまで来るよ〟

〝タイ人はどこから来たわけでもない。タイ人はこの地域に住んでいた。バーン・ラチャンの人々はだれかのために戦ったわけじゃない。自分たちのために戦った〟

シップムーンの何気ないつぶやきで、マーブンクローン・センターに向かうフォード・コルティナの中が一瞬で静かになる。車内には、マタナーさんの好きなラブソングだけが聞こえていた。

マタナーさんがシップムーンのほうをしっかりと見つめたのは、ほとんど初めてのことだった。驚きに満ちた視線。

それに続く彼の言葉も変わらず落ち着いていて、自分がだれかよりも優れているのだと誇示するようなそぶりもまったくなかった。

〝本来、歴史というのは、かつて起こったことの記憶を記録したものじゃない。記憶を誇張して、語り手それぞれの論理で語り直しているものだ〟

その日から、弟を見るセーンの目つきが変わった。マタナーさんと約束があるときには、お茶を濁《にご》して、シップムーンが車に乗ってこないようにした。弟はなにも言わずに、ただ〝ナーさんにりんごを買って行ってくれ〟とだけ繰り返した。

〝おばあさんはどんどん悪くなってる。噛む力は残ってないよ〟

〝ナーさんは好きだろう。ほら、金だ〟

それから、双子の意見は食い違っていく。マタナーさんはおばあさんの治療費を捻出できなくなった。けれどもソイ・ピー・スアの奥の一軒家を請け出すための金も必要になった。セーンは愛する女性を助ける手段を探して奔走《ほんそう》していたが、シップムーンは厳《おごそ》かな声ではっきり言い切った。

〝うまくいきっこない。ぼくたちが引き止めたって、おばあさんは苦しむだけだろう。しかもそのあとは、ナーさんもおまえも一緒に苦しむことになるぞ〟

セーンはこの意見を耳に入れなかった。これがマタナーさんの心を――シップムーンよりもしっかりと！――勝ち取るために大切なやり方だと思い至ってからは、余計に。

彼はドレッシング工場の工場長にも借金を申し込んだ。セーンの仕事の能力と、工場長自身の娘からの懇願もあって、ついにマタナーさんを助けるまとまった金を手に入れることができた。しかし同時に、この金が彼と彼女を引き離す原因にもなってしまった。

「父に言われたセーンは、わたしにいろんな仕事を教えてくれた。あのころはバンコクの大学を出たばっかりで、地方の工場の仕事なんて好きになれなかった。だけどセーンの見立てがよくて、工場を大きくするっていうやる気が出たの」

そう語るチャンさんの手にある、作り直したナーム・デーンのグラスがだんだんとぬるくなって、グラスのまわりの曇りが集まり、水滴に変わる。チャンさんはグラスから少しだけ飲んで、続けた。

「わたしはナーさんみたいにかわいらしくもないし、守ってあげたくなるようなタイプじゃない。だからセーンは、はじめからわたしのことは気にもしてなかった。ただわたしたちには、仕事を覚えながらお互いを知っていくだけの時間が十分にあった。セーンが言ってたの。わたしのいいところは忍耐だって。もしわたしがナーさんなら、自分の状況をどうにかするためにあらゆる方法を考えたし、現実を受け入れて、自分から返せるものがない状況で他人からの助けを簡単に受け取ったりはしなかったわ。しかもその相手が、自分の本当に愛しているひとなら。わたしは、自分のせいで相手も一緒に苦しませたりはしない」

セーンさんは、責任を果たすためにだんだんとマタナーさんと距離を置くことになった……マタナーさんを助けるための負債のせいで生まれた責任。そのあいだに、彼の愛した女性は、シップムーンさんと距離を縮めていった。

「わたしはナーさんのこと理解できるわよ、タオフー。あのころ、彼女の人生は問題だらけだった。まわりに残されたのはシップさんしかいない。しかも彼は厳格で、安定感のある軍人。彼女にとっては頼り甲斐《がい》があったはずよ。それでたぶんふたりの関係は進んでいって、ついには結婚して、ナットが生まれた。ナットが二歳のときに、わたしはセーンと結婚した」

チャンさんが気が大きい性格だったこともあって、工場の事業は急速に、身の丈を超えて拡大した。それが九十七年の経済危機に直面して、家族で手掛けていた事業が不安定になる。身を軽くするために、彼女は多くの資産を売却した。

そして最後は、ほかの資本家が自分たちの工場を吸収するのをゆるすことになった。セーンさんは工場を離れ、遠く北部で新しい仕事についた。

「悲しい話よ。わたしの人生で一番悲しくて、痛ましい時期だった。自分の工場がほかの人間の手の中に落ちていくのを見なきゃいけない。いざ引っ越してセーンと一緒に住もうと思ったって、また苦しいの。彼がわたしと一緒に学んで蓄積してきた能力を使って、だれだかもわからないひとの事業を大きくさせていく。それを目にしなきゃいけないんだもの。そのころちょうど、シップが一軒家を買うっていう話を聞いたの。バンコクの旧市街なんだけど、立地がよくて値段はすごく安い。それでシップに言って、隣のもう一軒を押さえる手続きをお願いしたの。貯金をここにつぎ込んで、それで引っ越してきた」

チャンさんはさらに続ける。

はじめ、彼女の夫は、どうしてわざわざ双子の弟が住む隣に家がほしいのかと訝《いぶか》しんだそうだ。彼女は自分なりの理由を説明したあとに、シップムーンも投資目的で買っている意味が大きいのだし、そこには住まないだろうと重ねた。

そのあとは何年も、考えたとおりにものごとが運んだ。

ただシップムーンが亡くなったあと、息子のピーラナットが隣に越してくる気になるとは考えていなかった。

とはいえべつに、夫の昔の恋人相手に気まずいというわけでもなかった。

ただマタナーさんが、死んだ自分の夫はセーンさんだったと妄想で思い込んでしまっていることがわかり、セーンさんのほうは気詰まりしてしまった。

それであまり家に帰ってきたがらなくなって、今もチェンマイでコンサルティングの仕事を請け負っている。

【奇跡《パーティハーン》】〔名〕驚くべき奇妙なこと、または驚くべき奇妙さ
〔動〕普段はなし得ないことをする

われらがクマさんの身に今起こっていることを、奇跡と呼べるのかどうかはわからない。ごめんなさい。べつにタイ語専攻を卒業したわけじゃないんだ。もしかするとこれは奇跡じゃないのかもしれない。たしかに奇妙に見えることなのだけど、今回のこれは、すべてをひっくり返してしまうような奇妙さだ。


タオフーは、突然、世界に災《わざわ》いが降りかかったような感覚になった。自分は天井から下向きに立っていて、頭の上に奈落の底が広がる。壁は左右が逆転している。あらゆるものが均衡を失って、いびつになっている。

自分のまわりが、パスワードを使わないと開けられないクリプテックスだらけになったみたいだ。今、そのパスワードが解読されて、ひとつずつ開けられている。過去に見たものが頭の中に戻ってくる。

マタナーさん――宙に夫の姿を認めて、タオフーのことをほかの星から来た星の王子さまだと簡単

に信じてしまうひと――のすべての言葉、そしてナットくんのすべての言葉、すべてのふるまい。〝母さん、いい加減にしろよ！〟ナットくんの怒声がふたたび頭の中で響く。隅々に隠されたものをすべて明るみに出してしまう爆発だ。

（そうか――！）

これではっきりした。ナットくんの言葉が本当はなにを意味していたのか。彼が母になにを〝いい加減に〟してほしかったのか。そこからだんだんと、さらにいろいろなことがわかっていく。どうしてずっとナットくんは気づかないようなふりをして、母と話したがらなかったのか。

そしてどうして昨日の夜、彼が激しく泣いて、だれかの抱擁《ほうよう》をあんなにも求めたのか。

チャンさんがタオフーを見つめながら聞く。

「これでタオフーにもぜんぶわかったでしょ」

タオフーはまだ黙っている。わかったと答えるわけにもいかない。まだよくわからないような気もしている。巨大なわからなさの塊《かたまり》の上にある、あまりに小さな〝わかった〟に気づいたくらいなのではないだろうか。

（どうしてだろう？　どうしておばさんは、自分の夫についての話をそんな方向に歪《ゆが》めたのだろう。どうして自分の膨大な記憶を捨ててしまったんだろう？）

そんな疑問で頭がいっぱいになっていて、自分がなにをしているかも、自分になにが起こったかもほとんどわからないままだった。

気づけば目の前の風景が急に切り替わって、パントリーの下の引き出しの横に、右のスリッパさんがひとり捨て置かれている。

そのとき、身体の中のいろんな場所にある、知覚をつかさどる粒子が、心臓に集まっていく。ゆっくりだったものがだんだんと速度を上げる。そのどれもが、まるで針のように、タオフーの心臓の表面に強く突き刺さる。ひとつひとつがチクリと痛みを引き起こして、血が流れる。タオフーの皮膚がピクピクと震《ふる》えて、目からは雫がこぼれていく。

その液体がタオフーの疑念や困惑《こんわく》を洗い流してくれて、わかる気がする。

どうして、ある記憶がだれかのところから消えてしまうのか。

（それはたぶん、傷の痛みが重すぎるからだ。だからぼくたちは、それを消し去りたいと思ってしまう。罪が大きすぎるから、ぼくたちは、そもそもそんなことは起こらなかったと思いたくなってしまう）

「星の王子さま、星の王子さま」

タオフーは我に返る。その呼び声のおかげではなくて、腕の後ろを触られたからだ。目をパチクリとさせていると、いつのまにかマタナーさんが目の前に立っている。そしていつのまにか、自分も家に帰ってきている。

マタナーさんの瞳は、期待で大きく見開かれていた。なにかを話すみたいにマタナーさんが口を動かしているのが見えたが、耳に聞こえる雑音があらゆる音をかき消している。頭を少し振ってようやく、まわりの音が戻ってくる。

「――おじさんに会えたのよね？　なんて言ってた？」

「ぼ……ぼく……」

タオフーは、また大きな罪の塊が胸で痛むように感じる。それが溶け出して、喉の奥で苦味になる。どう言ったらマタナーさんを失望させずに済むか。それとも嘘をつき続けるべきか……。

そのとき、ピントが偶然マタナーさんの後ろに合って、ナットくんが、パントリーの奥の小さなキッチンに立っているのがはっきりと見えた。

そのあたりは家の中でもかなり奥まっていて、それなりに暗い。だがそれでも、ナットくんが厳しい顔つきになっているのがわかる。

タオフーはなんとかつばを飲み込んで、マタナーさんに答えることにした。

「まだおじさんに会えてないんだよ」

「やだ、お父さん」

マタナーさんの瞳から突然涙が流れ出した。それ以上涙しないようになんとか堪《こら》えながら、冷静でいようとしているようだ。

「もう一回電話してみるわね」

派手派手しい服に身を包んだ太った身体が向こうを向いて、携帯電話を取り出す。応接セットのほうに進んだタオフーは、ナットくんの声で足を止めた。

「おまえ、どこに行ってきたんだ」

その声色は明らかに暗い。

思わず視線を下げてしまう。それでまた、右のスリッパさんの姿が目に入る。彼は眠ってはおらず、片目だけを開けてこちらを見上げている。

「どこに行ってきたのか聞いてるんだ」

ナットくんは、声に響く感情を落ち着かせようとしている。だけどもちろん、〝ようとしている〟わけなので、その下に隠れているものは小さくないはずだ。

答えを見つける難しさがまたやってきた。

苦いものが、喉だけでなく唇まで広がっていく。

ナットくんは塀のところを歩いてきた自分を見ただろうか。見ていたとしたらどう思っているだろう。

今まで、ウマーという女性は恐ろしいひとだと思っていた。マタナーさんの自信を奪って、自分は小さい人間なんだと思い込ませてしまったからだ。

今のタオフーは、彼女は凶暴でも危険でもないと思い直しているけど、ナットくんはどうだろう。タオフーと同じように思ってくれるだろうか。

タオフーは結局、嗄《か》れた声で答えた。

「その……隣のチャンさんと話してきたんだ」

なんらかの理由で、右のスリッパさんの口の端がピクッと動いた。こちらの言葉を冷やかそうとするみたいに。

ナットくんの声がタオフーの視線を引き戻す。

「彼女がだれか知ってるのか」

タオフーはうなずく。

「さっき知ったよ」

躊躇《ちゅうちょ》したタオフーはそこで言葉を止めて、口元を歪める。聞けない。聞いたらナットくんはもっと機嫌が悪くなるだろう。だけど最後は、心に引っかかったもののほうが強かった。

「ナットくん、どうしておばさんは――」

「何番だったかしら？」

マタナーさんがひとりごとのように言う。彼女はしばらく携帯電話の画面に指をすべらせていた。ナットくんは大きく息を吸い込んでいる。感情を抑えようとしているみたいだ。それでも、そのあとに出た声にも、その視線にも、感情がしっかり籠《こ》もってしまう。

「一番よくわかっているのは、すべてを実際にやった人間だな！」

「ナット、お父さんの番号が見つからないのよ。ちょっと――」

マタナーさんが話し終わる前に、ナットくんのすらりとした身体はその場を離れて、ドンドンと大きな音を立てながら急いで階段を上がっていってしまう。

「あ……あら」

マタナーさんは呆然《ぼうぜん》としている。だれにも頼れないとわかると、近くの棚を開けて、しゃがんで中を探っている。

「どこかにメモしたかしら」

「プア・ベア！」

ソファーさんが突然大声を出してびっくりしたタオフーは、理解できないというふうに下を見る。

「な……なにが?」

「ユーはまったくわかってないのね。ナットはドント・ライク・おばさん・ネクスト・ドア・トゥー・マッチだってこと。シーは口が悪いんだよ。昔、シーがディス・ハウスに来るときはいつも、ナットは今すぐ追い返したいっていう気持ちを押し殺してた」

「チャンさんを?」

タオフーは混乱してしまう。隣の家の婦人がそんなに鼻持ちならないひとだとは思えない。

「オフ・コース! 下の階のエブリバディが知ってるよ」

だれかに向けた言葉ではなかったが、その語尾はまるでだれかに向いているみたいだ。

「アイはね、どんな方法を使ったかほんとに知りたいね。〈ヒー〉がどうやってユーを騙《だま》して、あそこに送り込んだのか!」

「ヒー? だれ?」

「だれもなにも、ボケばあさんの財布をわざと隠して、ナットをアップセットさせたやつだよ。ユー・ノウ?」

ソファーさんはまだだれのことかをはっきりと言わない。けれども忌《い》むような視線がパントリーの下に向けられていて、それだけで、だれのことを言っているのか宣言しているみたいだ。

そこにいるたったひとり、右のスリッパさんが、張りつめた声で急に言う。

「それがどうぼくに関係するんだ」

「アイはまだユーをメンションしてないけどね。ハロー、なにを焦《あせ》っているのかなー！」

「落ち着きなさい」

応接テーブルに置かれたマタナーさんの携帯電話さんが、機械的に語間を空《あ》けた単調な声で注意する。

「そんな言葉と／そぶりを／見せたら／なにを／言ってるのか／グーグルに／聞かなくても／わかる」

ソファーさんが無理やりに笑い声を作りながら言う。

「ザッツ・ファイン！　レット・ミー・ビー・フランク・ウィズ・ユー・サンダル！　ユーはボケばあさんの財布を隠して、ベアリーに罪をなすりつけようとした。ライト？　ナットにベアリーが泥棒だと思い込ませるためにね。それでナットはマッド・アット・ヒムでしょ。ヒーを家から追い出すよ。ユーはヒーがユア・ガールフレンドを行方知れずにしたのを恨んでるんでしょ！」

「独善主義者の考えそうなことだ！」

右のスリッパさんも嫌味を返す。

「気がつかないのか？　おまえのその妄想はな、自身の規範による他者の断罪なんだ。おまえの世界は茫漠《ぼうばく》の中で回っている。支配階級の神話に洗脳されて、本質も末端も理解できなくなっている！」

「スピーク・ヒューマン・ランゲージ・プリーズ！」

「他人を責めるなら、まず具体的な証拠を持ってきてもらえるかな。この家における論理的破綻をこれ以上加速させるようなことはしないでほしいね」

「スリッパは／正しい／証拠が／ないのに／だれかを／責める／ことはできない」

「たしかになにも不思議じゃない。おまえみたいな階級的思考の産物は、もっと突拍子《とっぴょうし》のないことだって捏造《ねつぞう》するだろう。上流階級のブランドの模倣にやっきになった中産階級だからね。だがそれはおまえを高級に見せたり、本物らしく見せてくれたりはしない。タイ語と英語を苦労してちゃんぽんにするまでもない——」

「ヘイ！　シャット・ユア・ビッグ・マウス！」

ソファーさんは即座に鋭い声を上げた。だが相手は聞こうとしない。

「——だがおまえが頼りにする階級のやつらはな、本当はただおまえを利用して、最後には捨てるだけだ——」

「ユー・アー・ア・ファッキン・イディオット——！」

「みんな、やめようよ」

「——ウィズ・ア・マウス・フル・オブ・シット！」

「王子さま、なにか言った？」

「いや……なんでもないよ」

「——支配階級のやつらの性根だって矯正しようはない。同じようなことをだれにでもするんだ。ぼくのかわいこちゃんにもな！　革命で権威主義を転覆するなら、こんなにお粗末で噴飯《ふんぱん》ものの方法はとらないさ。これじゃあ個人をただ差別的に攻撃しているだけで、結局は体制を擁護するだけだからな！」

「あんたの頭にいっぱい詰まってる〝権威主義〟とかいう言葉が、毎回毎回無駄撃ちされてるわけを教えてやろうか！」

ついにソファーさんの堪忍袋の緒が切れて、タイ語と英語のちゃんぽんもできなくなった。みんなが――右のスリッパさんすら――黙ってしまう。

「〝権威主義〟の本質を〝擁護〟するはめになってるのがあんた自身だからだよ！　線を越えたのにまだ〝気がつかない〟のかい！」

論争相手の言葉をわざと真似て、辛辣《しんらつ》に言う。

「どういうことかな！」

右のスリッパさんは落ち着いて問い返す。ただ口調はまだ喧嘩腰《けんかごし》だ。

「彼女がメロドラマを見ているときに、勝手にリモコンを押してチャンネルを変えるなんてこと、自分が何回やったと思ってる。くだらないニュースを見たいかどうか、彼女に聞いたことがあるの！」

「彼女が見たがったから――」

「見たがったのはあんたでしょ！　あんたの女は、そんなことはひとことも言ってない。考えてみればわかる。あんたがチャンネルを変えるたびに、彼女は後ろに下がって静かに寝てたのを覚えてないの？　他者の意見に耳を傾ける民主主義者を自称するあんたが！　あんたがあの子を愛してるのは、反論しないですぐ黙るからでしょ。あんたがわたしを嫌うのは、あんたにも、ほかのひとたちにもずっと言い返してるからでしょ。あらやだあ！　異なる意見を許さない〈民主主義の父〉！」

「それは本当ね／ときどきあなたは／テーブルに飛び乗って／リモコンと／わたしを／間違えて／押していた」

この事実で右のスリッパさんの敗北が決まったらしい。開いたままだった口が少しずつ閉じていく。それから彼は違うほうを向くと、眠りに戻るみたいに目を閉じた。

「他者の権利を奪うことも、泥棒とおんなじだよ。そんなやつが、タオフーに罪を着せるためにボケばあさんの財布を盗んでないだなんて、どうやって信じられるのさ！」

ソファーさんがそう言葉をぶつけたちょうどそのとき、マタナーさんが叫んだ。

「こんなところにあった！」

ナットくんの母は、探していた電話番号を見つけたみたいだ。派手な服に身を包んだ太った身体が、タオフーに急いで近寄ってくる。そしてまたささやくように言う。

「王子さま、その服すてきね。ナットが買ってくれたの？」

〝違うよ。おばさんが選んでくれたんだよ〟とタオフーが答える前に、マタナーさんはソファーさんに身体を預けて、読みかけだった小説をまた開く。眼鏡の奥の目は、百十二ページを見ている。

数時間が経っても、ナットくんは寝室に籠もったままだ。マタナーさんのほうは本を置いて、庭に出ておじさんを待っている。

タオフーは掃除機さんを引っぱり出して、家の掃除をすることにした。今日は左のスリッパさんを探すことにかかりきりで、まだちっとも家事をしていない。

掃除機さんのお腹から取り出したトレイのゴミをまとめたタオフーが、家の裏の大きなゴミ箱にそのゴミ袋を捨てようとすると、あるものが目に留まった。中に入ったほかのゴミ袋とゴミ箱の壁とのあいだにひっついている。

下のほうのゴミ袋がもう少し平べったくなっていたら、そのまま落ちていって、見つけられなくなっていただろう。

タオフーはそれを取り出した。形も、感触も、明らかだ。

(おばさんの財布だ!)

ダラダラと脈打っていた心臓が、すばやい鼓動を始めた。家の中の論争を止める証拠になるかもしれない。

家の裏の大きなゴミ箱は、人間の男性としてはかなり背が高いタオフーの腰を越えるくらいの高さがある。それに財布は中身が詰まってふくらんでいて、重い。右のスリッパさんがひとりでこれを引きずってくるのは難しいだろう。おまけに彼よりもはるか高くそびえるゴミ箱に登って、中に投げ入れるなんて。

しかし、白い手で財布を開いたとき、タオフーはふと気がついてしまった。

タオフーはこの財布を見たことがある。マタナーさんがこの財布のお金を使うことはなかったとはいえ、ナットくんからお金をもらうときには、彼女はぜんぶをここに入れていたからだ。

普段はお金以外に、身分証明カードとクレジットカードだけが入っていた。マタナーさんはほかのものはいっさい入れていなかった。自分の顔写真すら。

それが今日は、透明のビニールポケットのところに、タオフーにもなじみがある男性の写真が入っている。つい数時間前に見たばかりだったから、わかる。

セーン──いや、シップムーン・ブラットさんの写真！

顔は同じとはいえ、堂々として鋭い雰囲気がだいぶ異なる。見分けるのは難しくない。

気になることがあったタオフーは、タオルで財布をきれいに拭《ふ》いたあとに、ナットくんの寝室のドアをノックした。

「なんだよ」

ドアを開けてくれたナットくんの表情は、まだそんなに機嫌がよさそうではない。

「おばさんの財布、見つけたよ」

財布を見せる。

ナットくんの口の片端が少し上がる。ほほ笑みではない。仮にこれが笑みならば、ずいぶんと苦々しい。

「母さんに渡せよ。なんでおれに言うんだ」

相手がドアを閉めようとする前に、タオフーは急いで言った。

「ナットくん、これ、ゴミ箱の中にあったんだよ」

ナットくんの手が止まるのに合わせて、ドアの動きも止まる。

ドアを閉めようとしていたナットくんが振り返らないうちに、タオフーは深く息を吸い込んで、思い切って聞いた。

「ナットくんがおじさんの写真を入れたんだよね？」

最初の答えは、あざけるように光る視線だった。ナットくんが、自分自身の内側の痛みを嘲笑《ちょうしょう》するみたいな視線！

「やっぱりな。母さんはたぶん、見た瞬間に耐えられなくなってすぐ捨てたんだ」

「それでおばさんは、その記憶ごと消しちゃった」

ナットくんが肩をすくめる。ギラギラとしていた目の光が、湿った光に変わっていく。

そのあとなにが起こるのかをタオフーが目にするまでもなく、ナットくんはドアをバンと閉めてしまった。

ドアの閉まった音で、記憶の棚に整然と並んだ先日のできごとの記憶がぐらぐらと揺れて、崩れ落ちてきて、自分の目の奥でまた再生されるようだった。

恐怖と不安で震えるマタナーさんの姿。その手には洗濯機のプラグが握られている。マタナーさんは消えてしまった夫を探してうろたえている。

〝母さん、いい加減にしろよ！〟

ナットくんの声が頭の中で響く。背の高いタオフーの身体がダラダラと動いて、下の階までゆっくりとすべるみたいに降りていくあいだ、手には財布が握られたままだった。応接セットの近くに来てから乾いた声で言う。

「みんな、話があるんだ」

そう言ったにもかかわらず、多くのひとの視線は右のスリッパさんに集中していた。本人はもとの位置で眠ったままだ。

「なにがあったの」

ソファーさんを含めて、ほかの「物」たちも聞く準備ができたのを見て、マタナーさんの携帯電話さんが尋ねる。

「おばさんの財布を見つけたんだ。ゴミ箱の中に落ちてた」

「ヒーのしわざね――」

「右のスリッパさんじゃないよ！」

タオフーはこれまでになかったくらいに、声を荒らげて言い返した。

ソファーさんは驚いて黙り込む。

クマさんは深呼吸して、気持ちを抑えようとする。それでもその呼吸の端々に、泣き出すような震えがきざしてしまう。顔も歪んで、目の中がジッと熱くなる。

「み……右のスリッパさんは財布を持ち出してないんだ。ぼくたちはみんな彼を悪者にしようとしてる。でも彼は……大切なひとを……」

食卓の近くに置かれていた掃除機さんが、タオフーの気持ちを一番理解してくれているみたいだ。これまでずっと狭い場所にしまわれていて、ほとんどなにも見てないというのに。

「タオフーちゃん、あなたはね、悪くないのよ。だれのことも責められないってあなたが言ってたとおりで、あなたも自分を責めるべきじゃないの」

タオフーは涙をぬぐってしゃくり上げた。

「ぼくへの善意で、心配してくれてありがとう、ソファーさん。ただ……ただ今回はぼくたちがスリッパさんに謝らないといけない。さっきナットくんが……ナットくんはわかってたんだ。財布を捨てたのがおばさんだって。おばさんは……ナットくんがこっそり入れたおじさんの写真にた……耐えられなくて……」

すべてが静寂《せいじゃく》に包まれる。みんな、タオフーが感情的になったことにも、タオフーが伝えた真実にも驚いているみたいだ。ソファーさんは視線をよそへやっている。彼女の目は、もう閉じているくらいに細くなっている。

そしてまた、どんな言葉もなくなった。するとその瞬間、マタナーさんの携帯電話さんが聞いた。

「どうして／ナットとマタナーさんは／そんなことをする必要が――」

タオフーは、まだ眠りから出てこようとしない右のスリッパさんのほうを向いた。それからまたソファーさんのほうを向く。

「ちゃ……チャンさんのこともそう。みんな、だれかを悪者にしないほうがいい」

応答や反論を待つことなく、タオフーは眼前の状況から目を背《そむ》けて、まっすぐ階段を上がっていった。

最後に背後から聞こえたのは「グーグル／どうしてマタナーさんとナットは――」という声だった。

急に力尽きたみたいに、タオフーは二階の廊下で膝をつく。

もうすぐ夕方になろうとする時間だ。まわりには窓もほとんどない。だから電気をつけないとかなり暗くなる。だけど、タオフーにまわりが見えなくなっていたのは、たぶん涙のせいだ。

ナットくんにも嗚咽《おえつ》が聞こえたのだろう。しばらくすると、寝室のドアが開かれた。痩《や》せぎすの身体がしゃがんで、こちらの顔をよく見ようとしている。

タオフーは顔を上げて、流れる涙越しに彼を見つめる。どうにか抑えようとするが、すすり泣きが止まらない。

「ナ……ナットくん。こんなに痛いからなんだよね。記憶がこんなに痛いから、ナットくんは……閉め切って、それでどうやって取り出せるのかもわからなくなっちゃったんだね」

その問いは彼の気持ちにも傷をつけたのだろう。ナットくんは両手でこちらのほっぺたを支えた。その手は震えていて、ナットくんの瞳も濡れている。

「どうして……人間はこんなに難しいんだ……」

「おれたちにはやり直せないものもある。過ぎ去っていくのをただ見ているだけしかできないのかもしれない」

ナットくんが鼻をすするときに、口が少し歪む。鼻の奥にも涙があふれているみたいで、ズーッズーッという音がする。ほんのりと赤くなった鼻翼がピクピクと動く。言葉を続けるために、口とあごが震えないよう苛烈《かれつ》な努力をしているのがはっきりわかる。

「――だけどおれたちには、新しく作ることもできるんだ。おれに、新しい記憶を作ってくれないか？タオフー」

どんな言葉もない。あらゆる感情の塊が胸に詰まっている。

タオフーは、目の前に身体を傾けるのに合わせて、それをいっきに放出した。ナットくんの顔をつかんでキスの雨を降らせる。

互いの痛みが、自然に癒えていくのを待つみたいに。ほとんどだれからも見えない、その日の最後の光の中で。

時間がゆっくりと過ぎる。そしてナットくんが少し顔を離して、ささやいた。

「おれの部屋で、な……」

タオフーは静かにうなずいた。

11　東北タイ、ピー・ブンの反乱

魔法みたいな夜だった。ぼやけた光の中、広くて柔《やわ》らかいベッドの上で、ナットくんが悲しみを忘れる方法を教えてくれた。そして代わりに、新しくて奇妙なものを与えてくれた。

人間の肌と肌が触れ合うだけで震《ふる》えるようなあたたかさがこんなにも生み出せるんだと、タオフーは知った。きっと人間の指先と、手のひらと、舌先には、炎が灯《とも》っているのだ。

その炎がどこかに移って広がると、燃えた部分が焦燥《しょうそう》に駆られて、抗《あらが》うのも難しいくらいのもどかしさが募る。

自分とナットくんの呼吸の音や汗の匂いだけで、全身の疼《うず》きが堪《こら》え切れなくなる。

そのすべてが同調していて、まるでナットくんがタオフーの体温までもコントロールしているみたいだ。

そんな二人の熱で身体が焼き尽くされて、タオフーは震えてのたうち回り、ナットくんに絡みつく。

最後には、ひとつに溶け合うみたいにぴったりと重なった。ナットくんとまったく同じリズムで動く。

我慢し切れなくなったとき、まるで身体が弾け飛びそうだったのを覚えている。震える指をナットくんのすべすべした皮膚に押しつけた。きっと痛かったはずだ。だけど死んでしまいそうなうなり声を上げたのは、自分のほうだった。

どんな欠片も残らないくらいに、爆発して弾け飛んだのも、自分のほうだった。

うつぶせになったタオフーは、ナットくんの腕の中で震えていた。もしナットくんがいたずらをしてふたたび焚《た》きつけてこなかったら、自分は魂だけになってしまったと錯覚してしまったかもしれない。

この情熱的な行為はそのあと何度も何度も繰り返された。まんべんなく、感動的に。まるで互いが互いをずっと欲していて、今日味わえたこのときをずっと待っていたみたいに。

嵐が収まるころには朝が近かった。

タオフーはナットくんの首筋の髪に顔をうずめている。目を開けると、幸福に満ちたナットくんのほほ笑みが迎えてくれる。

互いの心臓が、互いの胸を通じて重なっている。汗はすっかり乾いて、あちらこちらに漂う誘惑の香りだけを残す。

ナットくんはタオフーの肩の後ろに愛《いと》おしそうに触れたり、指でつついたりしてくる。今彼の指先に炎は灯っておらず、心地よい熱さもない。まったく別の感触だ。でもタオフーは、こちらも同じくらいに好きだ。

この時間を止めて永遠に漂っていたくて、ノロノロとしてしまうタオフーを見て、ナットくんはそのほっぺたに一度キスをした。

うれしくなったタオフーがニコニコしたまま動かないのを見ると、ナットくんはさらに何度もキスを続けた。それからまたキスを繰り返して、ようやくタオフーは首をもたげる。

〝知ってたか〟

ナットくんがささやく。

〝おれはだれにも後ろをとらせたことがないんだよ〟

〝そりゃナットくん、今ぼくのほうを向いてるじゃない〟

タオフーには理解できなかった。

ナットくんは、自分のおでこをタオフーのおでこに軽くぶつけた。

〝このお子さま！〟

〝最初、ちょっと痛かったんだ。ナットくんは痛くなかった？〟

答えの代わりに、彼は首を動かしてベッドの上を見る。タオフーもそれに合わせて身体を起こす。シーツのあちこちに赤い点がついているのを見てドキリとしてしまう。

〝ナットくん、ごめん！〟

〝こりゃもう歩けないな〟

〝支えてあげるよ〟

タオフーは真剣になって言った。

〝ナットくん、ぼく……〟

〝心配するな〟

彼はウィンクする。

〝もうさせてくれないと思ったか〟

タオフーは相手の目を見つめて、それから、ゆっくりとうなずく。

ナットくんのほっぺたがいっきに赤くなる。かわいくてたまらないといったふうに、タオフーの耳たぶを噛む。それから震える声でささやいた。

〝母さんに言うなよ。ほかのだれにもだ〟

〝だれにも言わないよ〟

〝いい子だ〟

その言葉と同時に、ナットくんの柔らかい手がまた下のほうをまさぐった。タオフーは驚いて全身を硬くする。手の主は笑って、一度強く頬ずりしてきた。


それから毎日、タオフーは過ぎていく一晩一晩を持て余すようになってしまった。

いつになったらまたナットくんの中に入れるのか、待ち焦《こ》がれるようになってしまったのだ。日中ですら、あの夜のあらゆる感触をぼんやりと思い出しては、ひとりでニヤニヤしてしまう。

あのときの音のそれぞれ、匂いのそれぞれ、味のそれぞれ……。

そんな期待と興奮のせいで、ナットくんの部屋で過ごすあらゆる時間が濃厚なものになった。

お互いに一滴もこぼさずに集めようとしているみたいに、何度も何度も味わった。というのも、毎晩ふたりきりで過ごせるかどうか、確証がなかったからだ。

ナットくんが脚本の打ち合わせで家に帰れなくなるかもしれない。眠れないマタナーさんが家の中を歩き回るかもしれない。ほかにもいろんな理由が考えられる。

おまけにナットくんがタオフーをいじめるみたいに誘うせいで、タオフーも抑えが利かないくらいに熱くなってしまう。

タオフーのまわりの「物」たち、特にナットくんの寝室の「物」たちは、祝福しながらからかってきた。

「ナットもそろそろ、わたしとノートおじさんのところに結婚の挨拶《あいさつ》をしに来ないとかしらね。でしょう?」

掛け布団おばさんが楽しそうに笑う。

「部屋にけえって……」

チェアさんがしゃべり始めようとして、なにかを思い出して咳払《せきばら》いをする。それから言い直す。

「部屋に帰ってきたと思ったらいきなりこんなに進展するなんて、思いもしなかった」

「クソ純朴ぶりやがって」

そう聞いた抱き枕さんが悪態をつく。

「ナットのやつ、口も開けないうちにケツの穴まで見ちまいやがった。どうやってタオフーを連れて帰ってくるかと思ってたんだけどな!」

恋しさが募ってしまったタオフーは、マタナーさんの携帯電話さんをこっそり取り出しては、フェイスブックを見てばかりいるようになった。ナットくんがなにをして、どこに行っていて、なにを言っているかを見るためだ。

マタナーさんの電話さんはぼやいている。

「見ても／どうしようもない／言ったでしょ／ナットは／マタナー／さんを／友だちに／していない／それに彼も／投稿の公開範囲を／自分のみに／設定していると思う／なにも／見られないわよ」

とはいえ、タオフーのことを無視するようになったひともふたりいる。右のスリッパさんと、ソファーさんだ。怒っているのか、不満なのかはわからないが、あのできごとが起こった日から、ふたりともこちらを見ないふりをして眠りに入ったままだ。

ナットくんとのことを思うだけで心はふくらむし、お腹の中では蝶が羽ばたいているのだが、ふたりのほうにふと目をやると、すべてがいっきにしぼんでしまう。

ふたりが自分を快く思っていないのがつらいのではない。ただ、どれだけ時間が経っても、だれもあの話を蒸し返さない（マタナーさんはスリッパを探しすらしない）。

心の深いところでずっと、タオフーは罪悪感を抱えていた。

タオフーは、左のスリッパさんを行方不明にさせただけじゃない。右のスリッパさんが罪を着せられるはめになったのも自分のせいだ。ソファーさんが罪を着せたのだって、自分を心配するゆえのことだ。タオフーのせいで家じゅうの空気が悪くなってしまったのだ。

おまけに夫の帰りを待ちわびるマタナーさんは、ますます静かに、寂《さび》しそうにしている。

とにかく、ナットくんから学んだのは、人間として命のがれきの中で生き続けるには、どんなものも、これまでのどんな人生も、忘れたり、見ないふりをしたりすることが薬になる場合もあるということだった。

この薬の副作用は、喉に強烈な苦味を残す。

かつて右のスリッパさんが軽蔑《けいべつ》していたものの完璧なお手本に、自分が近づいている。隠されたひそかな声を聞き取れるがゆえの、ヒリヒリとした痛み。

そんな苦さをかき消すために、タオフーは何度もナットくんを思い出す。ナットくんが帰ってきて抱きしめてくれるのを、抱きしめさせてくれるのを待ち焦がれる。何度も。そしてまたもう一度……。それが今の自分に望める、わずかな甘さになってしまった。

あげく、右のスリッパさんとソファーさんが黙り込んでしまっていても、この家にはほがらかな新しいメンバーがやってきている。タオフーはそんなふうに、ひとりよがりに考えてすらいた……。

「焦《じ》れるのはやめなって。今夜はナットくんのところには行けないよ」

面倒くさがっているような、なだめるような声が、タオフーがおでこに手をあてて寝転がる寝室のベッドの上、身体のすぐ横から聞こえる。

ドアにTの文字が取りつけられた寝室で、タオフーはひとりぼっちではなくなった。

数日前、タオフーが気をもみながら寝返りを打っていると、突然足首になにかが絡みついて動けなくなってしまった。驚いてベッドに座り直したそのとき、まるで壁のように、なにかの影が目の前に飛び出してきた。

〝ちょっと落ち着いてもらえないかな。タオフーくんはほんとにクマなの？　それとも猿？〟

その声は、いたずらっ子の少女みたいに厚かましかった。驚いたタオフーは一瞬動きを止めていたが、目の前で白い目をパチクリさせている影がだれなのかはっきり見えるようになって、叫んだ。

〝毛布さん！〟

マタナーさんが持ってきてくれた、チョコレートモルト色の毛布さんだった。しばらくずっと騒ぎが続いていたので、彼女がいつ、ふつうの毛布から変化したのか気づかなかった。

〝毛布さん……〈目覚めた〉の？〟

「物」にとっての〈目覚め〉とは、命を持つことだ。

〝そうだよお〟

毛布さんは高い声を出しながら、呆《あき》れたように息を吐いた。

〝ぜんぜん気がつかないんだから。わたしだって心配してたの！〟

この話し方のせいで、大人の真似をして背伸びをしている子どもみたいに感じられなくもない。

チョコレートモルト色の毛布さんが聞かせてくれたところによると、ナットくんが泣いていたあの夜――タオフーが警察署に連れていかれる直前の夜だ――彼女はその様子を隣の部屋で聞いていたそうだ。

するとナットくんの怒号が聞こえたので、彼はきっとこのままタオフーを放っておかないだろうと考えた。ナットくんがタオフーを引きずって車に乗せる前に、あわてて部屋を出て階段を下りると、タオフーの手助けの準備をするように、家の「物」たちに状況を伝えてくれたのだ。

ここまで聞いたタオフーは、あのときを思い出してつぶやいた。

〝だから、階段を下りたときに毛布さんが床に広がってたんだね〟

彼女はうなずいて続けた。最初、彼女のことを知らなかった「物」たちは混乱していたらしい。家にこんなメンバーがいるなんて、聞いたこともなかったのだ。

だけど掃除機さんはすぐ我に返って、彼女のことよりもまずはみんなでタオフーを助ける方法を探さないといけないと諭してくれた。それでみんなも動き出した。

タオフーを警察に連れていこうとするナットくんをだれも止められなかったから、最後は――あっという間の決断で――左と右のスリッパさんに待機しておいてもらうことで話がまとまった。タオフーが引きずられてきたら、すぐに履《は》けるようにするためだ。少なくとも道連れができるし、そのあとの問題をどう解決するか、一緒に考えることもできると。

「毎日なにウキウキやってんのさ。たまにはわたしと一緒に過ごしてよ。毎日ひとりでこの部屋にいるんだよ。寂しくて死んじゃうよ」

当時を思い返していたタオフーに毛布さんが訴えてくる。

「それはたしかに」

ナットくんのことばかり考え続けているのをやめると、ほかのことを思い出した。

「どうしてほかの『物』たちは、毛布さんみたいに目覚めないんだろう」

「そんなこと、目覚めたばかりのわたしにわかるわけないじゃん」

彼女はすねているみたいに、チクチクするような声色を作った。

タオフーはまた寝転がって、小さい子をあやすみたいに毛布さんを抱きかかえた。

「じゃあどうして、毛布さんはいきなり目覚めたんだろう」

「なに言ってるの」

彼女の強ばった声と態度が柔らかくなる。

「タオフーくんが起こしてくれたんでしょ」

「ぼくが?」

「そう!」

彼女は暗闇の中でうなずく。

「ずっと眠ってたところで、だれかに起こされてる感じがしたんだよ」

このお嬢さまに続けて聞こうとすると、その前に彼女は自分の一部を高く上げてねじって、人差し指の代わりにした。

「どうして眠ってたのかってのは聞かないで。覚えてないもん」

なぜかはわからないけれど、タオフーの口からつぶやきがこぼれていた。

「身の回りで、受け入れられないくらいに悲しいことが起こってしまうときもあるよね」

「悲しすぎたり、味気なさすぎたり、つまらなすぎたり」

彼女はこちらの含みには触れずに答える。

そこでタオフーは目を大きくする。

「え、じゃあちょっと待って!　そしたらきみはその前にも目覚めてたってことじゃないの!」

「そうよ！」

なにかの思考が働いて、これまで暗くぼんやりしているだけだった出口のほうに期待を持ち始める。

「じゃあ覚えてるの？　前に目覚めてたのがいつだったかってことは」

「うーんとぉ……」

相手は迷っているみたいに声を伸ばす。その視線が天井を向いたので、なにかあるのかと思ったタオフーもつい上を向いてしまう。

上にはなにもなかったようで、毛布さんはわかっていたことだけを答える。

「いつだったのかはちゃんと覚えてない。だけどあのときも寝室にいた。大きいベッド。この部屋のよりも大きいやつ」

「ダブルベッドだ」

タオフーは断言した。この部屋のものはシングルベッドだからだ。

「それで、部屋にはだれがいたか覚えてる？」

「えーと……おじさんとおばさん」

（なんてこった――！）

タオフーは目を見開いた。ここで突然、あの時期を生きていた、ノートおじさん以外の証人に出会うなんて思ってもみなかった。

マタナーさんの夫についてチャンさんから知った事実を受けて、タオフーはしばらくのあいだ、ほかの話についても調べることにしていた。ナットくんには聞いてはいけない気がしたので、愚直に、家具ひとつひとつに尋ねていった。

だけどナットくんは、シップムーンおじさんが亡くなったあとに家具をみんな新調してこの家に移ってきている。だからおじさんに会ったことがあったり、おじさんのことを知ったりしているひとはほとんどいなかった。

おまけにナットくんも父親のことをあまり話さないから、みんなはマタナーさんの話すおじさんしか知らない。

ノートおじさんですらそうだ。彼がシップムーンおじさんに会えたのはわずかな機会だけだし、それも長い時間ではなかった。ナットくんは自分の両親とそんなに親しくなかったし、彼らについてのメモや記録もノートに残していない。だからノートおじさんから聞けたのも表面的な話だけだった。たとえば、軍人らしい威厳のあるふるまいとか。でもそれはタオフーにも予想のつくことだった。

「あのね、おばさんはね、すごく守ってあげたくなるような、小さくてかわいらしいひとだった。顔もかわいくてね。おじさんのほうは背が高くて身体が大きくて、かっこよかったわ」

（そうすると、結構昔かもしれない。もしかして――）

タオフーは聞く。

「そのときナットくんが何歳だったか、毛布さん覚えてる？」

「ナットくん……」

その語尾が途切れて、追想の静寂《せいじゃく》に吸い込まれていく。

「ナットくんはおばさんのお腹の中にいてね、ちょっとずつ大きくなってたの。おばさんはつわりがひどくて。それで――そうだ！　寝室にハンモックさんを吊るしていたときがあったわ。その上に編んだコイ《プラー・タピアン》のモビールが吊ってあって。おじさんがナットくんのために買ったのよね。だけどナットくんはすぐ不機嫌になる子で、泣いてばっかりだった。ずっと抱っこしてゆらゆらしてもらいたがってて。それでおばさんとおじさんが、一晩じゅう代わりばんこで抱っこして、抱っこしてないほうが少し寝て。あのときは家の『物』もみんなおじさんとおばさんがかわいそうだったの。みんな一緒にやつれちゃったんだよ」

タオフーはその様子を想像して思わず笑ってしまう。

（ナットくんは小さいころから変わらずにナットくんなんだ）

「抱っこ以外に、ナットくんが好きなものってあった？」

「おはなしかな。おばさんがいろんなおはなしを始めると、すぐ静かになった」

「いろんなって、どんな？」

毛布さんが笑う。

「だから、童話だよ。だけどいっぱい話しちゃって、おばさんもだんだんおはなしがなくなっちゃったんだよね。それで歴史の話をするようになったの。おもしろいよね」

（その様子はたしかにおもしろい）

簡単に想像がつく。

おばさんは歴史が専門の社会科教員だ。だから、童話に行き詰まったら、教室で話していることしか思いつかなくなったのだろう。ためしに話してみたらナットくんも興味を持って静かになった。そうしたら、彼女もきっとどんどんとそういう話を続けたはずだ。

「いろいろあったよ。シープラートは実在しないんじゃないかとか、ノッパマート女史はローイ・クラトンの発案者じゃないとか、バーン・プルー・ルアン王家の王たちのひどい話とか。スア王のとか、エーカタット王のとか」

「楽しそうだね」

「『物』もみんな、そういう話を聞くのが好きだった。おかしいんだけどね、おばさんの話を聞いてからテレビを見るとさ、みんな笑っちゃうわけ。司会者の言ってることはぜんぜん本当じゃないって」

「だけど、なにが本当かなんて、どうやってわかるのかな。もしかしたらおばさんの言っていることのほうが……正しくないことだってあるかもしれないよ」

「でも、知ってどうするのよ。タオフーくん、わたしたちはただの『物』なんだよ。なにが実際どうだってのを知ったところで、どうしようもできないんだから」

そう聞いてタオフーは考え込んでしまう。

(ぼくたちはただの「物」でしかない。だから本当の歴史を知らなくてもいい。知ったところで、どうしようもできない)

「それもそうかもね」

「人間はさ、身の回りのことだって隠そうとするでしょ。一度、おじさんがなにかに悩んでイライラしてることがあったのね。わたしたちも、たぶんおばさんに関係してるんだろうって想像することしかできなかった。おじさんはなにも話さなかったから。だけどあるとき、おばさんがピンク色の封筒を見つけて。自分からおじさんに、おじさんの双子が地方で結婚式をするのかって聞いたんだよね」

——ラーチャブリーだ。

その話を聞いてタオフーにもなんとなくわかってくる。チャンさんは、ナットくんが二歳になったころにセーンさんと結婚したと言っていた。セーンさんはきっと、双子の弟に、自分と妻が働いている県で開く結婚式の招待状を送ったのだろう。

そのころ、シップムーンおじさんとマタナーさんが結婚してどれだけ経っていたのかはわからない。ナットくんの年齢から考えて、少なくとも二年以上は経っているはずだ。

だけどおそらく、そのあいだずっと、おばさんはセーンさんのことが忘れられずにいた。そうじゃなければ、たかが結婚のニュースを伝えるだけのことで、シップムーンおじさんが悩むはずはない。

（そうじゃなければ、おばさんは今、こんなことになっていない……）

「それで、おばさんはどうしたの？」

「うーん……ちゃんと覚えてないや」

「つまり——」

「そのあとのことは、ぜんぜん覚えてないの」

「どういうこと——？」

「わたし、そのあとに眠っちゃったんじゃないかな」

毛布さんはあっさり結論づけた。

しかしタオフーの気持ちとしては、そうあっさりもいかない。

「ちょっと待ってよ。どうして眠っちゃったのさ」

「だから覚えてないって言ってるじゃん！」

彼女に大きな声で返されて、タオフーは小声で謝るしかなかった。

「ご……ごめん」

「もしかするとただ眠くなっただけなのかも。今も眠くなってきたし」

長いあくびの音がして、それからチョコレートモルト色の毛布さんが続ける。

「だけどまだ寝ないもんね。昼間に寝たっていいんだし。タオフーくん、ぜんぜん遊びに来てくれないんだもん」

「遊びに来るようにするよ」

心は落ち着かなくなっていたけれど、タオフーはまだ、相手に失礼にならないように会話を続けようとしていた。

仮にこの部屋に少しでも光が漏れ入ってきていたら、不安ですっかり寄ってしまったタオフーの眉根が見えたかもしれない。

胸の中にあったものがグラグラと崩れ落ちて、真っ暗で荒漠《こうばく》とした空間ができてしまっているみたいだ。そこには恐ろしげで冷たい風が静かに吹くばかり。

わざわざ目覚めた「物」が、どうして急にまた眠りに戻ってしまうんだろう。人間を避けるための一時的な眠りではなくて、魂を失って、単なる「物」に戻ってしまうような眠りに。

もしそれがいつかこの身に起こったらどうなるだろうと、怖くなる。

今、自分はナットくんを愛しすぎている。人間の身体なら、一緒に話していろんなことができる。それでもちっとも満足できたことはない。

急にぬいぐるみに戻ってしまうだけでも、とんでもない話だ。しかもそれが、心も命も持たないぬいぐるみに戻ってしまうのだとしたら。ナットくんが触れるのも抱きしめるのも感じられず、なにも見えず、なにも嗅ぐことができず、なにも聞こえないぬいぐるみに。

それがどれだけ悲しいことか。柔らかくて大きなクリーム色のぬいぐるみが動かずに座っている。その瞳には光がなく、「物」同士のやりとりすらできない。そんな状態を想像しただけで恐ろしくなって、息が詰まりそうになる。

考えてみたら、それだけじゃない。

タオフーが突然人間になったことも、そもそも自分や、チョコレートモルト色の毛布さんや、ほかの「物」たちが目覚めたことも、だれにも理由がわからないまま起こった、奇妙で不思議な奇跡なのかもしれない。

じゃあどうして、この部屋のベッドさんやクローゼットさんは目覚めないのだろう。どうして、人間になりたいと望んでいる、ナットくんの部屋の抱き枕さんは、タオフーと同じように人間になることがないのだろう。

だれが引き起こしたことなのか？

（本当の力を持っているのはだれなんだ？）

多くの「物」たちはきっと、さっき毛布さんが言ったのと同じように考えている。

〝でも、知ってどうするのよ。タオフーくん、わたしたちはただの「物」なんだよ。なにが実際どうだってのを知ったところで、どうしようもできないんだから〟

それはもしかすると、そういう「物」たちがだれかに強い興味を持ちもしなければ、だれかと十分な関係を作りもしていないせいかもしれない。

だれかとのつながりを十分に感じなかったら、生きているとかいないとかいうことは、当然意味を持たなくなる。自分のことでも、だれかのことでも。

だけどタオフーにはナットくんがいる。消えてほしくないひとがいる。

急に眠ってしまうようなことを避けるためには、なにをすればいいのだろう。どうすれば自分自身を消さずに済むのだろう。どうすれば、記憶のない大地で眠らずに済むのだろう。

「クマくん、手が急に冷たくなって震えてるよ。どうしたの」

「知りたいんだ——」

毛布さんの答えは気にしないことにした。

「どうして『物』が目覚めて、眠って、人間になるのか、どうやったらわかるんだろう！」

「知ってどうするの——」

「わからなかったら、対応したり防いだりすることもできないでしょ」

タオフーは震える声で答える。

毛布さんはたぶんタオフーの心の慄《おのの》きに気がついたのだろう。こちらの身体をきつく抱きしめて、あたためてくれようとした。

「クマくん、まず落ち着こう。今はまだ消えてない。そうでしょう？」

「それも……それもわからないよ……」

眠ったまま目を開けてくれない右のスリッパさんとソファーさんの姿を思い出して、語尾が乾き消えてしまう。

「じゃあ、わたしも一緒に考えてあげる」

「どこから始めればいいかな」

「人間と比べてみましょうよ。ナットくんのときは、おばさんのお腹から生まれてきた。なら、わたしたちはどこで生まれたんだろう。だれかのお腹かしら」

これはタオフーにも答えられる。

「ほとんどの『物』は、工場のお腹から生まれる。動画を見たんだ。大きな扉から生まれてきた『物』は、車に積まれていく。ただ、それはぼくたちが生まれるときの話でしかないよね。目覚めるときじゃない。ぼくも毛布さんも、ぼくたちを生んだ工場がどこにあって、どんな姿だったかは覚えてない。これは明らかだよね」

「ずいぶん早くしゃべるね。人間みたいに難しいこと考え始めちゃった？　つまんないの」

タオフーの耳にその言葉は届いていない。自分の言葉が、思考の中で響いている。

（そう。工場のお腹は関係ないかもしれない。ぼくたちみんながここで目覚めたんだとしたら、どうして目覚めたんだ――）

「毛布さん、さっき、ぼくに起こされて目覚めたって言ってたよね」

「だけどそれはさ、わたしが前に目覚めたことがあるからだよ。クマくんだってほかのみんなだって、だれかに起こされたって感じたことはないんでしょ？」

「それもそうか」

「おばさんとおじさんが言ってたんだよね。ナットくんは眉毛がお父さん似だとか、口がお母さん似だとか、りんごが好きなのはお母さんに似てるとか。そう考えると、ほかの『物』と比べてもいいのかも。それで、だれがわたしたちを目覚めさせたのかがわかる」

「ぼくたちがだれに似ているかだって？　ぼくたちを目覚めさせただれかに……？」

毛布さんの言葉の向こうのぼんやりとした道筋の先になんとか見えているのは、それぞれの「物」は本当に違う、ということだ。右のスリッパさんと左のスリッパさんみたいに、型番までほとんど同じであっても、性格や気質は明らかに違う。

もしかすると「物」を生み出すのは、本当に、工場のお腹だけではないのかもしれない。

「なんでわたしが面倒くさがりの女の子になったのか。だれから継いだのか。どうして右のスリッパさんは極端に急進的な男性に、左のスリッパさんは怖がりのぶりっ子に、ソファーさんは自分を高級ブランドの商品に見せたくて英語混じりでしゃべって、掃除機さんは日本人みたいに話すのか――」

「それに、どうしてノートおじさんは物知りで高齢なのか、抱き枕さんは口の悪い男性で、掛け布団おばさんは心やさしくてあたたかいおばさんなのか、どうしてデスクさんとチェアさんは――」

そこで、言葉が急に止まる。タオフーは、突然頭の中でなにかが光ったみたいに、目を大きく開く。

「そうだよ！　デスクさんとチェアさんはもともとふたりとも東北の言葉を話してた。ここに来てチェアさんは標準語を話そうとしてるけど、まだうまくならない。それって、毛布さんが言ってた掃除機さんの性格にも似てるよね。三人とも、もともといたところのなにかが染みついてる。掃除機さんは日系の工場で生まれた。デスクさんとチェアさんは、チャイヤプームのレストランに置かれてた」

「つまり、もしかするとわたしたちは、作られたときの環境から影響を受けてるってこと？」

「だから、ぼくたちを目覚めさせたのも、そういうところのひとたちのだれかかもしれない！」

「わーお！　テンション上がる！」

毛布さんが大声で叫ぶ。

「そうしたら、まずクマのぬいぐるみがどこから来たのか調べないとね。クマくんを連れてきたのがだれかわかれば、自分がどうして目覚めたのかもわかる。どうして自分ひとりが人間になれたのかも。それに、どうやったらもとに戻らずに済むのかも！」

一瞬のうちに、破裂しそうに強い希望が生まれた。だけどあることに気がついて、すぐにしぼんでしまう。

タオフーはまた力の抜けた声で言った。

「だけど前にも、ぼくのぬいぐるみがどこから来たのか尋ねて回ったんだ。でも答えはわからなかった」

「ナットくんにも聞けないんだもんね」

相手も理解が早い。ナットくんが自分を警察に連れていった日、チョコレートモルト色の毛布さんもこっそり話を聞いていたのだろう。ぬいぐるみがどこから来たのかということについてタオフーが口をすべらせた瞬間に、ナットくんの怒りに火がついてしまったのを覚えている。

「どうしてこんなに謎めいてるんだろ」

毛布さんがため息をつくようにぼやいた。

（そうなんだ。あまりにも複雑で、謎めいているんだ……）

これらの言葉が、しばらく頭の中で響き続けていた。何度考えても、タオフーのぬいぐるみがもとどこから来たのか、だれに聞けばいいのか思いつかない。

（おばさんの夫のこととおんなじくらいに、複雑で、謎めいている——）

そのときだった。しぼんでいた希望がまたふくらんで、光を放つ。なにかの力と本能的なものが働いて、鳥肌が立つ。自分自身の言葉で出口が見え始めた。

（そうだよ。おばさんの夫のこととおんなじくらい、複雑で、謎めいているんだ！）

12　ラーマ四世が創作した第一の碑文

今ほどコンビニが普及しておらず、子どもたちもお小遣いを数バーツしかもらえなかったころ。炭酸ジュースを飲むたびに、言葉にできないほどの幸福を感じられた。シュワシュワとして甘い、きれいな色のジュース。身体に悪いと脅《おど》されても、だれも耳を傾けなかった。

子どものころ、炭酸ジュースの代わりに家で出てきたのは、水で薄めるタイプのオレンジジュースだった。甘酸っぱくて濃くて、すっきりとしたいい香り。よく、ジュースを作ってくれるように母さんにお願いした。

簡単そうに見えるけれども、水と氷と原液の比率には、天上の秘密みたいな絶妙なバランスが必要だった。少しでも間違えれば、味が変わっておいしくない。

母さんはやさしかった。大はしゃぎして遊んで疲れて帰ってくると、太っちゃうじゃないとぼやきながら、いつもこのオレンジジュースを作って待っていてくれた。書いていて、あのころの楽しい生活が懐かしくなる。

とはいえこの飲み物は、クマさんにはいい感動を与えなかった。

口に含んだ瞬間、濃くて甘酸っぱい味が喉を刺激する。咳《せ》き込んだタオフーは、吹き出さないように口を押さえた。

「ごめんなさい」

謝罪を口にしてから、タオフーは迷った。わざわざ作ってくれたチャンさんを非難してしまうようなことは言いたくない。だけどこのあいだ〝言ってちょうだいよ〟とからかわれたことを思い出してもいた。

タオフーは意を決して、伝える。

「味がすごくきついです。喉が痛いや」

自分のグラスから飲もうとしていたチャンさんの顔が、わずかに張り詰める。

「あら？　ほんと？」

それから少しだけすすって、グラスを置く。

「おいしいじゃない。タオフーの舌が変なのよ」

指摘し返されたタオフーは、誤魔化すみたいにへへへと笑う。

「初めて飲んだから、慣れてないだけかも」

「きっとそうよ」

チャンさんは慈悲深くほほ笑んだ。

「それで、なにを聞きに来たの？」

失礼にならないように、タオフーはオレンジジュースをもう一度飲んだ。けれども口からグラスを離して、思わず顔をしかめてしまう。タオフーが手のひらで口をぬぐっているのを、相手は見ないようにしてくれた。

「チャンさん、ナットくんのクリーム色のクマのぬいぐるみを見たことはありますか？」

ようやく、言いたかった言葉が口から放たれた！

昨日の夜、自分の出自がマタナーさんの夫の話と同じくらいにややこしいと考えていたタオフーは、急に、だれならばこの謎を解いてくれるのか思いついた。

チャンさんは昔からナットくんの家族を知っている。距離を置いていた時期があるとはいえ、もしかしたら彼女は、だれのおかげでタオフーが〈目覚めた〉のか知っているかもしれない。

タオフーは家のだれにも言わずにここに来た。その理由のひとつは、ソファーさんが、タオフーに批判されたあの日からずっとすねているからだ。眠ったまま、起きてこない。

タオフーがここに行くと知れば、彼女はもっといじけてしまうんじゃないかと心配したのだ。あるいは、チャンさんが鼻持ちならない人間だという忠告を聞こうとしない自分に怒って、本当に口をきいてくれなくなってしまうかもしれない。

タオフーからすると、チャンさんが一番不自然に見えるのは、彼女の家の「物」がひとつも〈目覚めて〉いないことだ。

とはいってもタオフーはナットくんの家以外のところにはほとんど行ったことがないので、もしかするとチャンさんの家のような状態は、とても一般的なことなのかもしれない。それに、仮にこれがふつうじゃないとしても、それがチャンさんの過《あやま》ちを示すとは限らない。

「物」たちはべつに、映画みたいに、持ち主が呪文をかけると目覚めるわけじゃないのだから。呪文を使えないこの家の主は、現在、タオフーの質問に眉をひそめている（もちろん、できるだけしわにならないよう気をつけながら）。

「クリーム色のクマのぬいぐるみ？」

「そうです。人間と同じくらいの大きさで、タオフーっていう名前の」

「うーん。タオフー？」

彼女は目を細める。

「あなたと同じ名前ね」

鋭いアイライナーの線に囲まれた瞳に、なにかがきらめく。そのなにかのおかげか、彼女は単に「見たことないわ」という一言だけで終わらせずに、会話を続けてくれた。

「大切なものなの？」

「ナットくんがずいぶん昔から持ってたぬいぐるみなんです。引っ越してくる前から持ってたんだけど、なくなっちゃったみたいで」

「そういうこと。わたしになにかできるかしら？」

チャンさんは首をかしげながら、少女のようにたおやかな笑みを見せる。

「だけど……ナットはもうあんなに大きいのに、まだぬいぐるみで遊んでるの？」

その疑問はまるで針のように、タオフーの心をそれなりにえぐった。実際、最近はあまり遊んでくれなくなっていた。ほんのたまに抱っこしてくれるだけで。

答える声がつい弱々しくなる。

「ナットくんはそんなに遊んでないんです。ただ自分のものがなくなったら、ナットくんも悲しいだろうし」

「タオフーがぬいぐるみをあげたの？」

不思議なことに、向こうはなにかに期待するみたいに語気を強めている。

タオフーは急いで首を横に振る。

「ち……違います。違うの。ナットくんが前から持ってたんだけど、それが……ぼくがここに来る前にはなくなってたみたいで」

「あら、あなたとナットは昔から知り合いなんだと思ってたわ。一体なにがどうして、ナーさんのお世話をすることになったのかしら」

想定していなかった質問を返されてしまい、タオフーはうろたえる。

初めて会ったときに、チャンさんに調子を合わせてしまったことを思い出す。それから、申し訳ない気持ちがやってくる。

（ケーンくんのときみたいに、また嘘だと告白しないといけないのかな）

返答に窮しているタオフーに向けた、チャンさんのほほ笑みが大きくなる。彼女は答えを強いることはなく、話を本筋に戻してくれた。

「じゃあ、とにかくわたしも気をつけてみることにするわね。ナーさんがうっかりうちのほうに捨てるってこともあるかもしれないし」

そうまとめてくれたひとは、タオフーのしおれ切った表情に気がついたのか、さらに聞いてくる。

「まだなにかあるの？」

「その、つまりですね」

（チャンさんが死ぬ気になって探してくれても、見つからない。だってあれは――）

「一匹じゃないかもしれないんです」

「うん？」

「つまり、もし同じようなぬいぐるみをどこかで手に入れられそうだったら、ぼくに教えてほしいんです」

　年配の女性は思わず大笑いした。

「やだわ、結局どういうことなのよ。聞いてたらまるでタオフーがなくしたみたいじゃない。あなたがぬいぐるみを見る前からなくなってたのよね、本当に？」

　タオフーは気まずい顔のままうなずく。

　チャンさんはどうにか相手を信じてやろうという顔つきになっている。タオフーは、きっと彼女が自分をかわいがってくれているからだろうと考えた。

「それで、ナットの寝室とか家の中はどうなの。そのぬいぐるみと関係しそうな物はないのかしら。クマのぬいぐるみがどこから来たか、教えてくれたりすることもあるかも」

　タオフーの濃い茶色の大きな目玉が、眼窩《がんか》の中でぐるぐる回る。いくら考えても同じ答えしか出ない。

「家にある物はほとんど全部知ってるんですけど、ぬいぐるみと関係してそうなものはないんです。ノートおじ――」

口をすべらせてしまって、なんとか言い直す。

「知り合いのおじさんが教えてくれたんだけど、ナットくんがデザインした、ナットくんの好きなインテリアは、ロフトスタイルっていうんです。家のものもロフトスタイルばっかりで、ナットくんがほんとに昔から取っておいてるのは本だけだったみたい。あとは、ほかのどれとも関わりがないクマのぬいぐるみだけで」

「そうなの」

チャンさんは、今度はなぜか胡乱《うろん》な目つきになったが、すぐに笑みを浮かべた。

「とにかく、似たようなぬいぐるみを見つけたらタオフーに教えるわね」

「ありがとうございます！」

気分がパァッと晴れやかになる。もし自分が発育不全の木だったら、いきなり枝葉を広げて、花をいっぱいに咲かせたみたいなものだ。

やさしいチャンさんに助けを求めようと思ったのは、本当に正解だった。

「そうだ、タオフー」

チャンさんがご満悦なタオフーを現実に引き戻す。

「はい？」

チャンさんの瞳に、一瞬、考え込むような様子が見える。彼女は目をしばたたかせて、それを追い払った。自然な様子で、手をオレンジジュースのグラスに伸ばす。まるで、はじめからそうしようと考えていたんだと言わんばかりに。

「来週、家の中の古いものを寄付しに行くの。ナーさんの家にも使わないものがたくさんあるって聞いたから、わたしのところのと一緒に持っていきたいか、聞いてみてもらえる？」

「貧しいひとたちに寄付するってことですよね。おばさんも喜ぶと思います。おばさんもひとを助けるのが好きだから」

チャンさんはホッとしたように笑った。

「よかった。そしたら都合のいいときに教えて。こっちに運び出しに行くから。古いものを選んでるときに、もしかしたらタオフーのぬいぐるみと一緒に来たものが見つかるかも――」

（たしかに！）

タオフーは目を大きく見開く。

「――そうしたら、同じぬいぐるみをどこで探せばいいか見つけるのは難しくないものね。どこから来たのか、というか……ナットがどうやって手に入れたのか！」

それだけ言ったところで、ちょうど彼女の携帯電話が鳴った。

「チャンさん、電話ですよね。そしたらぼくはこれで失礼します。ほんとにありがとう」

「大したことないわよ」

彼女が美しく目を細める。

「見送りはいいわよね」

「はい」

タオフーが家の玄関ドアまで向かう途中、この家の主が電話で話す声が後ろから聞こえる。

「うん？　チンさんがどうしてセーンさんに会いに行くの。もう終わったことでしょう――」

タオフーの手がドアをピッタリ閉めて、聞こえたのはそこまでだった。


その夜、カーテンを少ししか開けていないナットくんの寝室は、月明かりが入らず仄暗《ほのぐら》かった。外の道路の街灯の光が漏れ入って、ベッドの足側の壁に長方形の影を作っている。暗闇が部屋のいろいろな場所を隠して、ぼやけさせる。

ベランダのガラスドアに一番近いベッドの上だけは少しはっきりしていて、厚い掛け布団にくるまれたふたつの身体が長く伸びている。

ナットくんはタオフーの胸に半分だけ顔を載せている。片方の手は相手のお腹に置かれていて、あたたかい指先が、へそから下にまっすぐ並ぶ産毛をなでて遊んでいる。ゆっくりと楽しげな指の動きは、一時間ものあいだ激しく疲れることをしたあとのナットくんが、リラックスしていることを示している。

タオフーは思い切って言う。

「ナットくん」

向こうは目を開けずに、うなるように答える。

「うん？」

「家の中の古くてもう使わないもの、寄付に持っていってもいいかな」

「選んでみろよ」

考える間もなく、眠そうな声が即座に返ってくる。

タオフーは暗闇の中で笑みを浮かべた。

（ナットくんはいつもやさしい）

「ありがとう」

「ちょうどいい。今の仕事が終わったら、ちょっとは新しいものを買いに行こう。一緒に新しい記憶を作るんだ」

そう言うとナットくんは、タオフーの胸にキスをした。

これまでだったら、タオフーは喜んでニコニコ笑っただろう。新しいものを手に入れられてうれしいのではなく、ナットくんが自分をいろんなところに連れ出して、一緒に経験を重ねてくれるのがうれしい。それはつまり、ナットくんが前よりも自分のことを受け入れてくれたということだからだ。

いつも謎めいていて、静かで寂《さび》しいナットくんの世界に、さらに一歩踏み入ることができるのだ。

だけど今はタオフーの考えも変化していて、複雑になってきている。いいことも悪いことも合わせていろんなことを考え込んでいて、ほんのりとだけほほ笑む。

こちらが静かになると、かなり眠そうなナットくんの声が聞こえてきた。

「もっとしゃべれよ」

「え？」

「しゃべってくれ。おまえの声、好きなんだ」

「だけどナットくん、寝るんじゃないの？」

「話せって。おまえの声を聞いてればいい夢が見られる」

「ナットくん、さっきさんざんぼくを叫ばせてたじゃない」

最近のタオフーはナットくんをからかうことも覚えてきた。

ナットくんは笑いながら目を開けると、相手の平たいお腹を軽く叩いた。

「叫ぶのと話すのはぜんぜん違うだろ。それとも声が嗄《か》れたのか」

「たしかに。じゃあ嗄れてたらどうする？」

今度は顔を上げて近づいてくる。薄暗さの中でも、ナットくんの大きな目が星みたいにキラキラとまたたいているのがわかる。ナットくんがもっと若かったときに見たような、いたずらっ子のきらめき。

「水を飲ませてやるよ」

「だけど、ナットくんのほうが嗄れてるみたいだよ」

「口答えするようになったな」

彼は顔を近づけると、タオフーのあごを甘噛みした。タオフーはくすぐったくて身体をそむける。

「ナットくんってさ、子どものときからおはなしを聞くのが好きだったんだね」

「母さんから余計なことばっかり聞きやがって」

そうぼやいたナットくんはまた頭を下げると、筋肉でかなり盛り上がったタオフーの胸にほっぺたを寄せた。

伸びて少しカールし始めたナットくんの髪が、肌をやさしくなでる。もう片方の胸のてっぺんのまわりを動く指先と同じように。以前ナットくんは、この場所が好きだと言っていた。ピンク色で、小さすぎず、大きすぎない。ちょうどいい大きさと形の胸と合っているのだと。

マタナーさんから話をいろいろ聞いているのはたしかにそうなので、タオフーはナットくんの認識を改めようともしなかった。

それよりも、くすぐったいようなもどかしいような感触に思わずうめいてしまわないよう、堪《こら》えるほうが大変だ。

ナットくんがこういう触り方をするのが好きなのは知っている。タオフーもナットくんにこうやって触られるのは好きだ。好きというのは、ときには忍耐も必要なのだと知った。

「おはなしが好きだったから、大きくなってから、楽しい話をいろんなひとに聞かせるようになったんだね」

「楽しいなんてわかんのかよ。おれの映画、見たことないだろ」

たしかに、チラッと見たことしかないのは事実だ。

ナットくんが自分の作品を家でチェックしたり、ノートパソコンで作業したりするときはほとんど、ベッドから遠いデスクに座っている。ナットくんの背中にさえぎられて、タオフーからはのぞき込むのも難しかった。

夜遅くナットくんが眠っているときに、だれかにパソコンをつけてもらおうと思ったこともある。だけど全員が口を揃えて、パソコンの光が目に入ってナットくんが起きると忠告した。それで結局、ナットくんの映画で最後まで見られたものは、ひとつたりともない。

これまでだったら、タオフーはここでフフッと笑って、起こったとおりのことを伝えていただろう。だけどおそらく人間として過ごす時間が長くなってきたせいで、性格も人間らしく変わってきているみたいだ。ナットくんと言葉を交わすのにも慣れてきたから、ふざけることもできる。

「もしかしたらぼくはほんとはナットくんの恋人で、もう全部見てるのかも。ぼくがなにも覚えてないって知ってるでしょ」

「いっちょまえにゴネやがって。見せてやってもいいけどな、寝るぞ。がっつり、しっかり見せてやるよ」

言い終わると、ナットくんの手が下のほうをまさぐって〝しっかり〟という言葉を強調した。

びっくりしたタオフーは、片手でナットくんの肩を引き寄せる。向こうがおもしろそうに笑っているので、こちらもナットくんの真似をして不機嫌そうな顔をする。

「がっつりされたいなら、はっきり言えばいいのに」

「わかったような口をききやがって。このお子さまが！」

語気を強めた彼が、手を伸ばしてタオフーの鼻先をつまむ。

タオフーはその手をつかまえる。

「だけど本当に見たいんだよ。ナットくんが作ったんだから、絶対いいはずだもん。少なくとも……」

「少なくともなんだよ」

「少なくとも、おばさんはそう褒めてたよ」

「母さんは当てにならねえよ。いつも寝てるからな！」

ナットくんが笑いながらマタナーさんの話をしているのを聞いて、タオフーはうれしくなる。

（少なくとも、嘘をついただけの甲斐《かい》はある）

タオフーはナットくんに、もっとマタナーさんを好きになってほしかった――もちろん……ナットくんがマタナーさんを好きなのはわかっている。だけどどうもなにかのせいで……もしかするとマタナーさんの病気のせいでナットくんは壁を作っていて、あまり関わりたくないと思っているみたいだった。

それはマタナーさんにとっても、ナットくんにとっても悲しいことだ。

しかも今、想像の中の夫すら失ったマタナーさんにはだれも残っていない。彼女にはよりどころになるひとが必要だ。だけど部外者の自分だけでは力不足だ。

タオフーは、できるものなら、ふたりの関係を取り持ちたかった。いつかナットくんがまた、母親に冗談を言ったり、一緒に長い時間を過ごせるようになったりしてほしいと望んでいる。ふつうの親子みたいに。

ナットくんの嗄れた声には晴れやかな感情が混じっている。けれど、続いた言葉には、なんらかの不安と弱気さが含まれているようにタオフーは感じた。

「さっき黙っただろ。なんか考えごとか？」

「ナットくんに申し訳なくて」

「申し訳ない？」

ナットくんが笑う。

「なにが申し訳ないんだよ」

「ナットくんがぼくのことを考えてくれて、買いものに連れてってくれるのはうれしいんだ。だけどそうしたらこの家にとっては出費になるでしょ。働いてるのはナットくんひとりなのに」

「お子さまのくせに、心配しすぎだ」

そう言ったひとはタオフーのお腹に軽く手のひらを打ちつけた。そして顔を上げると、薄暗い中でもはっきりとわかる、うれしそうな視線を送ってくる。

「おまえだって毎日働いてるだろ」

タオフーは、得心したというみたいに、口の端をニヤリと上げる。

「ぼくがホストだってこと？　べつにナットくんがぼくのホストになってくれてもいいんだよ」

「言うじゃねえか！」

ナットくんに両方のほっぺたをもまれて、タオフーは叫んでしまう。

「うわあ！」

「心配しなくていい。おまえは毎日、母さんとかおれを手伝ってるだろ。ひとを雇ってみろ、いくらかかると思ってるんだ」

「そうだ！」

タオフーが、なにかを思い出したというふうに声を上げる。

「月極で請求するとか言うんじゃないだろうな」

「言わないよ。おばさんの調子が悪いってことを思い出したの。ぼく、いつも忘れちゃうから、ナットくんとこの話もできないでいたんだ」

ナットくんは黙って聞いている。

一方のタオフーは、マタナーさんの病状についてチャンさんが勧めてくれたことを思い出しながら、推考していた。

ソファーさんが悪人だと言っていたのは信じていないにしろ、ナットくんがチャンさんを好きじゃないというのは確実だ。ここは、ナットくんの機嫌を損ねるような名前は出さないほうがいいだろう。

「ここに来てから、おばさんが薬を飲んだりお医者さんに行ったりするのを見た気がしないんだけど、連れていってあげるべきじゃないのかな？」

「そうするべきだな」

ナットくんはあっさりと答えた。

「というか、連れていったことはある」

ナットくんの説明によれば、古い環境から抜け出すために仕事を辞めてここに引っ越してきてからも、おばさんの病状はまったくよくならなかった。ナットくんはしかたなく、母親が病気であり、本当に医師の手を借りるしかないと認めざるをえなかった。しかし、そこから先は、うまくいかなかったらしい。

「――二年くらい薬を飲んで、調子がよくなってきたと思ったら、母さんがサボり始めたんだ。それに、他人に病気だと指を差されるのが気に食わなかったらしい」

その言葉のあとに、疲れたというよりも呆《あき》れたようなため息が続く。

「いつだって母さんは母さんだからな。言い返しこそしなくても、裏では逆らったりする。だんだん、薬を飲めと言ってもこっそり飲まなかったりするようになった。それにおまえもわかると思うけど、おれだって母さんと四六時中一緒にいられるわけじゃない。それで結局、ぜんぶが無駄になった」

(それでナットくんは、そのまますべてを投げ出してしまったのか……)

「母さんの症状が重いわけじゃなくてまだよかったよ。自分のことは自分でできるし、もともとひとに会うのも好きじゃない。だから大きな問題にもならなかった」

タオフーは、それがナットくんの自己弁護だとは捉えたくはなかった。どこまで行っても、自分はいつでもナットくんの味方だ。

「それで、薬はぜんぶ捨てちゃったの?」

「いや、薬棚に埋もれてると思うぞ」

木でできた小さな薬棚は、キッチンのあたりの棚の上に載っている。あれを開けたことはないから、薬がまだ残っているのかわからない。

(おばさんが捨ててないといいけど……)

話題がそこで終わったので、もとの話に戻る。

「さっきの話がまだ終わってないんだ。本気で言ってるんだよ、ナットくん、ぼくになにも買ってくれなくていいよ。今、仕事だって大変なときで、これからなにが起こるかもわからないし――」

――おばさんの病状も含めて。

「――お金を貯めておいたほうがいいんじゃないかな」

「おまえ、ほんとに変なやつだな。ふつう、ヒモになりたいと思うもんだぞ。大人ぶらなくていいんだよ。おまえはお子さまなんだから。おれは大人なんだから、おれが働けばいい。わかっ・た・か！」

ナットくんが、タオフーの片方の乳首を愛《いと》おしそうに弾いた。タオフーはそこをポリポリとかく。

「脚本はかなりよくなったんだ。おれの新しいラフもあっさりオーケーが出た。まるで別人みたいによくなったって言われてるよ」

「ほんとに変なひとたちだね」

タオフーはナットくんの言葉を真似てみる。

「ナットくんは前から優秀だったのに」

「お世辞がうまいな」

持ち主が笑う。それに続く声色が、真剣なものに変わる。

「おまえ、おれがだれのおかげでこうなったか本当にわかってないのか？」

そう聞いたほうは心がふくらんで、笑みを抑えられなくなってしまう。

「ナットくん、いいひとだね」

〝いいひと〟はますます機嫌よく笑って、続けた。

「言っただろ。一緒に新しい記憶を作っていくんだよ。おまえのおかげであのシーンを抜けられたんだ」

「難しいシーン……」

ナットくんが前に聞かせてくれた。問題をなんとか乗り越えるために、人々にインタビューをするという方法をとってみたこともあったらしい。記憶というのは他者に共有できるものだと、ナットくんも思っていたからだ。でもそれはぜんぜん違ったと、あとから気がついた。共有されたものはただの経験でしかない。そして、経験と記憶はまったくのべつものだ。

タオフーみたいな幼い人間には複雑すぎて、そのときナットくんに聞いた。

〝でも、経験と記憶はどう違うの？　どっちもひとりの人間の身に起こったことだと思ってたけど〟

〝たしかに、区別するのは難しい〟

そう言いながら、ナットくんはため息をついた。タオフーと隣り合って仰向《あおむ》けに寝転がりながら、ナットくんは真っ暗な天井に視線をやっていた。まるでその暗闇がブラックホールの扉で、そこからはるか空の彼方とつながっているかのように見つめている。

〝いろいろ考えたこともあるし、意味を調べようとしたこともある。だけどな、知ってるか、タイ語の辞書には〈記憶〉という語の意味すら載ってないんだぞ〟

そう聞いたタオフーはただ、おかしな話だと思った。

一般的に知られて広く使われている言葉なのに、深く掘り下げようとすると、一体なんのことを意味しているのかかえってわからなくなる。言い換えたり翻訳させたりとなると、この国ではきちんとした意味を与えてもらえなくなる。

（記憶……）

〝海外の心理学者が、このふたつの意味を深く調べようとした。それで結局、どうも経験というのは、ある時期に起こったできごとの純粋な塊《かたまり》で、記憶というのは、思考や心に保存されるできごとの塊なんだと結論づけたらしい。記憶のほうは時間に少しずつ侵食されたり、新しく生まれたほかのものと混ざったりする。だから記憶は、実際に起こったこととは同じになりようがない。たくさんのいろんなもので装飾されているからな。だけど少しずつ変化するからこそ、記憶も命を持つ〟

だれかの語りを記録しようとする右筆が聞くのは、どれだけ編集を加えられて変化したのか、もはやまったくわからない記憶だ。けれどもその語りが届けられた瞬間、語り手の世界で何次元にも広がっていた動画が、即座に静止画に変わる。右筆はその静止画をもとに語り直すことができる。

だけど今度は画が動かない。花の赤の色合いは一種類しか存在しなくなってしまう。陽光が雲の塊にさえぎられていって、金色の筋が少しずつ色を変えていくところに立ち会っていないからだ。

なにかの匂いがそこでしたことはわかる。だけどその匂いに、花の蜜の香りと、草いきれの匂いと、泥土の生臭さが混じっていることを嗅ぎ分けることはできない。

ナットくんが直面し続けていたのがこれだ。他人から記憶を借りてきても、そこから語られるものには命が宿らない。

タオフーにもわかるような気がする。でも結局、自分には本当の意味でわかる日は来ないだろう、ということのほうがはっきりとわかる。

これからずっと先……自分が完全な人間になって、ノートおじさんが言っていたみたいな夢を持つようになったら、静止画と、三次元の動画がどう違うのか、わかるようになるのだろう。

そして、ひとりの人間が自分の記憶の扉を開けることができずに、自分自身の三次元の映像を手に入れられないことが、どれほどの痛みかということも。

ぼくがナットくんの扉の鍵になったってことかな？　と疑問を口に出すと、彼はそれを否定した。

〝おまえは、経験の貯蔵庫を新しく作ってくれたんだ〟

〝経験の貯蔵庫……それがつまり〈記憶〉っていうこと？〟

ナットくんがうなずく。

〝その貯蔵庫では、おれはすごく幸せで、心安らぐんだ。だからそこを開けて中身を取り出して使うこともできる。おまえがおれを生き返らせてくれたんだよ、タオフー〟

生き返ったナットくんは、明るくなったし、よく笑うようになった。青白かった肌すら、ほのかなピンク色に輝いている。それに家に帰ってくるのも早くなったし、家にいる時間も長くなった。しかもどうやら、おばさんとの関係もよくなっているきざしがある。

とても順調で喜んでいたのに、ナットくんの言葉を聞いて、急に目の前が真っ暗になる。

「来月の頭、長めの地方出張だ。撮影チームとリサーチで」

どうもタオフーはしばらく黙り込んでしまっていたらしい。それを不思議に思ったナットくんが、手を広げて強く抱いてくれた。慰めるような声色でやさしくささやきながら。

「どうした、行ってほしくないのか」

「ナットくんの仕事だもん。わかってるよ」

「どれくらい行くのか聞かないのか」

実際、長く一緒に過ごしているので、だいたいの予測はつく。だけどナットくんみたいに繊細なひとは、自分の自信のためにもそういう言葉を聞きたいはずだとタオフーはわかっている。

「聞きたいよ」

「一週間」

そう答えたナットくんがすぐ言葉を継ぐ。

「ほんとは、そのままもう一週間旅行しようって誘われた。だけどおれはすぐ帰らせてもらうことにした。おまえに会いたいからな」

「ぼくもナットくんに会いたくなるよ」

タオフーのあごへのキスで、ナットくんはその言葉に答えてくれる。

「ナットくん」

「なんだ」

「ナットくんが古い貯蔵庫から取り出せないのって、なんの記憶なの？」

ナットくんはそれに答えずに、唇でタオフーの口を塞いだ……それから、舌を搦《から》め捕《と》っていく。


古いものの寄付について、ナットくんからはよい返事をもらえた。第二の関門はマタナーさんだ。

こちらのほうが難しいと思って、最初、タオフーは気後れしていた。マタナーさんがチャンさんをどう思っているのかわからない。家の中の「物」たちみたいに彼女にうんざりしているかもしれない。けれどもナットくんに話したときのように、チャンさんの名前を言わないわけにもいかない。

というのは、結局最後はチャンさんに寄付に出すものを見てもらって、クマのぬいぐるみにつながるかもしれない手がかりを探したいからだ。

しかし幸運なことに、話を聞くやいなや、マタナーさんは喜んで許可を出してくれた。そして続けてぼやく。

「いやだ。すぐ隣の家なのに、もう長いあいだウマーさん、ええと、チャンさんに会ってないわね。タオフー、彼女を連れてきてちょうだい。彼女のほうがわたしより詳しいから。寄付される側がほしいようなものがあるか、見てもらえるわよ」

そう聞いて、掃除機さんは悪いほうに想像をふくらませる。

「マタナーさまがチャンさまに夫の消息を聞いて、ややこしくなるでしょうね」

マタナーさんの電話さんが重ねる。

「向こうは／もっと／あざ笑う」

タオフーは、自分の好きなひとが悪く言われるのは聞きたくない。

会話から離れるように足を速めて、隣の家の門扉《もんぴ》にチャンさんを呼びに行った。けれども、彼女が大きなスーツケースを引きずって外出しようとしているのを見て、がっかりせざるをえなかった。

「いやだ、ごめんねタオフー。急用ができちゃって、急いでチェンマイに行かないといけなくて――」

突然ふと、このあいだチャンさんの電話をたまたま聞いたときのことがよみがえる。

〝うん？　チンさんがどうしてセーンさんに会いに行くの。もう終わったことでしょう――〟

（もしかすると、あれのことかも……）

「だけど、すぐ帰ってくるから」

彼女が、てらてらと光るマンゴスチン色にネイルを塗った手を振る。唇に塗られた口紅の色とも、大きなスカーフの色とも合っている。

「来週帰ってきたら、手伝ってあげるから」

そんなわけで、待ち望んでいた作業を始めるまでに、さらに一週間待つはめになった。


一週間経ったある日の午前中、ゆったりと歩くチャンさんがマタナーさんの家を訪れた。鮮やかな色のレギンスと、ものを見るときに髪の毛が落ちないようにするためのバンダナを身に着けている。

今日も彼女は元気よくはつらつとしていて、マタナーさんよりずいぶん若く見える。実際は二歳しか離れていないのだけれど。

客人が家のガラスドアを開けて足を踏み入れた瞬間、家じゅうの「物」の話し声が静かになった。入れ替わりに、クンチャーイの吠える声が聞こえる。どうやら家具たちと同じように、やつもチャンさんが好きではないらしい。

マタナーさんはクンチャーイを叱《しか》ると急いでリードをつけて、家の裏の壁のところにつないだ。チャンさんが見えなくなったクンチャーイは、何回かだけ吠えてすぐに静かになった。

するとそれに代わって、家の中の「物」たちによる闖入者《ちんにゅうしゃ》への陰口が聞こえる。ものごとを悲観的に見ている「物」たちは気にしないことにして、タオフーは、チャンさんのあとから家に入った。

チャンさんは、ひらひらの服を着たマタナーさんの太った身体をためつすがめつする。

「今日はお化粧もしてないし、腕輪も着けてないし、ナーさんじゃないみたい。女性がきれいをやめちゃダメよ」

「きれいにしたって、だれに見せるわけでもないし」

マタナーさんは疲れ切った様子で答えた。

「セーンさんが用事に出かけたっきり、何日も帰ってこないの」

チャンさんよりもタオフーのほうが驚いてしまった。彼女は弟嫁の病気には慣れているようで、とても冷静で寛容だ。怒ったり不機嫌になったり、見下すようなそぶりもまったく見せない。

「ナットはナーさんをどれくらい病院に連れていってないのかしらね。大丈夫、大丈夫。タオフーがお母さんのお世話をしてくれるものね」

彼女は気まずそうに笑っているタオフーを向いて、ウィンクをする。

タオフーは実際、彼女の発言にはどんな言外の意味もないと思っていた。だけど今は自分のほうが隠し事をしているし、おまけにそもそも市場のひとたちが噂《うわさ》していたのと同じ状況になってきてしまったので、あたふたとせざるをえなかった。

しかしほかのひとたちはそうは考えなかったらしい。

マタナーさんの携帯電話さんがぼやく。

「嫌味／ばっかり／言って／ソファー／起きて／彼女の／足を／引っ掛けないの」

共通の敵ができれば、それまで反《そ》りが合わなかったマタナーさんの携帯電話さんとソファーさんも即座に味方同士になれるらしい。

タオフーも、ソファーさんが目を開けてなにかを話してくれるのをひそかに期待していたというのは否定できない。けれども彼女がそのまま命なき家具として黙っているのを見て、タオフーのあたふたが気詰まりに変わっていく。

だけど、マタナーさんから来客への返答で、混乱した思考が落ち着いた。

「病院なんて行かなくていいの。毎日元気だし。チャンさんのほうこそ、なんでもないのに病院ばっかり行って」

「チャンさまのほうが、マタナーさまよりよっぽど病気だものね」

（掃除機さんですら、チャンさんにこんな言い方をするなんて）

「ひとの身体は機械と同じなのよ、ナーさん」

チャンさんが答える。

「五十年も使ってきたんだからちょくちょく検査しないと。そうしたら、自分が正常だなんて思わなくなる」

「医者だのなんだの、好きじゃないのよ。行くたびに新しい病気がたくさんくっついて帰ってくる。チャンさん、どれなら持っていけそうか、見てちょうだいよ」

「本当は先にナットに選ばせたほうがいいんだけどねえ。寄付された側はなんでも喜んじゃうのよ。だから、わたしたちがどれをあげたくて、どれを取っておきたいかっていうほうが大事なの」

そう言うチャンさんは、タオフーとマタナーさんのあとについて、家の裏の物置のところまで歩いてくる。

ドアを開けて物置の中に入ると、ほとんどのものが壁に沿って並べられていて、かなり丁寧に布までかけられている。マタナーさんを褒め称えるしかない。タオフーだって人間になってから掃除の手伝いをしているけど、ざっくりと全体を掃《は》いたり拭《ふ》いたりしているだけだ。

マタナーさんの指示に合わせてタオフーが布をめくっていくあいだに、チャンさんが話を続ける。

「例の消えたクマのぬいぐるみもそうだけど、ナットがなにを取っておきたいのかわからないのよね。ものすごく大切にしてたってタオフーが言ってたでしょ。そういうのってだれかにもらったりしてるじゃない。もしここに紛れ込んじゃって、うっかり寄付でもしちゃったら、残念がるわよ」

マタナーさんの返答が咳払《せきばら》いだったので、チャンさんはあわててそちらを見る。それがたまたま埃《ほこり》を吸い込んでしまったせいだとわかると、ほほ笑んで話し続ける。

「親戚のタータターンっているでしょ。あの子なんか、お母さんがいっきにものを捨てたってずいぶん文句言ってたのよ。ほら、日本にデザインの留学してたときに」

チャンさんは誇らしげな口調だ。

「甥っ子さんですか？」

タオフーはそんなに興味はなかったが、礼儀として聞いた。

「いとこの子どもよ」

「ああ、遠い親戚」

タオフーのなにもわかっていなさそうな言葉で、チャンさんの笑みが少し固まる。そのときマタナーさんのほうが声を出したので、彼女はそちらに興味のあるそぶりを見せる。

「この家にナットのものはあまりないのよ。あの子は買ったり集めたりするのが好きじゃないから。子どものころから、わたしがなにか買うと、なんで買ってきたんだって文句言ってたのよ」

マタナーさんは、棚に置いてある、腰くらいまでしかない背の低いリュックを手に取る。

「ほら。これだって、中学から大学を出るまで使ってたんじゃないかしら」

タオフーの目にだけは見えている。マタナーさんが埃を少しずつ払うそのたびに、眠りの中にいたリュックがゆっくりと目を開けていき、口を開けてあくびをしながら、体を伸ばすようなしぐさをしている。

リュックは人間が近くにいるのに気がついて、すぐに体を硬くした。

タオフーはリュックにほほ笑んだ。ナットくんの昔の持ち物と、仲良くしておきたかったのだ。しかし近づいたチャンさんがささやきかけてきたので、思考がそこで途切れる。

「タオフー、そのぬいぐるみになにかマークがなかったかとか、知らない？　ここにあるほかの古いものと同じロゴだったりしないかしら。そうしたらどこのものか探しやすいんだけど」

「たしかにそうですね」

タオフーは目を丸くする。だがすぐに眉毛が下がる。

「ぼくが聞いているかぎりだと、あのぬいぐるみにこれといったマークはなかったみたいです」

「じゃあひとまず、ナットのらしきものを集めたほうがいいわね。そこからなにかわかるかも」

「それがいいと思います」

タオフーはうなずいて、チャンさんが指したほうの棚を向いた。彼女のほうは、マタナーさんがあれやこれやを手に取って丹念に見ているところの近くまで行って、止まった。だれかのぼやく声が聞こえる。

「気持ちよく寝てたのにさあ、どうして起こすん――!」

そのぼやきがパリン！　という大きな音で途切れる。振り返ると、さっきまでマタナーさんの手にあったらしい陶器の花びんが床に落ちていた。それを持っていたであろうマタナーさんの手は、まだそのまま宙に浮いている。

「おばさん！」

タオフーは、マタナーさんが驚いて固まってしまったのだと思って、急いで近づく。だけどそこで、彼女が見ているのは足のまわりの花びんの破片ではないということに気がつく。彼女の視線は別のほうを凝視して、そのまま固まっていた。

視線を追っていくと、最初にマタナーさんがものを選別していた棚の上に、一枚の小さな写真が置かれているのを見つけた。

まぎれもなく、シップムーンさんの写真だった。

13　真の民主主義のためのクーデター

　全身を硬くしたマタナーさんの、べっ甲柄の眼鏡の奥の目が大きく見開かれている。あごのあたりから震《ふる》えが始まっていて、おでこの真ん中、眉のあいだから、白くなり始めた髪の生え際まで血管が浮き出ている。

「ナーさん、この写真のひとを覚えてるの？」

　近くに立ったチャンさんが聞く。よく手入れされた細い手は、少女みたいに肌が張って透き通っている。その手が、さっきの古い写真を持ってマタナーさんに渡そうとする。しかしそれは渡すというより、相手にもっとよく見せてやろうとするみたいだった。

　マタナーさんがサッと手を上げてそれを防ぐ。指先も身体も震えていて、まるでその写真が忌《い》むべきものであるみたいに、距離をとろうとしている。

「よく見てごらんなさいよ。これはだれ？」

　石碑みたいに動けなくなっているマタナーさんの目が、まるで呪いにかけられたみたいに、隣人の手で躍る写真を追っている。目からは液体がこぼれ落ちて、色褪《あ》せた唇が開かれる。最初は小さかった呼びかけが、だんだんと叫びに変わる。

「あ……あなた！　あなた！」

妻を守ろうとする夫が飛び込んでこないことがわかると、マタナーさんは力いっぱいなんとか視線をそらし、タオフーのほうを向いた。

「ほ……星の王子さま、セーンおじさんは帰ってきてるかしら。おじさんに会いたいんだけど――」

「おじさんは――」

タオフーがそれに答えたり、その場を乗り切る方法を考えつく前に、チャンさんの声が被せられる。

「星の王子さま？」

信じられないといったふうに声をうわずらせて、眉毛と口の端も少し上がる。

「これはタオフーよ。ふつうの人間。星の王子さまじゃない。それに、ナーさんの夫はセーンさんじゃない。この写真のひとよ。よく見てちょうだい。しっかり考えて！」

写真がふたたびマタナーさんに押しつけられる。今彼女の上半身は、なんとか呼吸しようとしているみたいに上下し始めている。吐いてしまいそうに、顔がふくらんでいる。

「おばさんの様子、見てられないよ！」

ナットくんの古いリュックが叫んだ。

タオフーも同じことを考えて、マタナーさんを支えようと急いで近づいた。その大きな身体が倒れてしまうのではと心配だった。

「チャンさん、もういいんじゃないかな――」

そうお願いされたほうは、答える代わりにもう片方の手を上げた。

「タオフー、せっかく見つけたんだから、しっかり見てもらわないと。きゃっ！」

マタナーさんが物置のドアに向かって走り出して、彼女の言葉の終わりが叫びに変わる。マタナーさんは大きな手で口を押さえている。

チャンさんがすぐに妨害に入る。

「ナーさん、見て。きちんと覚えておかないと」

マタナーさんの逃げ道をふさいだチャンさんは、心配するような表情をしながら、写真をわざわざ相手の目の前に突き出している。

「息子のナットだって、あなたにふつうに戻ってほしいと願ってる――」

家の主が右に動いても左に動いても、チャンさんはその場から動こうとしない。マタナーさんが手でチャンさんを押しのけようとしても、客人のほうがその両手をしっかりとらえて逃さないようにする。

ついに、逃げようとしていたマタナーさんがオエッ！　と声を上げて、チャンさんの顔に向かって吐瀉物《としゃぶつ》を吹きかけてしまった。

「きゃあ！」

「うう……！」

マタナーさんはまだ自分がなにをしでかしたのかわかっていないようで、ただ泣くばかりだ。手で口をぬぐうことすらしない。

タオフーは驚いて駆け寄ったが、ふたりの女性のうちのどちらを先に心配すればいいのかわからない。

「おばさん——！」

「うぇえ！」

チャンさんが顔をしかめ、口を歪《ゆが》める。しわができるくらいに顔の筋肉を歪ませた彼女を見たのは、これが初めてじゃないだろうか。

その手は、吐瀉物に汚れた写真をパタパタと払ってから捨てた。ドロドロで臭う食べ物のかすがどれほど自分を汚しているのか気がつくと、彼女のほうも吐きそうになってしまう。

しかし、少し口を開いたところで、向こうの口からさらに食べ物のかすが飛んできて、ますます汚れてしまう。マタナーさんのほうは「お父さん！　お父さん！」と叫んでいる。

「タオフー！」

チャンさんは悲鳴を上げた。それと同時に下から空気が上がってきたみたいで、げっぷの音がする。

「もう耐えられない。ちゃんとナーさんに言いなさい。セーンさんはあなたの夫じゃないってわからせないと。ごえぇ！」

さらにげっぷの音。チャンさんはタオフーに背を向けて外に走り出そうとした。しかし今度はマタナーさんの大きな身体が道をさえぎる形になっている。彼女は、マタナーさんを強く押しのけた。

「なんなのよぉ！」

タオフーはサッとマタナーさんを受け止める。そのせいで、足元に気をつけずに急いでいたチャンさんが吐瀉物に足をすべらせて尻もちをつくのを、助けることができなかった。

「きゃあ！」

「チャンさん！」

「助けてよぉ！」

悲鳴が金切り声に変わる。

「だけどおばさんが――」

マタナーさんが心配なクマさんは、まだ躊躇《ちゅうちょ》している。

マタナーさんよりも身体がよく動くチャンさんは、なんとか立ち上がろうとする。しかし、刺激臭のする液体に足をとられてしまう。

「立ち上がれない！」

「はい、はい」

心を決めざるをえない。だけどマタナーさんのほうを向いて、なだめることも忘れない。

「おばさん、ここで待っててね」

そのあいだずっと、マタナーさんは、タオフーにもチャンさんにも興味を示さなかった。怯《おび》えた目からは涙があふれ出して、床に捨てられた、汚れた写真を見つめている。まるでマタナーさん自身が悪霊で、その写真は、とても近づくことのできない危険な護符であるみたいに。

「チャンさん」

この場所でたったひとりの青年は身体をかがめて、床に転がるチャンさんを支えてあげた。

「気をつけてください」

チャンさんは舌打ちをしたが、それが一体だれへの不満を示しているのかうかがうのは難しい。

少しずつ立ち上がった彼女は、狭いドアからフラフラと出ていく。

「ちょっと、ちょっと。やさしくしてよ！」

物置の外で響いたこの鋭い声は、長いあいだおとなしくしていたクンチャーイの耳にも届いたみたいだ。吠え始めたクンチャーイは、自身を拘束するものから抜け出そうともがいている。

チャンさんは、うるさくて煩《わずら》わしいというふうに顔をしかめた。

「チャンさん、そっちのシャワールームで身体を洗ってからにしましょう」

タオフーはそう勧めながら、彼女の身体を言ったとおりの方向に向ける。

顔をしかめていたチャンさんは、耐え切れないというように息を吐き出した。そして震える大声を上げる。

「あなたが！　洗って！　ちょうだい！」

その大きな声でクンチャーイの我慢も限界を迎えたようだ。やつがさらに力を入れるとリードが解けた。そして、警戒を怠《おこた》った隣人とタオフーのほうに飛び込んでくる。

「クンチャーイ！」

「きゃあ！」

チャンさんが後ろに転んで、ふたたび尻もちをついた。

タオフーが客人の服と身体をきれいに洗うのに、しばらく時間がかかった。それが終わってから、彼女を支えて家に連れて帰った。

チャンさんはもう落ち着いていて、汚れていた顔はまた肌がピンと張って、しわもなくなっていた。だがその目はまだかなりギラギラと燃えていた。前は柔《やわ》らかかったしゃべり方も、古いものは自分たちでまとめて、決まったら持ってこいと言うときには厳しいものになっていた。

タオフーは何度も何度も謝って、急いで家に引き返した。家に入ってガラスドアを閉めた瞬間、マタナーさんの携帯電話さんの単調な声が聞こえる。

「どう／彼女の／妖力が／わかったかしら」

タオフーもあまり落ち着けておらず、興奮状態のままだ。

全然わからない。こんなことが起こったのに、「物」たちはマタナーさんを心配することもなく、みんなでチャンさんの悪いところを探そうと待ち構えている。

「おばさんにあれだけゲロをかけられたんだよ。だれだって嫌な気持ちになるよ」

そう言いながらタオフーは、携帯電話さんや、ほかの「物」からの答えも待たずに急いで物置に戻った。

マタナーさんの泣き声が、物置にしまわれたほかのたくさんの「物」たちを目覚めさせたようだ。彼らは興味深そうにそちらを見ている。

「マタナーさんはどうしたんだ。自分の夫の写真をそんなに怖がるなんて」

「だってそりゃ――」

マタナーさんの大きな身体が、物置の奥のほうでしゃがみ込んでいる。まるで、あの汚れた写真からできるだけ離れたいみたいだ。その姿があまりに心配で、ほかの声を聞く気を失ってしまう。

タオフーはしゃがみ込んで、マタナーさんをなでながらやさしい声で言う。

「おばさん、大丈夫だよ。写真は捨てて、掃除もしておくから。ぼくが悪かったんだ。ここにおばさんを連れてきて、写真を見せちゃって」

「おまえのどこが悪いんだい、クマ公」

リュックさんが気に食わない様子で、大きな声で反論する。

「悪いのはさっきのおばさんだろ。おまえとマタナーさんが気づかないうちに、こっそり写真を出してきたんだ」

「うん?」

マタナーさんを支えながら、タオフーは顔を上げてリュックさんと少し目を合わせた。問いが口から出かかっている。

(チャンさんが?　どうしてそんなことを——)

しかし、喘《あえ》ぐマタナーさんが涙とともに言葉を発した。

「ほ……本当なの?」

それでタオフーは、視線をマタナーさんのほうに戻す。

マタナーさんの身体はまだかなり震えていて、肌が冷たくなっている。眼鏡の下の視線は、タオフーのほうをまったく向かない。まるであの写真に呪われて、視線をどこにも動かせなくなってしまったみたいだ。

「ほ……ほん……本当なのよね、王子さま。な……なにか起こってるのよね。それでお父さんは帰ってこないのよね」

「おばさん……」

「王子さま」

太った手が、タオフーにすがるように動く。タオフーはマタナーさんに向かって手を差し出し、握ってもらうことにする。せめてものよりどころになれるように。

「星の王子さま……お……教えてちょうだい。わたしひとりじゃ、考えられないの」

マタナーさんの表情がさらに歪む。痛ましい表情が、あまりにかわいそうだ。もう片方の手は頭をもんでいて、いろいろな感情を取り出して、投げ捨てようとしているみたいだ。

タオフーはため息をついた。あまりに難しい。

「わかった。まずは口をゆすいで、顔を洗いに行こうね。そうしたら話すから」


むかしむかしのとってもむかし、あるところに。

冷たい風がほんのりと吹き始めた、暗くてぼんやりした日だった。

冷たい風は、ある甘い恋の物語を思い出させる。

でも、同時に、病の原因にもなる。

それで恋の物語というのは、奇跡の起こらなかった病のことなんじゃないかと思ってしまったりもする……。

マタナーさんの目は腫《は》れている。涙の川はすっかり乾いて、その跡《あと》が光を反射している。泣きやんだのではなく、涙が涸《か》れてしまうほど泣いた、というほうが正しいかもしれない。

タオフーはチャンさんのときと同じようにおばさんの身体をきれいにして、それからソファーさんのところに連れてきて座らせた。

すべてを話しているあいだ、マタナーさんがかわいそうになって、何度も止まりそうになってしまう。だけどマタナーさんはそんなタオフーに、続きを話すよう促した。まるで、話のすべてが、人生で一度も見聞きしたことのない、興味深いものであるみたいに。

タオフーが話し終えると、ひらひらの服に身を包んだ大きな身体は黙り込んだ。

今語り終えたものがまた別の呪いになって、聞き手を彫像に変えてしまったみたいだ。ただその像にも魂は残っていて、ちぎれるような痛みが、はるか遠くを眺める視線に映し出されている。

「おばさん」

タオフーはマタナーさんの手を強く握る。どこかを漂っている彼女を呼び戻したかった。

「おばさん、大丈夫?　おばさん……なんともないといいんだけど」

近くに座るマタナーさんが心配なだけでなく、もし彼女になにかあれば、ナットくんがひどく悲しむだろうというのがあまりに不安だった。見ていられないくらいに悲しんでしまうのではないだろうか……。

「ナットくんは、おばさんをすごく心配してるよ」

マタナーさんは、それに答えようと動き出す。わずかに触れていた下唇と上唇が少しずつ離れていく。視線はまだぼんやりとしている。

「どうかしら」

彼女は咳払《せきばら》いをして、声をもとに戻そうとする。

「どうしてわたしは……そんな話をまったく覚えていないのかしら。ぜんぜん違うふうに覚えちゃってて。タオフーが嘘をついてるって言ってるんじゃないのよ。頭の中にチラチラ見えるものがあって……」

「チラチラ？」

「今タオフーが話してくれたみたいな映像が見えてるときがあるの。すごく頭が痛い。それが最近はよく見えるようになって。すごく……怖い……」

そう聞いたタオフーは眉をひそめるばかりだ。これもまた、自分には理解できない。人間のしくみというものは、ぬいぐるみや、タオフーが知っているどんな家具よりも複雑だ。

人間は、かつて自分が知っていたことを覆い隠して、知らなかったことにできてしまう。覆い隠すために使ったもので自分の目を欺《あざむ》いて、別のかたちに理解する。

けれどもある日突然、下に隠されていたものが少しずつ姿を現す。そんなことがありえるのだろうか。隠すために使っていたものが、少しずつ消えていっているみたいに。あまりに謎めいた不思議。

（それとも、これも奇跡と関係するんだろうか——）

そこまで考えたところで目を見開く。自分の頭にもチラリと浮かぶものがあったのだ。

「映像が見えるようになったっていうのは、いつくらいからなの？」

ずっと泳いでいたマタナーさんの目がようやく現実に引き戻されて、それから答えを探すようにきょろきょろと揺れる。頭に置かれていた手が、こめかみのあたりをもんでいる。

「頭が痛くなるなら、答えなくてもいい——」

「おじさんがいなくなった日からね」

答えが差し込まれる。

タオフーは眉をひそめて繰り返した。

「おじさんがいなくなった日？」

マタナーさんの目に映るおじさんが消えた日というのは、洗濯機のコンセントプラグを挿してくれるひとがいないと、彼女が叫んだ日のことだろう——ナットくんが機嫌を損ねて、シップムーンおじさんの写真をこっそりと財布に入れて、それを見たマタナーさんが財布を捨てたのと同じ日。

（なにか関係があるのかな……）

「タオフー」

おばさんの声がタオフーを過去から引き戻す。タオフーを見つめる視線は、真実を求めていた。

「最近わたしに飲ませてくれてたビタミンは——」

愛するナットくんを欺いていたと認めるのはつらかったし、マタナーさんは怒るかもしれない。だけどタオフーは首を縦に振ることに決めた。

「そう。あれはおばさんが昔飲んでた薬だよ……」

マタナーさんの治療についてナットくんにこっそり聞いて、棚の中にまだ薬が残っているかもしれないと知った翌朝、タオフーは確認してみた。

すると、薬は残っていたし、まだ期限も切れていないとわかったので、それをこっそりマタナーさんに飲ませていたのだ。〝ナットくんがビタミンを買ってきてくれたんだ。ちゃんとぜんぶ飲んでね。じゃないとナットくんもすごく悲しむよ――〟と言って。マタナーさんはあっさり従ってくれた。

タオフーはナットくんにもマタナーさんにも、真実を伝える勇気がなかった。

ナットくんは、マタナーさんが自分の病気を認めないから、薬も飲もうとしないと言っていた。

タオフーは、薬だと真実を告げることで、またマタナーさんがそれを避けてしまうのを恐れていた。

それに今は、家の中のあらゆることが、ナットくんの望んだとおりの方向に進み始めてもいる。わざわざおばさんに薬を飲ませて過去の厄介事《やっかいごと》を掘り返すことで、ナットくんにつらい思いをさせるかもしれない。ナットくんがつらいと感じることこそ、タオフーがもっとも嫌なことだ。

タオフーが用意した薬を飲み始めてから、マタナーさんは眠気が増して、よくあくびをするようになったし、睡眠時間も長くなった。まだはっきりした変化は見られていなかった。けれど、それはマタナーさんが久しぶりに薬を飲んだからだろうとタオフーは考えていた。

(それともおばさんが言っていた頭の中の映像も、薬のせいなのかな?)

嘘をついていたと告げても、マタナーさんは怒らなかった。むしろどういうわけか、不思議そうにしている。

「昔飲んでた薬？」

「二年くらい前かな」

タオフーは、薬の袋に書いてある診察日からそう導いた。

「おばさんはよくなってるんだ。だけどまだすっかり治ったわけじゃない。まだ薬は飲まないとね」

マタナーさんは口の端を上げた。眉根のところが落ち窪んでいる。不満なのか、考えが追いついていないのか、表情から判断するのはむずかしい。

マタナーさんにはそれ以上のことを受け取れる余裕がなさそうだったので、会話はそこで終わった。

タオフーは物置を片付けに行って、それからいつものように家の掃除をした。そのあいだずっと、おばさんはソファーさんに座ったままだった。考え込むような、ぼーっとしているような様子で、宙に向かって夫たるセーンさんに話しかけることもない。

しまいには今日飲んだ薬の効果で、ソファーさんに背を預けたかっこうのまま眠り込んでしまった。

同じ影像を映し続ける動画の中で、時だけが変化していくみたいだ。長く伸びた陽光の筋が短くなっていって、消える。夜には電球からの光だけが残る。

その夜、夕飯を食べたあと、マタナーさんはすんなりと薬を受け取ってくれた。タオフーはひそかに喜んでいた。

マタナーさんがこのことをナットくんに伝えないようだったので、タオフーのほうも、彼に伝えるべきかどうか決めかねていた。

ナットくんは怒って、余計なことをしたとタオフーを責めるかもしれない。あるいは喜ぶだろうか。現状がぬか喜びになる可能性もある。マタナーさんが翌日には考えを変えて、もう薬を飲んでくれないかもしれない。それでは平穏なナットくんの生活に波風を立てるのと変わらないじゃないか。

そして最後には、以前よりも深い不安の痕跡《こんせき》が残るだけだ。

タオフーが長いあいだ思索に沈んでいるのを見て、背中をその胸に預け、頭を首筋に寄せていたナットくんが、愛の巣のかすんだ夜の中で聞いた。

「静かだな」

ナットくんの顔がこちらを少し向いて、表情をうかがおうとしている。

「おれが一番いいやつを買ってこなかったのが嫌なのか?」

タオフーの認識が、相手の手の中にあるものにふわふわと着地した。

ついさっき箱から出したばかりのスマートフォン。ナットくんは白を選んだ。タオフーに一番似合う色だと言ってくれて。

タオフーは顔を下げて、ナットくんのおでこにやさしくキスをした。シャワーを浴びたあとなので、ナットくんの柔らかな肌から、石鹸《せっけん》とシャンプーと体臭の混じったいい香りがほんのりと漂う。ナットくんが好んで使う香水よりも、もっと特別な匂い。これと同じ匂いのするものや、同じ匂いのするひとは、どこにもないし、いないのだ。

タオフーはそれを愛《いと》おしむように、相手の髪の中に顔をうずめて、こすっていく。そして鼻にかかった声で答える。

「違うよ。買ってきてくれてありがとう。だけど申し訳ないんだよ。必要ないじゃない。お金がもったいない」

「必要だろうがよ」

そう言いながらナットくんは笑う。細長い指はスクリーンをいじっている。

「今、外に出かけておまえと話したくなっても、母さんの携帯に電話するしかないだろ。クソめんどくさいんだよ。ほら」

その言葉とともに、ナットくんは電話を差し出してきた。

「使えるんだよな？　ラインとフェイスブックは登録しといてやったから。開いたらおれと通話できる。通信代の代わりに、おれの全投稿にいいねをつけてくれたらいい。イケメンをこっそり探すのも許す。だけどマジにはなるなよ」

「ナットくん以外にだれにも興味なんてないよ」

「イカれてる！」

彼は恥ずかしそうに笑う。

とはいえ、それでもタオフーが考え込んでいるように見えたようで、ナットくんに太ももを軽く叩かれる。

「おい！　考えすぎるなって。おれがおまえにあげたいから買ったんだ。出張でしばらく会えなくなるしな。絶対に寂《さび》しくなる」

それで今度はタオフーのほうが笑う。

「ありがとう」

タオフーは電話を受け取った。けれども受け取った手がそのまま弧を描いて、ベッドサイドにそれを置いた。タオフーはいたずらっぽい笑みを浮かべる。

「特別なお礼をしないとだね」

「なにする気だ」

タオフーの胸に寄りかかっているひとが笑う。身体を引き上げて逃げようとするが、タオフーの両腕に押さえられてしまう。

ナットくんをつかんだ手が服の裾《すそ》をまくり上げると、ぼんやりとした光の中に平たいお腹が白く浮かぶ。ジタバタと動くナットくんの肩を、タオフーはあごで押さえつける。片手はお腹をなで上げて胸を触り、もう片方は慣れた様子でトランクスに差し込まれていく。

「濡れてるじゃん」

「バカ野郎！　バカ野郎！」

ナットくんはくすぐったいようで、まだ激しくもがいている。だがすぐに、タオフーにのしかかられてしまう。彼は足を畳んで身を守ろうとするが、そんなことがうまくいくはずもなく……。

ナットくんが出張に行く日が近づくにつれ、毎晩の笑い声は少しずつ消えていった。

そんなに長いあいだ会えないわけじゃないというのはわかっているし、それが終わればまた、互いに互いの腕の中にいられる。だけど、夕方のナットくんの寝室の空気に、悲しみが静かに溶け出していた。

そして出張前の最後の夜。ナットくんは腕の中にぴったりとタオフーを抱いている。相手の心臓の鼓動、匂い、脈動をできるだけしっかりと刻んでおこうとするみたいに。そして、そのままささやく。

「おれと一緒に行こう……」

「そしたら、だれがおばさんの世話をするのさ」

「母さんは、ずっと自分のことは自分でやってきた」

「だけど、なんで仕事に行くのにぼくを連れてくんだって、おばさんが変に思うんじゃないの？」

「思わせておけばいい」

ナットくんは、タオフーの胸に顔を深くうずめた。

「大人がわがまま言ってる」

「お子さまのほうがわがままだろ」

タオフーは、わがままを言う大人の腕をしっかりと押さえつけて、罰を与えることにした。暗闇と静寂《せいじゃく》の中、もうどちらも言葉を発さない。

ベランダのガラスドアの外で、朝の光が少しずつ明るくなっていく。夏の真っただ中だというのに、空は奇妙に淀《よど》んでいる。

お互いにまったく眠っていないということはわかっていた。それぞれが、漂う思考をそのままにさせている。たまに、相手のなめらかで張った肌にキスをしたり、柔らかいところに指先をすべらせたりする。そのうちに、ナットくんの携帯電話から目覚ましの音が鳴った。

「起きて、シャワーを浴びる時間だよ」

タオフーはそう言って、相手の耳たぶを軽く噛んだ。

「もう一回してからにしないか」

「間に合わなくなるって」

「携帯の時計ってのは現実より早く進んでるんだ」

「抱っこしようか？」

「立てない」

そんなわけで、身体の大きいほうが、相手の裸の身体を抱えてシャワールームに入っていく。後ろで、毛布おばさんがぶつぶつ言う声が聞こえる。

「今日は死んだみたいに寝るでしょうね。あれで仕事なんかできるのかしら」

「ほんとだよ。一晩中寝てないんだぞ」

抱き枕さんが同調する。

「一回終わったらそのあとはやることもやらないで、抱き合ったままで！」

実は歯を磨いているあいだにもう一回あったことを、抱き枕さんは知らない。出しているときに、ナットくんはタオフーを強く抱きしめてきた。いろんなところの筋肉の緊張が解けた彼が、タオフーを抱いたままで静かに聞く。

「おまえ、寂しいか？」

タオフーは、汚れた手で、誓いの言葉を与えるみたいにナットくんの背中をなでた。

「寂しいよ」

その朝、タオフーとマタナーさんは、門扉《もんぴ》のところから離れていく水色のセダンが見えなくなるまで、ナットくんに手を振った。

タオフーが振り返って家に戻ろうとしたそのとき、不安で怯えるみたいな、マタナーさんの震える声がする。

「星の王子さま、お医者さんに連れてってちょうだい」


何年も経っていないというのに、かつて治療を受けていた病院への道のりを、マタナーさんはほとんど覚えていなかった。タオフーがグーグルマップの使い方を知っていて、タクシーを呼ぶことができるようになっていたのはラッキーだった。その日の午前中にふたりは目的地にたどり着けた。

道中でマタナーさんは、二度も念押ししてきた。

「星の王子さま、ナットにはこのことは言わないでくれる?」

中級クラスの私立病院ではあるが、中は美しく設えてある。空間の大部分には白が使われていて、清潔感がある。多くのひとが仕事に出ている平日の昼間ということで、病院の利用者はそんなに多くない。

だからといって、それがマタナーさんの不安と緊張を解く助けにはなってくれないみたいだ。その瞳の中心部だけが決然とした輝きを持っている。さながら、完全な治癒への欲求と恐怖とのあいだの争いに打ち勝った、炎のようだ。

看護師に「マタナー・ブラットさん」と呼ばれ、タオフーもマタナーさんと一緒に立ち上がる。けれど、マタナーさんが言う。

「星の王子さまは、ここで待ってて」

「大丈夫なの？」

「心配しないで。お医者さんと話して、助けてほしいことがあったら、看護師さんにあなたを呼んでもらうから」

普段のマタナーさんは、怖がりなひとでも、自分に自信がないひとでもない。だけど最近は、特にセーンおじさんが消えてしまってから、しかも自分についてあんなふうにおかしな話を聞かされてしまってからはなおのこと、脆《もろ》くなっているように思える。

だからマタナーさんからこんな決意の言葉を聞くことに、とても違和感があった。

「おばさん、それでいいんだね？」

マタナーさんがうなずく。そして彼女のほうから、心配するなというふうにタオフーの腕を軽く叩いた。

タオフーはもとの席に身を預けて、診察室に消えていくおばさんを目で追うことしかできなかった。出張に出ていくナットくんを見送ったときと同じように。

ナットくんのことを思い出したので、もらったばかりのスマートフォンを取り出す。ナットくんのフェイスブックの最後の投稿は、数時間前だ。空港へのチェックインを示す画像に、メッセージが添えられている。

「これからフライトだ。寂しいか？」

まだ心が騒いでいたが、タオフーはほほ笑まずにはいられない。それから、超いいねのハートマークを一度押した。

それからしばらく、フェイスブックを開いたまままいろんなものを見ていた。

昨年末の大規模な摘発のあと、ふたたび起こってしまったラークサの人々の人身売買のニュース。国内では同性婚の権利を制限すると指摘されているにもかかわらず、もはや、どうも外国人向けのLGBTQ＋ツーリズム誘致に利用するためだけに制定されようとしている、パートナーシップ法案のニュース。それから今話題の、パー・ウォーのムー・バーンについて。

〝――チェンマイ県パー・ウォーの土地の返還を要求するデモ隊は、花環を持って集まると、棺《ひつぎ》を燃やし、奪われた土地に別れを告げるパフォーマンスをおこないました。ムー・バーンとなった土地のすぐ近くの丘に移動したデモ隊は、パー・ウォーのムー・バーンがどのように生まれたのか、その由来を読み上げます。どこの部局の承認を得て開発が進められたのか、そして国家の財産たる森の土地を切り開いて、上級国家公務員たちのためのムー・バーンに変えたのはだれなのか――〟

結局、世の混乱が自分の心を紛らわせてくれるものではないことに気づいて、タオフーはスマートフォンをしまった。そして診察室のほうをまた眺める。まだ時間はかかりそうだったので、トイレに行っておくことにした。

男性トイレにはだれもいなかった（立ったまま監視していて利用者を恥ずかしがらせる、掃除のおばさんすらいなかった）。

用を済ませたタオフーが手を洗っているときだ。すらりとした少年が中に入ってきた。彼は大きな鏡に映ったこちらを見て少し驚いたようだが、そのまま通り過ぎて個室に入っていった。

手を洗い終わったタオフーは、どうしたらいいかわからず、ハンドドライヤーを眺めていた。手を入れてみると、大きい音とともに熱い風がボウッと吹いてきて驚いてしまう。

そんなタオフーを見ていたのか、背後からおかしそうに笑う声が聞こえた。振り向くと、さっきの少年が戻ってきていて、近くで手を洗う。

タオフーは少し気まずさを覚えつつも、トイレから出ていくときに少年にほほ笑んだ。

すると突然、少年が走ってきて、タオフーの行く道を塞いだ。なにかを決意したように興奮している。

「す……すいません。おにいさん、すごいかっこよくて。一緒に写真撮ってもらってもいいですか？」

21：35
PRNut　寝た？

21：37

PRNut　返信なし

PRNut　ほんとに寝たのかよ😭

Tofu　ごめんね

おばさんとテレビ見てて、今気づいた

PRNut　しょうもねえな、ドラマ好きは

PRNut　おれの映画だけ見てればいいんだよ

Tofu　一日連絡なかったね。忙しかった？

PRNut　うん

PRNut　いろんなところに行ってめっちゃ疲れた

PRNut　マッサージされたい😭

Tofu　マッサージ屋さん行ってもいいよ、許可します

PRNut　チッ
PRNut　ちょっとは不安がれよ
Tofu　ナットくんに楽になってもらいたいんだもん
帰ってきてすぐやる気になるでしょ😘
PRNut　くそばか！
PRNut　😍😍😍
PRNut　今日はなにしてた
PRNut　……
PRNut　返事が遅い
PRNut　嘘つこうとしてるな

タオフーの細長くて白い指先が、スマートフォンの画面から浮いて止まっている。

おなかのあたりがザワザワする。これがたぶん人間の言う、背割れの牛《ウア・サンラン・ワ》——悪事を働いた人物が、疑わしい言動を示すこと――だ。

マタナーさんを病院に連れていったら、半日が終わっていた。

家に帰ってくるまでマタナーさんは笑みを崩さず、不安と緊張を隠そうとしているようだった。

そして〝お医者さんもよくわからないんだって。それで、また検査で病院に行かないといけないの。その日は水も食事も摂らないようにしないとならなくて。星の王子さま、覚えておいてね〟とだけ言っていた。

マタナーさんが話そうとしないのなら、自分から聞くべきではないとわかっている。それで困ってしまったわけだ。余計に、ナットくんに本当のことを言いづらくなってしまった。

それでタオフーは、簡単な返事だけをした。

Tofu　ちがうって。いつもどおり家にいたよ
　掃除して
　あと、物置で、寄付するものを選んでた

PRNut　すばらしい

14　スコータイこそタイの最初の王都

翌日午後の遅い時間。タオフーは、使わなくなった古いものを大きいトートバッグに詰めて、チャンさんに渡しに行く準備をしていた。

目が覚めた「物」の中には、どこに連れていかれるかを知って騒ぐのもいた。ナットくんの古いリュックもそうだ。

「マタナーさんをいじめた腹黒いおばはんだろ。そんなやつのところに行きたくないよ。もとのところに戻してくれ！」

「チャンさんはべつに腹黒くないって。彼女なりにおばさんを助けようとしただけだよ」

「このアホクマ！」

「それに……チャンさんが自分でみんなを使うわけじゃないからさ。このあと貧しいひとのところに送られて、また使ってもらえるの。そのほうがいいと思わない？」

なだめすかすのに、結構な時間を使った。

チャンさんの家に着くと、荷物を持ってきたタオフーを見た彼女が、部屋の中の少し離れた場所を指差す。タオフーが寄付するものを詰めたバッグを置くと、チャンさんが尋ねる。

「それで結局、クマのぬいぐるみと関係ありそうなものは見つけられたの？」

タオフーが首を横に振ると、チャンさんはなぜかピリピリし始めた。

それで、ほかになにを話せばいいのかわからなくなってしまったタオフーは、そのまま帰ってきたのだった。

マタナーさんの家の門扉《もんぴ》を開けようとしたときに、見たことのある赤いセダンが寄せて停まった。その車の持ち主がだれだか覚えていたタオフーは、そのまま待って出迎えることにする。

「ケーンくん、こんにちは。しばらくぶりだね」

小さな身体の客人が、いつもみたいに買い物袋をごちゃごちゃと抱えて車から降りてくる。今日の恰好は、クリーム色のクルーネックシャツと、茶色のスキニージーンズだ。タオフーに向かってすねたように言う言葉は、冗談とも本気ともつかない。

「おまえがナットくんを選んだって聞いたからな。のこのこ顔なんて出せないだろ」

「ぼくがナットくんを選んだ？」

「おいまさか、あいつがおまえを囲い込んでおきたいから、おれを騙《だま》したってのか！」

ケーンくんは脳天を突き抜けるような高い声を出す。

「あの野郎！　せっかく引いてやったってのに！」

タオフーは笑いながら、ケーンくんから買い物袋を受け取る。

「わかんないよ。ぼくは選んだことないもん。ずっとナットくんしかいないしね」

「おーい、タオフー……」

選ばれなかったひとは、呆《あき》れたような声を出す。だが、続く言葉には真剣味が含まれていた。

「じゃあ今日来て正解だったな――」

ケーンくんが言い終わる前に、マタナーさんがドアを開けて姿を現した。ケーンくんは、マタナーさんのほうを向いて挨拶《あいさつ》をする。

特にうれしそうなのはクンチャーイで、舌をブラブラとさせ、しっぽをピンと立ててマタナーさんについてくる。ケーンくんのところに到着すると、すごく恋い焦《こ》がれていたみたいに身体によじ登ろうとしている。

「足がぐっしょりじゃないか、ワン公め！」

マタナーさんが笑って言う。

「クンチャーイ、やめなさい。ケーンが重いって。でもねケーン、なんでこんなにたくさん買ってきたの。手ぶらで来ていいって言ったでしょ」

「ナットのやつが何日もいないって聞いたんで。家のひとたちが飢《う》えてたらまずいなと思ったんですよ。あいつが、お母さんもかれ――」

そこで言葉が止まる。

「ああ――タオフーも、外に出たがらないって言ってて」

タオフーは、袋の食材や、お菓子や、果物を冷蔵庫と棚に並べている。そのあいだケーンくんは、マタナーさんに近況をあれこれ聞いている。人当たりのいい彼らしく、楽しそうだ。

だがタオフーはそこにさらに、おばさんの決意を見てとる――彼女は、病院のことをひとこともケーンくんに漏らしていない。

「ケーン、今日はご飯食べていきなさいよ。ちょっと待ってなさい。あなたの好きなもの作ってあげるから。ほら星の王子さま、ケーンと話しててちょうだい！　帰らせちゃダメよ」

ということで、ふたりはさっきの続きを話すことになった。

ケーンくんはマタナーさんに聞こえないようにするみたいに、タオフーの腕を引いて家の外に出る。それから携帯電話を取り出して水色に鳥が描かれたアイコンのアプリを開き、しばらくなにかを探したあとに画面を見せてきた。

「これ、たぶんまだ見てないよな」

携帯電話を受け取ったタオフーは眉をひそめる。スクリーンには、タオフーと、このあいだ病院で会った少年との写真が表示されている。写真の上に説明が書いてある。

「たまたま超かっこいいひとに会って、パシャらせてもらっちゃった。めちゃやさしかったよぉ。スパダリみぃぃぃ」

写真の下でも、たくさんのひとが話している。

@seavonn：きみは徳が高すぎなんじゃないの。プーケット来るかな？　な？
@pyckajeans：ただちに追跡せよ
@Kwonsopoy：すげえええ。背高いし、でかいし、肩幅広いし。尊すぎるよこのお方。コンテンツにしたいほかにもたくさん、下に長く続いている。タオフーはぜんぶ読まなくてもいいだろうと思い、顔を上げてケーンくんに言う。

「絶対あの男の子が書いたんだろうな。おもしろいね」

「どこがおもしろいんだよ！」

ケーンくんは首を横に振って、上げた手をツノノキの木についた。五月の初旬なので、高く伸びた枝に真っ白な花が交じって見える。

「ナットは嫌がるぜ、これ。あいつにバレたら、めちゃくちゃに言われるぞ」

以前だったら、タオフーはすぐに相手の言うことを信じていただろう。だけど最近は、自分の考え方も複雑に変化してきている。先に相手をよく観察して、それが冗談でないかを確認する。特にケーンくんは陽気な性格だし。

そして、おそらく冗談ではないと感じて、真摯に尋ねることにした。

「ほんとに？　どうしたらいいかな」

「備えておくしかないな。言い訳もできないし。トラウマがあるやつ相手にはなあ」

「トラウマ？」

ケーンくんは手をもとに戻して、もう一方の手で身体についた木の皮を払う。

「もっと若いときにな、あいつは恋愛で失敗したんだよ。あちこち手を出してるけど、だれかに本当に心を開いたことはなかった。タオフーに会うまではな。だからおれはあっさり諦《あきら》めてやったんだよ。

いい友だちだろ？」

タオフーは、結局ケーンくんがなにを諦めたのかあまりわからなかったが、ナットくんのことを知りたくて、うなずいて先を促した。

「うん」

「あんな遊び人がさ、最後はタオフーのところでしっかり落ち着くなんて信じられねえよ。だけど、おまえがあいつの人生をとても明るくしたのは間違いない。だから忠告しに来たんだ。あいつは繊細なんだよ。心の傷も大きい。受け入れられるならさっさと受け入れてやってくれ。あいつはおまえのこと、死ぬ気で愛してるんだからな」

「受け入れるよ」

タオフーがあまりにあっさりと答えたので、ケーンくんがまた高い声を出した。

「おーい……マジでうらやましいな。そのかわいげ、どうにかしてもらえませんかね！」

「やってみるよ」

タオフーはしおれた表情を作ってみる。

ケーンくんは笑って、タオフーの肩を叩いた。

「ナーおばさんがああなっちゃって、結果的にナットにはラッキーだったよ。タオフーとの愛を育むのも楽勝だ」

「どうしてラッキーなの？」

彼は一度、家のほうをのぞくようにした。マタナーさんが家の中にいるのを確認すると、首を伸ばしてささやく。

「おばさんは古い人間だからだよ。わからないのか？　しかも社会だか歴史だかの先生だぞ。家にいる男が自分の息子の彼氏だなんて知ったら、心臓麻痺《まひ》だ」

タオフーも考えてみたが、あまり現実味がなかった。どうしてふたりの人間が愛し合うことが——たとえ男性と男性であっても——よくないことになりうるのか。

とはいえ、まだはっきり覚えている。ナットくんは、タオフーとの関係を秘密にするよう強く言っていた。

（その理由はきっと、今ケーンくんが言っていることと同じことなんだろうな）

「言っちゃうと、ナットの親父はもっとひどかった。先に亡くなったのは、おばさんにとっても息子にとってもラッキーですらあったのかもしれないぜ。そんな言い方もどうかと思うけどな。でも事実として、ナットのやつはかわいそうだったよ」

実際これまでタオフーは、ナットくんがなにを経験してきたのかちっとも知らずにいた。ナットくんの様子からある程度予想できていたとはいえ。

黒い半ズボンの制服を着ていた学生のときから、ナットくんが寝室に逃げ込んできて、クマのぬいぐるみを強く抱くということが何度もあった。涙が落ちてくることすらあった。

環境のせいで、彼はケーンくんみたいに明るくて打ち解けやすい性格にはならなかったのかもしれない。

家族ももちろんその一部だ。だけど最近のタオフーは、それ以外の部分も影響するということがようやくわかってきた。

「ケーンくん、ナットくんが恋愛で失敗したっていうのはどういうこと？」

おかしい。すべて知っているはずのケーンくんの顔色が、突然変わって、すぐにもとに戻った。一瞬すぎて、見間違えたか、光の加減かとすら思ったくらいだ。

「気にしてどうすんだって。昔のことだよ」

「知りたいんだよ。そうしたら気をつけられるでしょ。ナットくんの嫌なことをせずに済むかも」

タオフーがそう言ってようやくケーンくんが笑い出す。

「タオフーめ、こりゃナットも調子に乗りやがるわけだ！」

タオフーがずっと見つめているので、ケーンくんも話を続けざるをえない。

「大したことないんだって。べつに恋人同士ですらなかったんだ。ただの若気の至りだよ。高校のときの先輩に片思いしてたんだ。でもあいつに聞いたりするなよ。ひとに言うのは嫌みたいだから。だけどな、今はマジにタオフー一筋だからな」

タオフーはうなずいた。本当は、べつに、ナットくんにほかのひとがいても構わないのだ。ナットくんの幸せを目にする以上に、この世界でうれしいことなんかない。

ナットくんが幸せでいてくれさえすればいい。自分のおこないで自分が傷つくはめになろうが、傷つけられることになろうが、ためらいはない。

そのタイミングで、食事の準備を終えたらしいマタナーさんが玄関のドアを開ける音が聞こえる。まもなく、ひらひらの服に身を包んだ太った身体が現れて、タオフーとケーンくんに、家に入るよう手招きした。

明るいケーンくんと食卓を囲んで、今日はきっと楽しい食事になるはずだった。だけど三人とも、心の底から楽しめているわけではなかった。それぞれに心残りや不安があった。

ケーンくんがマタナーさんと話しているあいだに、タオフーは席を立ってお皿を洗っていた。作業を終えると、こっそりとスマートフォンを開く。ケーンくんが使っていたアプリがなんという名前なのかわからない。だから、写真に書かれていた説明で覚えているものをグーグルの検索ボックスに入れて、検索することにした。

（――写真のリンクを見つけた！）

一時間くらい前にケーンくんが見せてくれたのと同じような画面が見えている。

タオフーは口を歪《ゆが》ませた。

投稿主に写真を消してもらいたいが、どこを押せばいいのか、どこからメッセージを打てばいいのか、わからない。それでただスクリーンをスワイプして、続いていく投稿を読んでいた。

@pk_nadnicha：イケメン度にふさわしいＲＴ数
@NooMoli：グッズ作りたい

タオフーがため息をつきそうになったそのとき、ある画像が目に入った。もとの写真からタオフーだけを切り取って、ほかのだれかの写真と並べている。画像の投稿主はキャプションをつけている。

@AOne：ええ！　だれこれ。うちの兄と、彫刻みたいにそっくりだ!!!

（ほんとだ――！）

画像の男性は、自分ととても似た顔をしている。細長い顔に、ピンクがかった白の柔《やわ》らかいほっぺたも、かなり細長い目の中の濃い茶色も、丸くて大きい瞳の上の黒い眉毛も。まぶたは丁寧に折り畳まれたみたいな二重。まつげは細いが長く、先がわずかに反《そ》っている。鋭く高い鼻や、ピンク色の小さいひだになった唇ですら、生き写しみたいにそっくりだ。

画像のひとの学生風に刈り上げた髪と、もっと激しく野蛮《やばん》に見える目つきのおかげで、なんとか別人だと見分けることができる。

（本当に魔法みたいだ！）

タオフーは口を開けたまま考え込む。

（どうしてぼくは、このひととこんなに似てるんだ！）

頭の中で、いくつかの情報が線でつなぎ合わされそうになる。しかしそこで突然、電話が金切り声を上げる。

もちろん、電話をかけてくるのはひとりしかいない。

「ナットくん」

「どこに行ったんだ！」

電話の向こうの声は、驚くくらいに、言葉尻を短くしっかりと切っている。ケーンくんがあらかじめ教えておいてくれて助かった。そのおかげで、ナットくんがなんのことを言っているのかわかる。

だけどタオフーが答えるまでもなく、向こうはさらに突き刺してくる。

「あのイシモチ顔の野郎となんで写真を撮ったんだ！」

その言葉にむしろ混乱してしまった。

「イシモチって、な——」

「アホのふりはしなくていい！」

ナットくんは笑えないくらいに熱くなっている。

「わかってないのか、おれはおまえに家にだけいてほしいんだよ。それがなんだ、浮ついてフラフラ出かけて、だれかも知らねえやつと写真撮って。なんなんだよ。そんなにかゆいのか？　ほんの数日おれがいないだけで？」

「ぼくはかゆくないよ、ナットくん。ぜんぜんなんともない」

「ちくしょう！」

向こうはさらに声を大きくした。どうやらナットくんの様子を見ているか聞いているひとがいたみたいで、彼は場所を変えて続けようとしているみたいだ。そしてその言葉はとても小さくなっていた。

「結局、どういうことなんだ！」

タオフーは息を深く吸い込んだ。

以前だったら、怖くなって声が震《ふる》えていただろう——ナットくんが自分を嫌いになって、捨てられてしまうのが怖くなったはずだ。だけどこの一ヶ月近く、タオフーはナットくんのすぐそばでずっと一緒に過ごしていた。

その中で、本当はナットくんこそ自分より繊細で、怖がりなんだということがわかった。ナットくんの奥底に潜《ひそ》んでいた恐怖が、怒りや苛立《いらだ》ちに姿を変えている。ナットくんは強そうにふるまっているけど、そのハリボテの強さは、あまりに脆《もろ》い。

ナットくんのそういう部分を知ることができたので、相手の態度でタオフーが怒ったりすねたりするなんてことはない。もしかすると、クマのぬいぐるみとしての責務が本能に根づいているせいかもしれない。持ち主に温もりを与えるという責務が。

タオフーの答える声は穏やかで、慰めるようだった。

「ナットくん。ナットくんに言わずに出かけたのは怒ってもいいよ。ただ、なんで外に出ただけで悪いことになるのか、よくわからないけど」

「だから写真を――」

「だけどぼくはなにもしてないもん。ただトイレに入って、出ようとしたら写真を頼まれたの。それだけ」

決然とした声色が、ナットくんの火をだいぶ抑えたみたいだ。ヒューヒュー言っていた呼吸の音が消えたので、わかる。とはいえナットくんはやはりナットくんだ。プライドが高く、簡単に譲ろうとはしない。

彼は電話の向こうで舌打ちをする。続く言葉はまだトゲトゲしていた。

「それで、あいつは見たのか」

「見た？」

「おまえのあれをだよ！」

トゲトゲしたつぎの言葉は、まるでいじける少年みたいだ。

そんなナットくんにタオフーはついに笑い出す。

「見られてないよ。ぼくは個室でしたし。ナットくんひとりのために取ってあるよ」

「このチン――！」

そう言いそうになったところで、今度はナットくんが笑った。

「かわいいこと言いやがって。あとで写真撮って送れ。死ぬほど会いたいよ」

「ぼくもナットくんに会いたいよ――」

言い終わる前に、後ろから雑音が入る。

「ゴホン」

ナットくんは耳も早いし、イライラするのも早い。

「だれの声だ！」

身体をひねると、いつのまにかケーンくんが後ろに立っていた。タオフーがだれとイチャイチャ話しているのかすぐ理解して、からかうようなそぶりを見せながら、手にグラスを持って水を入れている。

タオフーはお客さんに気まずい笑みを見せながら、口では電話の相手に答えた。

「ケーンくんだよ。今日、おばさんのお見舞いに来てくれて」

「ケーンの野郎だと？」

ナットくんはまたすぐに、ドカンと弾けた。

「あの悪人め。おれがいなくなった瞬間にひとのに手を出す気か！」

電話の音量はそんなに上げていなかったが、ナットくんの声が大きくて、近くに立っているケーンくんのところまで漏れ聞こえたみたいだ。

ケーンくんは吹き出さないように笑いを堪《こら》えている。

タオフーのほうが恥ずかしくなって、すぐに注意する。

「ナットくん、落ち着きなさい。ぼくのことを信じてくれるんなら、友だちのことも信じるの。ケーンくんがそんなことするはずないでしょ。さっきケーンくん、ぼくにナットくんをしっかり受け入れろって言ってたんだよ。ナットくんはぼくひとりを愛してるからって」

「マジか？」

きちんとしたひとらしく、ケーンくんはティッシュで唇の水をぬぐっている。それからわざとらしく声を出す。

「おれが隣に立ってるから、タオフーのやつ、褒めてくれてんだよ！」

ナットくんが叫び返す。

「いい友だちだよ！」

タオフーは笑いながら、子どもみたいにふざける大人ふたりに首を振った。

「ナットくんのほうこそ、ちゃんと言ってよ。今までどんなひとと付き合ってきたのかっていうのと、あと、学校のときの初恋ってなんなのさ」

「お、チームのやつらが探しに来た。じゃあな」

「ナットくん！」

「写真忘れないでねぇ？　チュッ、チュッ」

それで電話を切られてしまった。ほほ笑んだタオフーが、耳から電話を離す。

本心では、結局どこに行ってきたのかとナットくんからさらに攻め込まれずに済んで、ほっとしていた。

一緒に写っていた彼が壁になっていたことで、背景に写る病院の様子がわからなくなっていたのは、本当にラッキーだった！

「吐き気がするほどラブラブなこって」

ケーンくんはそう言いながら、洗ったグラスを逆さにして戻す。

タオフーはそれに答えなかったし、ほほ笑みももう消えていた。さっきまでスマートフォンで見ていた画像のせいだ。

ソファーさんのあたりにいるおばさんのところへケーンくんが戻っていくのを、引き止める。

「ケーンくん」

「うん？」

そう呼ばれたほうが眉を高くひそめて、いつものようにおでこにしわができる。

「ちょっとこれを見てほしいんだ」

タオフーはそう言って、さっきから見ていた、加工されたツーショットを渡す。受け取ったケーンくんはそれをじっと見る。おでこにはますますしわが寄る。

「ほんとに似てるな！」

タオフーは口元を歪めて、それから決心する。

「ケーンくん、ちょっと手伝ってくれないかな」


ナコーン・チャイシー通りのこの喫茶店《ラーン・ノム・ソット》は、五十年近く営業を続けている。古いタウンハウスの一階のスペースを二ブロックぶん使っていて、はるか昔には改装したこともある。

外側の壁は木枠のガラス張りで、その枠に沿うように、蔦《つた》の柄の目隠しフィルムが貼ってある。そしてガラスの真ん中に、湯気の立つコーヒーカップが描かれている。

授業が終わったあとにぼんやりと座って過ごしていた時代、軒下には、店名を彫った大きな木の看板が下がっていた。それから十年が経って、今は当時よりもはるかに明るい、オレンジのアクリル板が使われている。

そのガラス壁沿いが指定席だった。あのころ、ウェイターが熱いミルクを運んでくれたあと、カップの取っ手を持ってガラスに近づけては、息を吹きかけて湯気を立てるのが好きだった。

透明なガラス窓が曇る。心の中では奇跡が起こって、シーヤーンにある喫茶店が、渋谷のカフェになっていた。夢がガラス窓に映し出される。

家族には妄想ばかりするなと文句を言われていた。それが現実になると信じてくれたひとは、とてもわずかだ。だからそういうわずかなひとたちのことをずっと心に刻んでおくのは、おかしなことじゃない。


今日、その指定席にはタオフーが座っている。

タオフーは大きなサングラスをかけていて、ケーンくんと一緒に、革張りの長椅子に腰を下ろしたところだ。

ふたりの視線は、向かい側に座るひとに注がれている。

〝アヌン〟という名前の少年はタオフー――人間の身体のタオフーと――と同じくらいの年だった。細身だが、筋肉もそれなりについている。大ぶりの赤いシャツを着ていて、フープピアスにクロスのネックレス、スクエアリングと、ヒップホップ風のアクセサリーを身に着けている。かなり長い髪は金色に染めていて、おでこの上にヘアバンドを巻いている。

タオフーとケーンくんが席に腰を下ろすと、彼はヘッドフォンを外して首にかけ、眉をひそめて挨《あい》拶《さつ》代わりにした。

視線だけは好奇心を示しているが、口ではガムをクチャクチャと噛んでいるせいで、なにも言葉は発さない。

ケーンくんも相手の興《きょう》味《み》津《しん》々《しん》な様子を感じ取ったようで、小声で言った。

「間違ってない。こいつだ」

そう言いながら、あごをしゃくってタオフーのほうを示す。

タオフーはうなずくと、顔のほとんど半分を覆っていたサングラスを外す。このサングラスはケーンくんのだ。外に出たタオフーが、顔を知っているひとに見られて騒ぎになるのはまずいと、彼が貸してくれた。

顔がはっきり見えた途端、アヌンは唖然《あぜん》とする。そのまま大きくふくらんだガムが弾けて、鼻の下に貼りつく。

「どうだ」

ケーンくんが口の端で少し笑う。カッコつけているガキの裏をかいてやったという、勝者みたいな態度だ。

とはいえタオフーは大切なことのほうに集中していて、待たずに話に入った。

「このことです。ぼくがアヌンさんに聞きたかったのは」

「あだ名のソーンでいいよ」

向こうはそう言いながらティッシュを取り出し、ガムを引き剝《は》がす。そのあいだずっと、タオフーから目を離さない。

「はい、ソーンさん」

タオフーがケーンくんに助けを求めたのが、これだ。

合わせ鏡のようにそっくりな男性の写真のことが気にかかっていたのだが、どうやって本人を探せばいいのかわからなかったタオフーは、しかたなくケーンくんに要望を伝えた。

もちろん、それを聞いたケーンくんは最初、どうして探そうとするのか不思議がった。あらかじめ答えを準備していたのはラッキーで、すぐに説明できた。

〝ケーンくん、覚えてる？　ぼくは自分がだれで、どこから来たかも覚えていないでこの家にやってきたって。タオフーっていう名前だけ覚えてた。それがいきなり、こんなにそっくりな顔のひとが現れたんだよ。もしかして、ぼくがどこから来たのか知る手がかりになるかもって思わない？〟

ケーンくんも、それにはうなずかざるをえない。

〝たしかにな〟

ケーンくんはそれから件《くだん》の画像を投稿したアカウント、@AOneのプロフィールを見てくれて、どうやら同じ地域に住んでいるらしいということを調べてくれた。そのあと、両方の家から比較的近い喫茶店で話す約束を取りつけてくれたのだ。

はじめ、ソーンさんは応じるか迷っていたみたいだ。〝中年男性〟（その呼び方はケーンくんの逆鱗《げきりん》に触れた）に、騙されているんじゃないかと思ったようだ。

タオフーがケーンくんにお願いして、顔の写真をいろんな角度から撮ってもらって、それを送り、こちらの真剣さを示して、こちらが彼の兄にどうやら本当に似ているらしいということを確認して、ようやくソーンさんも誘いに乗ってくれて、今日会ってくれることになった。

そして今ソーンさんは、ショルダーバッグから二、三枚の写真を取り出した。タオフーとそれらの写真を比べて、さらに目を見開く。

「ヤバい。マジでうちの兄貴に似てるわ」

そう言いながらテーブルに写真を置く。

タオフーとケーンくんは、すぐにそれを手に取って見てみる。

写真はかなり古い。顔つきと身体のあらゆる部分がタオフーと瓜二つの少年を、いくつかの角度から撮影してある。違うところといえば、学生風の髪型だけだ。そのせいで、写真の少年はタオフーよりも少しだけ子どもに見える。写真の人物の視線と態度は、もっと尊大で、反抗的な印象だ。

実物と比べてみると、写真の少年は、目の前に座る実の弟よりもタオフーのほうに似てすらいる。

ソーンさんの目も丸くて大きくて茶色いが、まぶたは一重だし、眉毛はかなり細いので、薄い顔に見える。鼻筋はかなり歪んでいて、ほとんど鷲鼻《わしばな》と呼んでいいくらいだ。唇も薄い。全体として不思議な方向のハンサムという感じで、その兄やタオフーのように完璧なイケメンというタイプではない。

「もし写真がこんなに古びてなかったら、おまえが写真に写ってるんだと思っちゃうよ、タオフー」

ケーンくんがささやく。

タオフーもうなずいて同意する。

ソーンさんは注文したチョコレートミルクをズズッと吸う。それをテーブルに置くと、興奮したように言った。

「写真撮っていいか？　これ絶対もっと盛り上がるって」

「ダメだ！」

顔を上げたケーンくんが、即座に止める。

ソーンさんがちょっと顔をしかめる。

「本人はなんとも言ってねえじゃん。あの写真だってほかのやつが撮ってんだろ？　おじさんがなんで止めるんだよ」

「お……おじさん？」

ケーンくんの顔色が、ミルクの白から血の赤に変わる。

「この――！」

「落ち着いて」

タオフーは互いをなだめようとする。

「本当に撮らせちゃまずいんだよ。あのときはよくわかってないで撮らせちゃったんだけど……」

「つまんねえの」

ソーンさんはふてくされた顔をして、呆れたように目だけを上に向けた。

今度はケーンくんが嚙みつく番だ。

「家からもこんなに近くて、来たらおごってもらえて、なにがつまんねえんだよ」

「うるさい年寄りだな」

「おい、このクソ――」

「あのね」

戦火が拡大する前にタオフーが割って入る。

「ぼくはちょっと問題を抱えてるんだ。なにが起こったかわからないんだけど、急にぜんぶを忘れちゃったんだよ。気づいたら、このケーンくんの友だちのお母さんと一緒にいた。彼女が助けてくれて、ひとまず住むところもあってラッキーだったよ。しばらくしたらなにか思い出すだろうと思ってたんだけど、だいぶ経ったのによくなる感じもしない。ぼくは自分がだれだか知りたいんだ、本当に。ソーンさん、助けてもらえないかな」

「要は、兄貴かうちの親がどっかでこっそりあんたを生んで、捨てたみたいなことか？」

「家のこと、教えてくれないかな」

そう頼まれたほうは息を吐き出した。フォークをつかんで、練乳トーストの小さな切れ端を刺して口に入れると、噛みながら話し始める。

「おれと兄貴はかなり年が離れてるんだよ。おれが生まれるまで、この兄貴が、親父とおふくろの一人息子だった。名前はヌン。写真のときは高校生。理系だ。ヌン兄《にい》は勉強もスポーツもできた。しかも顔までよかった。警察やってる親父がすげえ自慢にしてたんだ。X校のミスターコンで優勝もしてる」

「ナットと同じ学校だ」

ケーンくんが、小さな声でなんとはなしに言う。

予感めいたものがして、タオフーもそこに重ねる。

「もしかして、ナットくんと同じ年に在学してるかも」

「ナットと同じタイミングで高校生なら、今は二十七から三十くらいか？」

「はずれ」

ソーンさんが言い返す。

「おじさん、じゃましないでもらえる？」

「だれがおじさんだ。おれはおまえの兄貴と同じくらいの年齢だぞ。それをおじさんとは」

「だけど顔はめっちゃ老けてるじゃん。おでこのしわ、見てみなよ。そんなに老けてて、おじさんじゃなかったらなんなのさ。パパ活おじさんってこと？　おれのことがかわいくなっちゃったんでしょ？」

いつもみたいにスラスラと言い返すでもなく、ケーンくんは口を開けたままでまごついている。赤色が、薄い耳まで広がる。

「こ……このクソガキ！　おまえみたいに空《から》っぽなやつを好きになるわけねえだろ。タオフーと同じくらいの年のくせに、もっといい子にふるまえないのかよ！」

ケーンくんの言葉は無視して、ソーンさんはタオフーに向かって話し続ける。

「ヌン兄は高三、十八歳で死んだ」

「なんだと！」

ケーンくんが高い声で叫ぶ。

「年をとると耳も悪くなるんだ」

「てめえ！」

ふたりの声が大きくて、店内のかわいらしいBGMをかき消してしまう。ほかのテーブルのお客さんたちがこちらを振り返った。ホットミルクとトーストのあたたかい香りが台無しだ。

タオフーは気まずい顔と謝罪するような顔の半々でほかのお客さんのほうを眺めて、それから一緒に座っているひとたちをなだめた。

「ちょっと静かに。ほかのお客さんがみんな見てるよ」

ケーンくんは相手を鋭くにらみつけながら、口ではモゴモゴ言っている。

「おまえのせいだ！」

「耳が悪いと声が大きくなるね」

「ソーンさん」

急いで話題を戻す。

「ヌンさんが亡くなって、何年になるのかな」

ソーンさんは黙って計算すると、タオフーに向かってあっさりと答えた。

「十一年ちょうどだ」

タオフーの頭がすばやく計算を進める。

ナットくんより、ヌンさんのほうが二歳上だ。ヌンさんが死んだとき、ナットくんはたぶん高校二年生。

ヌンさんはナットくんと同じ男子校に、しかもナットくんの在学中に通っていた。

ケーンくんも、真剣な調子に戻って聞く。

「どうして亡くなったんだ」

「友だちと、大学合格の祝勝旅行で地方に行ったんだ。でもそこで車にひかれた」

「気の毒に……。ソーンさん、それまでヌンさんに恋人がいたかどうかはわかる？」

「ちょい待ち。本気でヌン兄がどっかで種をまいたって言う気か？　おまえがおれと同い年なら、ヌン兄は十歳でだれかを孕《はら》ませたことになるぞ！」

「恋人がいたかどうか聞いてるんだ。いたか、いないかだけ答えればいいんだよ。ごちゃごちゃうるせえ。ガキが、いちいち大げさに言いやがって」

ケーンくんがなじる。

「おい！」

「ごめんね」

これから言うことが、相手を不快にさせるかもしれないのはタオフーもわかっている。だけどこれは、知りたいことの本質に迫るのにどうしても必要なのだ。

「その、本当は……ヌンさんは〝種はまけない〟かもしれないんだ。女性が好きじゃなかったかもしれなくて。可能性は、あるよね？」

その質問で、ケーンくんの視線がタオフーに向けられる。理解できないが、理解しようとするような視線。

ソーンさんのほうは躊躇《ちゅうちょ》なく答える。

「謝んなくていいよ。おれはべつにホモフォビアな人間じゃない。ただヌン兄がどうだったのかは、おれも知らない。知ってる範囲じゃ、恋人がいたことはないからな」

「〝知ってる範囲〟……」

タオフーはその言葉を繰り返して、心では推察を続けた。

「ということはつまり、だれかがそれをソーンさんに言ったってことだよね。それがご両親なら、彼らはヌンさんに口止めされてたかもしれないってことだ。女性が好きじゃないってことを――?」

「タオフー、もういいから」

隣に座っていたケーンくんが突然、止めるみたいにタオフーの手首を軽く引っぱった。その視線は、こちらが失礼なことをしているという合図を送っている。

タオフーがあわててソーンさんに言う。

「ごめんなさい」

相手は、気にしていない、というふうに肩をすくめた。

「とにかく、なにかわかったことがあったら教えてくれ。またおごってやるから」

ケーンくんがそう言って、無理やり話を終わらせようとする。

「子どもみたいに追い払いやがって。それじゃ、おごってもらってもうれしくないなあ」

ソーンさんは呆れたように首を横に振る。ケーンくんが、唇を噛みしめて、罵声《ばせい》を浴びせないように堪えているのがわかる。

ソーンさんが立ち上がると、その身長がナットくんと同じくらいだということがわかる――ケーンくんよりは高いが、タオフーよりは低い。ショルダーバッグをかけ直して、タオフーたちにあごをしゃくった。

「とりあえず、ちゃんと自分のことがわかるといいな。おじさんのほうは、おれのインスタフォローしといてよ。フォロワー増やしたいんだ。たまに裸の写真も載せてるよ」

「だれがおまえのなんか見るか」

文句を言うケーンくんは、顔をあちこちにやりながらきょろきょろとなにかを確認したあと――携帯電話の画面に視線を移して、インスタグラムを開いた。

「ソーンさん、今日はほんとにありがとう」

相手はまた、大したことじゃないと答えるみたいに肩をすくめる。それが、ケーンくんのほうを向くと、今度は足を大きく踏み鳴らして近づいて、ふざけるみたいに敬礼をする。

「失礼いたしますです、おじさん！」

「この――！」

ケーンくんは言葉を止めて目を白黒させる。呆気《あっけ》にとられて、罵倒《ばとう》が思いつかず、ただ大声を出すしかできなかったようだ。

「おまわりのガキが！」

罵《ののし》られたほうはそれをまったく気にも留《と》めず、トーストをもう一切れ口に放り込むと、チョコレートミルクが入った背の高いプラカップを持って店から出ていった。ヘッドフォンからはきっと楽しげな音楽が流れているのだろう。タオフーとケーンくんがガラス壁越しに見ると、リズムに合わせて頭をコクコク振っていた。

「最近のガキはマジでウザいな」

本人がいなくなっても、ケーンくんは文句を止めない。携帯電話に置かれた白い手は、しっかりフォローボタンを押していた。それからタオフーに顔を向ける。その視線は、はっきりとした答えを求めるみたいにタオフーを見つめている。

「おまえはさ、あのアホの兄貴がナットの初恋だと思ってんのか？」

タオフーは首をすくめてそれに応える。

ケーンくんは疲れたようにため息をついた。

「おまえの気持ちはわかるよ。だけど、ふたりの関係を壊すようなことは考えるなよ。ヌンさんってのがナットの昔の相手だったからってどうだってんだよ。あいつはたしかにこういう顔つきのやつが好きかもしれない。だけどもうしばらくずっとタオフーと一緒にいるだろ。あいつがタオフーを選んだのは、それがタオフーだからだよ。信じていい。正直に言ってる。普段のあいつは、見境なしにヤるくせに、そのあとはだれともきちんと関係を続けたりしないんだよ」

「ありがとう」

ケーンくんの励ましは見当はずれだったが、気持ちはうれしかったのでお礼を言った。

タオフーはたしかに、ヌンさんがナットくんの初恋の相手かもしれないとは思っている。ただ、それを探りたいのは、嫉妬《しっと》心からじゃない。

もし本当に初恋の相手なら、タオフーが〝生みの親〟に出会える可能性があるかもしれないからだ！

ナットくんの家のほとんど全員が、クマのぬいぐるみがどこから来たのかを知らない。

特にマタナーさんが知らないのは、ナットくんがその贈り主を秘密にしておく必要があったからじゃないだろうか。

ケーンくんも言っていた。マタナーさんは古い人間で、息子の本当の性的指向やその関係を受け入れるのは難しいのだろう。父であるシップムーンさんは、なおさらだった。

そう考えると、タオフーはナットくんがかつて関係を結んだ男性からのプレゼントじゃないかと考えられる。そしてその関係は、心の深いところでつながるようなものだったはずだ。

近ごろのナットくんみたいに、身体だけのものではなく。

ナットくんがぬいぐるみだったタオフーを抱きしめるときにいつも、本当は別のだれかを想っていたと認めるのはつらいことだ。だけどしょうがない。もうすべては変わっている。

ケーンくんが信じてるみたいに、自分も信じることにする。

今のナットくんは、タオフーであるがゆえに、タオフーを愛してくれている。

タオフーはただ、この身に起こったさまざまな奇跡の理由を探すために、自分を目覚めさせたひとに会いたかった。

そしてある日、自分が消えてしまうようなことを防ぎたい。もとのようなぬいぐるみに戻ってしまうこともそうだし、もっと悪いこと――右のスリッパさんやソファーさんのように、静かな長い眠りに入ってしまうことも。

もしヌンさんが本当にタオフーを生んだのなら、ずっと行き止まりだったこの問題にも、出口が見えてくる気がする！

そんな思考は、隣にいるケーンくんの言葉で急停止した。

「だけどな、ナットが好きだったのは、このヌンってやつじゃないぞ」

「ええ？　ケーンくん、知ってるの？」

ケーンくんはうなずいてから、ソーンさんが残していったトーストをつまみ、まだ口がいっぱいのままで話す。

「見たことあるんだよ。昔、ナットがよくそいつのフェイスブックを開いて、ひとりでニヤニヤしててな。一回しつこく聞いたら、高校のときに好きだった先輩なんだって答えたんだ。だけど心配すんなよ。おまえと付き合い始めてからは、あいつがあのページを開いているのを見たことはない」

タオフーはほっぺたに強烈なパンチを食らったみたいな気分になる。

自分が今なにを考えていて、なにを望んでいるかという真実をケーンくんに伝えなかったのは間違いだっただろうか。

まさか、こんなに遠回りをしてきたあげく、実はそばにいるひとがぜんぶの答えを知っていたなんて！

「ケーンくん」

タオフーは懇願するような声を出す。

「本気のお願いなんだけど、そのひとのフェイスブック、ぼくに見せてくれないかな」

「タオフー、言っただろ――」

「本物を見たほうが安心できるんだよ！」

そう言い訳せざるをえない。なんにしたって、自分の本当の目的を伝えることはできないのだから。

ケーンくんがタオフーの目を見つめる。真剣に視線を交わすうちに、相手はどこか諦めたようにため息をつく。

「もし知ってれば教えてやれるんだけどな。だけどおれもチラッと見ただけで、名前は覚えてないんだよ。顔もはっきり見たことないんだ」

15　深南部パタニの英雄ハジ・スロン

二日後。マタナーさんに頼まれて、タオフーはまた病院に付き添っていた。

お医者さんが、大がかりな検査の予定を入れていたからだ。

どんな検査をするのかタオフーにはわからない。ただマタナーさんが、あらかじめ食事を控えておかなければいけないということだけは覚えていた。マタナーさんのお腹が空《す》くんじゃないかと不安だったが、本人は大丈夫だと言っていた。

そしてマタナーさんは前回と同じように、ひとりで診察を受けに行くので、タオフーは外で応援していてくれれば十分だと言った。なにも心配はないわ、と言いながらほほ笑むマタナーさんに、タオフーはうなずいて応じた。

マタナーさんと別れたあとに唯一気をつけていたのは、今日はだれかに写真をお願いされても絶対に断らないといけない、ということだけだった。

マタナーさんの検査には長い時間がかかった。

最初の部屋のあとも、看護師さんが、なんのための部屋でそもそもどこにあるかもわからないあちらの部屋やこちらの部屋に、マタナーさんを連れていった。

ただ、ロビーでピアノを演奏しているひとがいてくれたおかげで、待ち時間も苦にならなかった。しかもナットくんのお気に入りの曲——つまりタオフーのお気に入りの曲にもなったのだけれど——を弾いてくれた。それでうれしくなって、一緒にフンフンと歌っていた。

ナットくんのことを思い出しながら、時間を忘れるほどだった。

マタナーさんが戻ってきてから、タオフーは、お医者さんはなんと言っていたのか聞いた。

彼女は笑みを崩さずに、結果が出るまで待たないといけないの、と答えた。

その笑みはちっとも安心できるようなものではなく、むしろ不安をかき立てられた。マタナーさんがこういう態度を見せるときは、それ以上を知ってほしくないときだからだ。

帰りのタクシーの中では、楽しげな歌謡曲《ルーク・トゥン》だけが響いていた。しかし、後部座席に座るふたりを楽しい気持ちにさせてくれることはない。

マタナーさんは黙ったまま、そこにどれだけおもしろいものがあるのかと思うくらいに窓の外を見つめている。とはいえ、彼女にはなにも見えていないだろうという予想もついた。家の前に車が停まったときですら、タオフーがつついて教えてあげるまで、気がつかなかったくらいなのだから。

先にタクシーを降りたタオフーが鍵を開けているあいだ、マタナーさんは後ろに立って待っていた。玄関のガラスドアに反射した姿から、なにかに悩むみたいに指をもんだりひねったりしているのが見える。そしてカチャッ！　という音がしてドアを開けたとき、マタナーさんはようやく口を開いた。

「星の王子さま」

向こうの言葉を待っていたタオフーは、すぐに振り返る。

マタナーさんはためらいがちに眼鏡をかけ直す。またあの笑みだ。

(なんとか笑おうとしてる)

「王子さま、よくナットの部屋に入るでしょ。日記を見たことある？」

タオフーは不思議に思いながらうなずく。

「あるよ。だけどこっそり読んだりしたことはないよ」

(ノートおじさんにたまに中身を要約してもらってるくらいのことは、許されるかな)

マタナーさんは乾いた笑い声を上げる。

「悪いようにとらないでほしいんだけど、あの子が家にいないうちに、日記を読み聞かせてくれないかしら」

タオフーはその理由を聞かなかったが、顔にはっきりと疑念が出てしまっていたらしい。悪いことを見つかった子どもみたいに、マタナーさんがニコッと笑う。

「よくないわよね。だけどね、息子の記憶になにが残ってるのか知りたいの」

もはやタオフーも、クマのぬいぐるみから人間になりたてというわけではない。今の自分なら、マタナーさんの目をじっと見つめて、本当の目的まで見透かそうとすることだってできる。

これまでマタナーさんの息子への関心は、彼女なりの〝関心〟の範疇《はんちゅう》にとどまっていた。

食べる時間があるのかどうかは聞かずに、あるいは母の手料理が食べたいか尋ねることもないまま料理を作る。タオフーが人間の姿になる前まで、マタナーさんはちょくちょく息子の部屋を片付けていた。それで結果的にナットくんは、部屋のものが見つけられなくなっていたのだけど（おかげで、作業のたびにきちんと後片付けをする訓練にはなった）。ベッドを整えたり、ぜんぶの服に、パジャマ代わりの服にまでアイロンをかけたり。

ただ、息子が口にしないことを聞き出したり、よく見ようとしたりしたことはなかった。

（どうして急に、おばさんはナットくんの日記に興味を持ったんだろう）

茶色い眼鏡に隠されて、結局マタナーさんの真意は見えなかった。こうなると素直に応じるしかない。ただ少なくとも、どうして自分の目で見て読むのではなく、読ませようとしたのかは、なんとなく理解できる。

息子をよく見ようとしなかったマタナーさんでも、彼が自分のことをどう思っているのか、本当はずっとわかっていたはずだ。タオフーに読み聞かせさせるというのは、ある程度〝角が取れた〟事実を受け入れようとしているということだ。

タオフーはこのことをノートおじさんに相談したが、おじさんも同じ考えだった。

そしてその晩からマタナーさんは、テレビの画面に釘づけになるのでもなく、小説の百十二ページあたりをうろつくのでもなく、タオフーの口から、息子についての話を聞くことになった。

〝——内装はだいぶ進んで、今日はソファーを探した。ケーンのやつは、デパートのブランド品にも最近はロフトスタイルのものがあるから、それを買えと言ってた。あいつがそう勧めるのなら、と、あえてデパートはやめて路面店を探すことにした。選択肢はすごくたくさんあって、テンションが上がっちまう。どれもほしくなったが、最後はちょっと豪華めのものにした。家の中心に、ひとの視線を引くものができるからだ。店のやつがイタリアのブランドのコピー品なんだと口をすべらせて、思わずめっちゃキツい目をしてしまった〟

聞いているあいだ、マタナーさんは、なめらかな革が張られたソファーさんの背もたれの縁をなでていた。その顔色には、家具そのものと、それを選んだひとへの愛着が見えている。

〝——掃除機もずいぶんスペックがたくさんあったが、それぞれを頭に入れて選ぶのがめんどくさかった。それで日本のものだったらいいと、適当に選んで買った。スマホは韓国のを買ったし、そちらに偏《かたよ》りすぎないように。母さんにあげた古い掃除機はアメリカのだった。家じゅうが外国産。最高だ〟

マタナーさんはそんな息子の話を聞いて笑っている。しかし何秒もしないうちに、深刻なくらいに悲しげな表情が表れてしまう。

「掃除機も電話も使いやすいのよ、星の王子さま。引っ越すときに、必死になって古い掃除機を運んできたの。買ってからもう何年も経ってて、あんまり吸わないし、タンクの中もすっかり汚れちゃってたんだけど、ナットはなにも言わなかった。だけどここに来てから言われたのよね。母さん、新しい掃除機、階段の下にあるからねって。それだけ言って逃げてったの。わたしに文句言われるのが嫌だったんでしょうね。わたしのほうはなにも言わなかったけどね。新しいもののほうが、古いのよりはるかに使いやすかったんだもの」

マタナーさんの口から昔のことを聞くのは、いつもいい気分になれる。人間が本当に特別なのはここだ。〈記憶〉がある。

「電話もおんなじよ。最初もらったときは、やだ、なんでこんなにややこしいのかしらって。昔みたいなボタンもないし、文字も小さいし。だけどそうこうしてるうちにね、ナットにそんなに教えてもらったわけでもないのに、ほとんどスマホ中毒みたいになっちゃったの。月曜日になるたびにバカみたいに必死に花の写真を加工してて、しばらく続けてたんだけど、そのうち自分がめんどくさいやつに思えてきてね。それでやめちゃったのよ」

幸福に満ちたマタナーさんの瞳が、ため息とともにだんだんとくすんだ色になっていく。続く言葉は、悲しみと苦しみが混じったみたいに震《ふる》えていた。

「わたしったらほんとにひどいわね。ずっと家にいたのに、それぞれのものにこんな由来があったなんてぜんぜん知らなくて」

「そんなことないよ、おばさん」

マタナーさんの腕をやさしくなでる。

「ふつうのことだからさ」

「ナットも、そんなふつうの話の中に、わたしのことはぜんぜん書いてない」

今度はタオフーも黙ってしまう。

それはたしかにそうで、どう言葉を返せばいいかわからなかった。けれどもノートおじさんがウィンクをして、自分のページを二枚めくってくれたのはラッキーだった。

「そんなことないよ！」

タオフーはうれしくなって目を見開く。

「ぼくもまだ読んでなかったみたいだ」

ノートおじさんがハイライトしてくれた行まで、指をすべらせていく。マタナーさんのほうは眉をひそめて、聞くのを待っている。

「家じゅうの寝具が古くなっているから、新しいのにしたほうがいい。金はあるんだから、使い切っちまえばいい。それで今日は、あったかくて柔《やわ》らかい掛け布団を一枚買った。触ってみた感じ、これに包まれるとたぶん母さんに抱かれたみたいな気持ちになれそうだ。たとえ――」

「たとえ、なにかしら？」

マタナーさんは、急かすように続きを求める。花が咲いたみたいに、期待に満ちた明るい笑みが顔いっぱいに広がっている。

〝たとえ、一度もおれを抱いてくれたことはないにしても。555《ハハハ》〟

このページを勧める前によく確認しておかなかったノートおじさんが、続きを読まないよう、目で合図を送ってくる。

だけど待ち構えたマタナーさんがこちらを見つめているので、タオフーはしかたなく声を出す。

「たとえ、多少たるんでいるとしても」

「ナットったら、ほんとに！」

マタナーさんは涙を流すほど大笑いした。眼鏡を外して、指で目頭をぬぐわないといけなかったくらいだ。

タオフーもそれに合わせて笑う。

「おばさん、ナットくんに言わないでよ。ふたりともすごい怒鳴られちゃうよ、絶対」

そう忠告されたマタナーさんは、口のジッパーをぴったり閉めるしぐさをした。

「おばさん、この掛け布団さんのことなにか覚えてる？」

「そうね……」

マタナーさんは首をかしげて考えている。口は開いたままだ。

「思い出せなかったら、だいじょうぶだよ」

年配の女性はそれにうなずく。

「ナ……ナットはほかにわたしのことなんて書いてるかしら、王子さま」

急いで視線を動かす。それと同時に、ノートおじさんも自分の表面に刻まれた、母さん、という文字を探している。

〝――抱き枕を買った。デザイナーのやつが、男根《リンガ》からインスパイアされたとか言ってて、買わずにいられなかった。ちくしょう。
――デスクとチェアはすげえ古い感じで、めっちゃシャレてる。こういうのがあると、頭が働いて、執筆もはかどるわけだ。さっさと金を払って、家に送ってもらうことにした。そう、まあ最終的に、それを執筆に使うわけじゃないというのもわかっているんだが。５５５――〟

「あったよ」

タオフーは目をそこで留めた。けれどもノートおじさんは首を横に振っている。

「なんて書いてあるの？」

「母さんのスリッパは、多少丁寧に選ばないと。母さんは足底腱膜炎《そくていけんまくえん》だ。中が盛り上がってて、足をしっかり受け止めるものにしないといけない――」

「いい子どもを持って、幸せね……」

タオフーの言葉を聞いただけでマタナーさんのあごが震え、涙がこぼれた。さながら、本当の内容を知っているみたいに。

〃母さんのスリッパは、多少丁寧に選ばないと。母さんは足底腱膜炎だ。病気も多いし、面倒も多い！〃

帰宅の日、ナットくんは同僚の車に相乗りして、市場のあたりで降りることになっていた。ナットくんは、ソイの中まで入っていくのも大変だから、迎えは市場のあたりで降ろしてくれればいいと同僚に言っていた。とはいえタオフーには、ちゃんとその本意を教えてくれていた。

〃――母さんがあんなふうになってるだろ。職場のやつらに知られたら噂《うわさ》になる。おしゃべりどもにはうんざりだよ〃

タオフーはナットくんに早く会いたくて、迎えに行かせてもらうことにした。ナットくんのほうは、これから家に帰るのに、どうして出てくるんだとおもしろがっていた。

〃――荷物だってひとりで運ぶわけじゃない。タクシーを呼んで家まで行ってもらうから〃

〃そしたらぼくは、タクシー呼ぶのと、荷物を車に載せるのを手伝うよ〃

それで結局タオフーは、約束の時間より十分ほど早く着いて、市場の近くで待っていた。自分が待たなきゃいけないことはまったく気にならないが、たくさんの荷物を持って疲れて帰ってくるナットくんを待たせるのは嫌だった。

「それで、そんなところに隠れてたのか」

車から降りてきて、タオフーが建物と建物のすきまから出てきたのを見たナットくんは、おもしろがるでもなく、かなりイライラした口ぶりだった。

「まただれかに写真を頼まれると困るなと思って」

タオフーは、暑いせいで汗でぐっしょりと濡れた自分の姿を気にもしていなかった。ずっと待ち焦《こ》がれていたみたいに、目を離さずに持ち主を見つめている。

ナットくんは自分のキャップを脱いで、タオフーの顔を隠すためにかぶせてくれた。伸び始めたくしゃくしゃの髪の毛が、頭に平たく貼りついていて笑える。

帰りの飛行機に乗るために朝早くに起こされたのだろう。そのせいか、どうにも機嫌が悪そうに見える。眉頭にしわが寄るというほどではないが、目つきはとがっているし、鼻先も、首も、手も腕も、地方の陽射しに焼かれていた。

「一週間だけなのに黒くなったね」

黒くなったナットくんは、大きくふくらんだバッグを歩道に持ち上げて置いた。そこに、おみやげの袋がたくさん追加されている。お菓子もあるし、いろんなドライフルーツもある。

のぞき込んだタオフーは、ナットくんの機嫌をとる。

「おいしそうだね、ほんと」

だけどナットくんはそれを聞きもしない。

「おまえ、汗まみれじゃないか。ほんと、最近のやつはさ、他人の権利を考えもしないでいきなり写真撮ったりするからな。迎えになんか来させるんじゃなかったよ」

「ナットくんが心配してくれるだけで、ぼくはうれしいよ」

ナットくんの顔色がよくなって、瞳がキラリと光る。けれども、なぜかすぐに不機嫌な表情に戻ってしまう。

タオフーは振り返って、自分の後ろに向けられたナットくんの視線を追う。ふたりの女性が通り過ぎるところで、彼女たちはなにかおかしいことがあるみたいな目でタオフーとナットくんを見つめている。その口はモゴモゴ動いていて、楽しげにおしゃべりしているのがわかる。

そこでタオフーの顔がはっきり見えると、眉毛を高く上げて、目を見開いた。ひとりの女性が笑いながら、もうひとりの肩を軽く叩いている。

たぶんあのひとたちは、あのSNSで写真を見たんだろう。だけどどこで見られていようと大したことはない。市場の軒下に入っていくふたりから離れたところに、もっと大事で、興味深い会話が聞こえてきたからだ。

「――アイヤー、ナットとあのクマ公はホントに噂どおりにナニカあったでアルカ。激心《ナンテコッタ》！」

ジェスチャーを交えて話しているのは、果物ジュース屋のおばさんのクッションだ。

近くに置かれている編みうちわがそちらを向いて、困ったような顔で言う。

「笑っちゃうよね姐《ねえ》さん、チャンおばさんはあのクマに騙《だま》されたんだよ。ナットのクマのぬいぐるみを探してるとか言って、あれ自体がクマのぬいぐるみだって知らないでさ」

「イマは顔もゼンゼン違うからネ。我は覚えてるヨ。ナットがアレを抱っこして帰ってきたトキハマダ、見た目はクマだったシ、身体もコンナニ大きくナカッタ――」

ナットくんのあとを追って進んでいたタオフーの足が、急に止まる。

「ナットくん、喉渇いてる?」

ナットくんの答えを待たずに、タオフーは声のしたほうに走り出した。

「買ってくるね」

「おい! いらねえよ」

だけどタオフーはすでに、果物ジュース屋のところに戻ってきていた。おばさんはほかの客のために、果物をミキサーにかけているところだ。

タオフーは急いでかがむと、古く色あせた赤い床に置かれた、白鳥の柄のクッションさんにささやいた。

「ぬいぐるみだったときのぼくを見たことある、って聞こえたんだけど」

「アア! 汝《なんじ》はナニカ文句がアルのか? 汝はチンピラなのか! 我が腰抜ケの豚肉屋ミタイニ汝をヤスヤスと帰すと思うなヨ――」

相手は大騒ぎしている。きっと、このあいだ自分がまな板さんと電卓さんに詰め寄ったのを聞いたんだろう。

だけどタオフーはそんなことを気にしない。

「ただ知りたいだけなんだ。そのとき、ナットくんはぼくをどこから連れてきたの」

そんな問いを放たれた相手は、口をポカンと開けたまま、戸惑《とまど》っている。

「わたしは知らないよ。生まれてないもの」

編みうちわさんが肩をすくめる。

「はい、イケメンさん、なににする？」

おばさんがこちらを向いて聞く。

タオフーは答える。

「ちょっと見てからにさせてください」

もう一度クッションさんに視線を戻して、声を落とす。

「どうなの？　助けてもらえないかな？」

懇願するような声を聞いて、クッションさんはさながら自分が重要人物になったみたいに、体をふくらませた。答えてくれるときには、まるで海に浮かぼうとするみたいな大きさになった。

「アイヤー！　ズイブンとムカシのコトだからナア。我が覚えてたダケでも幸運ダヨ」

「ココナッツと牛乳も好吃《おいしい》よ」

おばさんはさらに急かしてくる。

タオフーはナットくんのほうを振り返った。向こうはヤキモキとしているように見える。もっと待たせたら、さらにイライラさせてしまうだろう。少なくとも飲み物を持って帰らないと、言い訳もできない。

「オレンジにします。原液を、水で割ったやつで」

「はい、はい、チョット待ってね」

タオフーはまたクッションさんのほうを向いて目を合わせた。彼女が答える。

「アノころナットはまだ小さかったヨ。高校の制服着てたはずダモノ。汝を抱っこしてキタのは夜で、モウ市場を閉メル時間ダッタ。アノ子は泣いてたんダヨ。目ガ腫《は》レテ、ズットシクシクイッテテ。それデ、ソレを見たヒトが走ってッタノヨ。おごるよ！　って。ダケド我は、アノ子が汝をドコから連れてキタのかは知ラナイヨ」

「ほかに知ってそうなひと、いないかな」

「わからないネエ。モウ暗くなってたシ。だけどドウシテ、そんなコト調べてるノヨ」

「ぼくにとって、本当に必要なことなんだよ」

「このへんのヤツには、アンマリ期待しないほうがイイヨ」

クッションさんはわかり切っているというように、先回りして言う。

「ズイブン昔のコトだから。もともといたヤツラも、ミンナいなくなっちゃって。我はムズカシイと思うヨ」

希望の道は、ここでまた行き止まりだというのか！

身体を硬くしたタオフーの肩が、失望するみたいに少しずつ下がっていく。おばさんに呼ばれて、ようやく我に返った。

「三十銖《サー・チャップ・プアック》」

「なんですか？」

「三十バーツ。あら、華人顔だから中国語がわかるかと思っちゃったわヨ。最近の子はミンナしゃべれなくなっちゃったわネエ」

「ありがとうございます」

お金を渡しながら、むしろクッションさんに向かって言った。

タオフーが走って戻ると、ナットくんはプンプンとすねていた。ジュースも飲まないと言うし、タクシーが脇に停まってそれに乗るときも、小さく、しかし低く怒りを込めた声で言葉をぶつけてきた。

「ちょっと有名になったからって調子乗ってんなよ！」

家に着くまで、ナットくんは一言も話さなかった。

タオフーの持ち主の不機嫌は続く。彼は自分の母にほほ笑まず、ワイすらしなかった。

マタナーさんが冷蔵庫を開けて、キンキンに冷えた飲み物を出してくる。

「疲れたでしょう。ベルノキ《マトゥーム》のジュースを作っておいたから。子どものとき、味がやさしくていいって言ってたでしょ――」

「そんなの、とっくに好きじゃなくなってるよ、母さん！」

タオフーにやったのと同じように、ナットくんはきつい言葉をぶつける。

ナットくんはそれからだれとも口をきくことなく、足を踏み鳴らしながら、バッグを寝室まで運んでいった。マタナーさんと、彼女とタオフーが一緒に昨日の夜から材料と作り方を検索していたベルノキのジュースを残して。


「ナットくん、ナットくんってば」

おみやげをぜんぶしまったあと、タオフーは二階に上がってナットくんの寝室のドアをノックした。

「ちょっと入ってもいいかな」

「ナットはシャワーを浴びて出てきたところ。まだ機嫌が悪いよ、タオフー」

チェアさんの叫ぶ声が聞こえる。

それでタオフーは、もう一度ノックしようとした手を寸止めする。部屋の中は静寂《せいじゃく》に包まれているようで、ナットくんが返事をする気配もない。

タオフーはドアノブをひねり、ドアを開けて中に入る決意をした。

ざわつく声が一気に聞こえ出す。

「おいタオフー、また怒られるって」

「クマどんったら！」

タオフーが気にしているのは、ベッドの端のところで背を向けて立っているひとのことだけだ。

カーテンは閉められたままで、窓と、後ろのベランダに出るガラスドアを覆っている。布越しにチラチラと射し込んだ午後の陽光が、ナットくんの細い身体のシルエットを浮かび上がらせる。

水分を含んだ髪はボサボサと広がり、長い首が広がって肩につながる。胸は広く、腰のところでわずかに細くなっていて、尻はタオルの下に隠されている。タオルの裾《すそ》は膝の上まで長く垂れていて、そこから細長い脚が伸びている。すねのところに生えた産毛の先に水滴がついていて、光をキラキラと反射している。

「まだ入っていいって言ってない」

「ナットくんがあんなふうにお母さんから逃げたのと、どっちが失礼だと思うの？」

身体をかがめてズボンを穿《は》こうとしていたナットくんの動きが、少し止まる。

「出ていけよ」

小さくて、起伏のない声。

「出ていかない」

ナットくんのシルエットが、怒りでふくらんでいっているように見える。そしてついにこちらを向いた彼は、急いでタオフーに近づき、肩を押してドアのところまで下がらせようとする。

「出ていけと言ったんだ！」

ナットくんよりも背が高くて大きいタオフーの身体は、その力に抗《あらが》うことができる。タオフーは身体を動かさないようにしながら、タイミングを見計らってナットくんの腕の関節を叩き、その手を払い落とす。

ナットくんはびっくりしていたが、なにもできないうちに肩を押されて、ベッドの上に仰向《あおむ》けに倒されてしまった。ナットくんの身体が一度ポンと跳ねたあと、柔らかいベッドの中に沈み込む。

ベッドに上ったタオフーはナットくんにまたがると、手で相手の手首を押さえつけた。タオフーの膝とつま先が下半身を押さえ込んでいて、彼は動けずにいる。

下にいるナットくんが驚いて目を剝《む》いているうちに、タオフーは、どんな感情もない、厳《おごそ》かな声で聞く。

「ぼくがなにかした？」

ナットくんは、視線だけで相手を燃やせるような目つきをして抵抗しようとする。手足をばたつかせるが、どれも効果はない。

「放せ！」

「ぼくがなにかしたかって聞いてるの」

「放せって言ってるんだ！」

そうがなったナットくんはなんとかタオフーの手を振り払って、その甲に爪を立てようとする。さらに膝を上げて、お腹を蹴ろうともしてきた。

しかし、もがけばもがくだけしっかりと押さえつけられてしまい、しかも余計にタオフーを怒らせてしまう。

「ナットくん、やめなよ！　動きすぎてタオルも外れちゃってるよ」

「だからどうした！」

タオフーは息をしっかり吸い込んだ。

「ちゃんと話してもくれないわけ？　ぼくがなにをして、ナットくんは怒ってるの？」

それで相手は落ち着いて、身体の抵抗も止まる。その瞳がほかのところを向く。両の瞳から水分が染み出してきていて、潤っている。

向こうが降参したので、ピンと開きっぱなしだったタオフーの脚も、あわせてゆるんでいく。タオフーは腰より下の部分を、ナットくんの上にただ載せた。上半身は持ち上げて、ナットくんをしっかり見つめる。

「暑いところに取り残されて、それでぼくがジュースを買いに行ったから怒ってるの？」

「おれはそんなにアホじゃない！」

「声は小さくなったけどまだ硬いね」

タオフーは上半身を少しずつ倒してナットくんに重なっていき、顔を首元にうずめる。

「ほかのところも硬いのかな」

「最低だ」

「だけどこの匂い、好きだよ」

首元に鼻を押しつけると、ナットくんはくすぐったかったのか、少し逃げようとする。

「なにに怒ってたのか、言う気になった？」

ナットくんは、まだ話そうとしない。ただ、なにかの感情が内側からせり上がってきて、すすり泣くみたいになっている。それでタオフーは自分の手を引き戻し、ナットくんをしっかり抱き直した。

「ほかのひとがぼくをあんなふうに見るのが嫌だったの？　だけどあれは止められないし――」

「だけどおまえは外に出てって、わざわざ写真に撮られてる」

向こうは強い声で言い返す。

「それでひとはおまえに興味を持つし、見てくるし、噂をする！」

「だからなんだっていうのさ」

答えはない。

タオフーはナットくんをもう少し強く抱きしめる。

「ぼくたちが一緒に歩いてるのも、同じ家に住んでるのも、みんなが噂するとおりに付き合ってるのも、なにかまずいことがあるのかな」

そう聞かれたほうは黙ってしまう。タオフーは身体を起こして、もう一度彼の目をよく見る。本当に答えを要求しているんだと伝えるために。

だけどナットくんは目をつむってしまう。閉じたまぶたが中にあった涙を押し出して、それが線になって流れる。

身体の内側からの震えが表れて、唇はまるで独り言を言うみたいにもぐもぐと動く。

「そうだよな。なにもまずくないよな……」

タオフーは愛《いと》おしむみたいにナットくんの涙をぬぐう。そして、代わりに答えを探してあげようとする。

「おばさんでしょ」

ナットくんはまるで眠ったみたいに黙ったままだ。だけどナットくんがしっかり自覚しているということは、わかっている。それでゆっくりと説明を続ける。自分もよく理解していると、遠回しに伝えるみたいに。

「ナットくんはぼくとの関係を、ケーンくんには言える。ぼくたちがそのうち一緒に出かけられるとも言ってた。それはケーンくんがナットくんのことをわかってくれてるからだよね。だけどほかのひとたちがわかってくれるかどうか、ナットくんは考えてなかった。だからそれが悪いことだとも思わなかった。だけど今回は話が大きくなって、おばさんの耳に届くかもしれないって怖くなったんだよね。それで嫌な気持ちになっちゃったんだよね。そうでしょ？」

ぴったりと閉じたままのまぶたの縁から、涙がもう一滴転がり出す。

タオフーは、持ち主のきれいな肌からその雫を吸い取るために、顔を下げてキスをする。

「ケーンくんが言ってたよ。おばさんは古い人間だって。だからたぶん、男と男の関係を受け入れられないかもって。ナットくんだっておばさんがどう感じるかを気にしてる。今回のことを悪いことみたいに感じて、ぼくに不満なのも、ぜんぜん変じゃないよ」

聞いているほうの口元は、震えやむせび泣きが漏れ出るのを押さえるみたいに歪《ゆが》んでいる。

眉頭に深いしわが寄って、苦悩が見える。まぶたはしっかり閉じられていて、そこにもしわができるくらいだ。まるでいきなりだれかに強く殴られて、それがとても痛かったというように、全身が震えている。

「――だけど、愛が間違ってるなんてないんだ。ナットくんは悪くないよ。ぼくはナットくんのことをわかっているし、ナットくんに怒ってもいないよ」

その言葉が癒やしになったみたいで、ナットくんの震えも少しずつ収まっていく。それから、まだ目は閉じたまま、言う。

「ありがとうな……」

その言葉はタオフーに向けられている。

だけど不思議と、彼が自分ではないほかのひとのことを想っているように感じてしまう。

はるか、はるか遠くにいるひとを……。

To be Continued…